『장석조네 사람들』 집필 무렵(1994년)

▲ 초등학교 시절을 보낸 '장석조네 집'의 아홉 가구 아이들 (김소진은 사진 중앙 찡그린 아이 뒤에서 활짝 웃고 있다)

▶ 아버지 김응수 어머니 김영혜

네 형제. 좌로부터 김소진, 형 김소정(1994년 작고), 큰누이 김문임, 작은누이 김문희

『김소진 전집』을 펴내며

작가 김소진이 우리의 곁을 떠난 지 다섯 해째가 되는 시점에서 그의 전집을 펴낸다. 여기 저기 흩어져 있는 그의 흔적들을 한데 모음으로써 그새 풀이 자라고 관목들이 우거진, 그에게로 가는 길을 닦기 위함이다.

생전에 김소진은 네 권의 소설집과 두 권의 장편소설, 각각 한 권의 창작동화와 산문집, 두 권의 짧은소설집, 그리고 책으로 묶이지 못한 미완성 장편 한 편을 남겼다. 김소진의 소설은 고난의 시대를 살아온 서민들의 삶의 애환을 절실하고도 아름다운 문체로 그려냈다는 평가를 받았으며, 그러므로 우리 문학사의 귀중한 자산 목록에 올려져 있다. 습작기부터 그가 세상을 뜨기 직전까지 쓴 글들을 모은 이 전집이 김소진 문학의 전체적 면모를 조망하는 지도가 될 수 있기를 기대한다. 그리하여 작가가 다양한 축도와 시선으로 작성한 삶의 지형도를 통해 이 책의 독자들이 인생과 사회를 보다 넓고 깊게 응시할 수 있는 계기가 마련되었으면 한다.

이 전집은 모두 여섯 권으로 구성되어 있다. 우선 작가의 중단편을 시기별로 재구성하여 세 권으로 묶었다. 새로운 지식인 소설의 탄생으로 평가받았던 그의 초기작으로부터 아버지의 자리를 고통스럽게 확인하는 기억의 서사를 거쳐 새로운 소설적 가능성을 시도했던 후기작들에 이르는 김소진 소설 세계의 흐름을 일목요연하게 드러내기 위함이다. 『장석조네 사람들』은 연작의 형식임을 고려하여 따로 독립시켜 한 권으로 묶었으며, 나머지 두 권에는 짧은 소설과 작가의 산문, 그 외의 자료들을 담았다. 매권 끝에는 새로 해설을 달아 김소진 문학의 현재적 의미를 가늠해보고자 하였다. 그리고 전집과는 별도로 김소진의 삶과 문학에 바쳐진 글들을 엮어 가까운 기일 내에 출간할 예정이다.

전집을 펴내는 과정에서 발견된 명백한 오자와 탈자는 바로잡았으나 애매하거나 작가의 고유한 표현이라고 생각되는 것들은 그대로 두었다. 그것을 수정할 수 있는 이는 단 한 사람이지만 그를 이곳으로 불러낼 방법이 없었기 때문이다.

장석조네 사람들

장석조네 사람들

김소진 장편소설

문학동네

| 차례 |

양은 장수 끝방 최씨

상강(霜降)이 엊그제 지난 탓인지 끄무레한 새벽이면 제법 날이 선 무서리가 변소 뒤쪽의 멀쑥한 피마자 이파리에 내려앉았다. 비록 이파리라곤 성한 게 몇 장 안 남았을 정도로 심란한 쑥대머리 형상을 뒤어쓰곤 있지만 뿌리내린 터가 워낙 걸쭉해서 그런지 얼마 전까지만 해도 씨방만큼은 아이들의 옹골찬 낭심처럼 뿌듯하게 영글어 강낭콩만한 알록달록한 피마자씨가 열렸었다. 아랫집 혜정이 엄마가, 자기 집 애들이 횟배를 앓는다며 정작 피마자씨를 돌 틈에 박아 넣어 싹을 틔우게 한 끝방 최씨의 마누라인 나주댁하고는 한마디 상의조차 없이 건너뛰고 주인집인 장석조씨 마누라에게 말을 넣어 도거리로 훑어가는 바람에 한바탕 드잡이까지 갈 뻔한 동티가 나기도 했다.

"아따, 눈까풀 덮으면 앉은자리서 널름 코 베갈 놈의 동넬세그랴!"

"그런 씨알머리도 안 먹힐 소릴랑 누구 앞에서 하는 거욧! 하물며 나주댁 땅에서 자란 것도 아니면서 그깟 쐐기알 같은 피마자씨 좀 몇 알 털어왔다고 동네방네 그런 돼먹잖은 유세가 어딨단 말이오, 세상에!"

"아짐씨가 고로코롬 해쌓은께로 가슴이 벌렁벌렁 겁나게 섭해부리네 우린. 내 땅이고 뉘 땅이고 간에 뭐가 그리 대수고 큰일이어라? 애시당초 똥두간 자락에 파묻힌 탓으로 사람 손이 가 닿지 않아도 저절루 기름진 땅 기운을 빨아묵고 저만큼이나 키를 잡아늘인 것이 제 언 놈의 땅이고 뭐고가 뭔 소용이당가? 땅뙈기 없는 설움을 서울 와서까지도 요로코롬 모질게 당할 줄 알았더라면 행여 고향땅서 퍼질러앉음시롱 죽사발이래두 고맙게 꿰차고 살 일이었겠제라 잉? 말이 부르터 난 김에 한마디 더 보태자면 하마 그놈의 아주까리씨가 해필이면 그 퍼석퍼석한 돌 틈에 처박힌 사연부터가 갸륵한 일이거늘……"

짠 오이지처럼 오종종한 얼굴을 한 나주댁이 항용 떠들치고 나오는 그 피마자의 내력이 그때도 빠지지 않았다. 음식을 많이 삭이지 못하는 고삭부리 체질인 나주댁이 하마하마하던 썩은 옥니에 명주실을 감쳐 문고리에 걸고는 남편에게 뒤에서 허리를 붙들어달라고 해서 간신히 잡아빼긴 했는데 그걸 아무리 지붕 위에다 던져도 매번 도르르륵 굴러떨어지고 마는 것이었다.

"두껍아 두껍아, 헌 이 줄 텡께, 새 이 줘부러라 잉."

빠진 이가 지붕 위 기왓골 틈새에 걸려 곱게 삭지 않으면 이가 빠진 자리에 흉측한 뻐드렁니가 난다고 굳게 믿고 있던 나주댁으로서는 여간 낭패가 아니었다.

"뒤돌아서 던져보지, 뭇 혀는겨?"

남편 최씨가 옆에서 보다 못해 한마디 거들고 나섰다. 하낫 두울 세엣. 최씨는 아내가 던진 옥니가 포물선을 그리며 용마루를 넘어 뒷간 쪽으로 사라지는 걸 보곤 혀를 끌끌 찼다. 그러나 웬걸 뭔가가 번철 위의 콩알처럼 경쾌하게 톡톡 튀면서 굴러떨어지는 거였다. 나주댁은 이게 무슨 조화 속이냐며 덜퍽 그 자리에 주저앉았다. 최씨가 얼른 다가서서 주워보니 썩은 옥니가 아니라 바로 그 피마자씨였다. 최씨가 그 피마자씨를 하찮게 여겨 손가락 끝으로 튀겨버리려는 찰나 나주댁이 휑허케 달려들었다.

"보쇼 잉. 이게 도대체 무엇이어라. 내 옥니를 지붕 위 하늘 높이 던져올렸더니 그 대신 내려온 것 아니겄소. 위에서 내려준 씨앗을 하마 어찌 거저 패댕이를 쳐뿌린다고 그라요? 한분 잘 키워보면 무슨 새수날지 누가 알겄어라우?"

최씨는 나주댁이 말하는 그 새수가 뭘 뜻하는지 어렴풋이 짐작할 수 있었다. 자식궁이 막힌 두 사람 사이에 생산의 기운이 일게 해달라는 마누라 나름대로의 희망이 얹힌 말이었던 것이다. 최씨는 뒤돌아서서 엄지손가락으로 한쪽 콧구멍을 막고 귀가 먹먹해지도록 헛코를 풀었다. 나주댁은 그 피마자씨를 조심조심 앞섶으로 닦아내다가 "아따, 그놈 빤질빤질헌 게 아무쪼록 잘생겨부렀다" 하며 감탄사를 연발하였다.

"이녁 어린 아그들이 횟배가 끓는다는 말은 짐작이 가오마는 내도 그 못지않게 쓰잘 데를 미리 다 톺고 있었단 말이오, 잉! 넘의 두엄더미처럼 써어가는 속내도 모르고서 말이오, 징혀."

한 지붕 아래 아홉 개의 방이 한 일(一) 자로 늘어서 있어 동네 사람들이 기찻집이라고 부르기도 하는 장석조씨네 집터는 옆의 행길보다 석 자 정도는 높게 다져져 있었다. 바로 옆으로는 아무렇게나 고랑을 파놓은 시커먼 시궁창 물이 해자(垓子)처럼 휘우듬하게 스쳐지나갔다. 아직 맨홀을 깔지 않았기에 뒷돌산 채석장에서 옮겨온 두툼하고 길다란 화강암 두 개를 시궁창 위로 쓰러뜨려 시늉만으로 다리 노릇을 하게 걸쳐놓았다. 한데 그 돌다리의 너비가 어른 한 사람이 겨우 건널 수 있을 만큼 조붓해서 애고 어른이고 그리고 여자고 남자고 할 것 없이 쩍 하면 가랑이를 벌려 훌쩍 건너뛰곤 했다. 그러다가 삐끗 걸음걸이가 어긋나면 시궁창 바닥에서 긁어낸 펄흙을 되는 대로 양쪽에다 질퍽하게 쌓아 개어놓은 데 신발 뒤꿈치가 박혀 낭패를 보는 경우도 없지 않았다.

어른 키 한 길쯤 되는 쑥대머리 피마자가 행길 쪽으로 고스란히 엎어지면 맞춤하게 끌어안을 만한 부채꼴 넓이의 변소 뒤터에는 방구들을 뜯다가 나온 거무죽죽한 편석들이 쭉 고르게 펼쳐져 있었다. 만약 이 집터에 대문을 달고 담장을 두른다면 돌쩌귀 기둥을 세우기에 안성맞춤인 곳이었다. 겨울이면 기찻집 아이들이 커다란 눈사람을 만들어 행길을 굽어보는 초병처럼 올려놓는 곳이었고, 거의 매일 아침나절에 오십 명에 가까운 모듬살이 식구들에게 유일한 변소 앞에 긴 줄을 서다 못해 사타구니가 배배 꼬인 사람들이 오금을 접고 나앉아서 허드레 농지거리를 주고받으며 속옷이 축축해지도록 간힘을 쓰는 곳이기도 했다. 그래서 기찻집 사람들 사이에서는 문간통으로 불렸다. 거기에서 기다리다가 번호표 받아놓은 차례가 되면 어마 뜨거라 똥통으로 부리나케 뛰어들어가기 때문이었다.

"핵교 가는 아그들부텀 들여보내라구!"

"뭔 소리여! 핵교 가믄 번듯한 똥두간이 지어져 있는데 그걸 마다고 왜 여그서 참비리새끼모양 박통 터져라고 북적거리는가 말여!"

새벽 어둠이 짙어지기보다는 이제 서서히 엷어져갈 무렵이지만, 문간통에는 이글거리는 숯잉걸만 제풀에 놀라 지지직 사위어가는 화톳불을 지펴놓은 두 사내가 어깨 위로 쏟아져내리는 무서리를 진저리쳐 물리치며 깨진 벽돌 조각 위에 엉덩이를 붙이고 앉아 있었다. 그 둘의 콧구멍에서는 이따금씩 굵은 수증기가 뿜어져나왔다.

"조는 깁니꺼? 한 잔 더 뒤집으시고 언 속 좀 화딱 뎁히시소."

"내레 되았어. 임자나 더 기울이라우."

대머리가 벗겨져 얼핏 나이가 쉰 줄은 넘어 보이는 평안도 억양의 사내가 두 손을 양쪽 겨드랑이 사이로 더욱 꼬깃꼬깃 쑤셔넣으며 고개를 가로저었다. 시멘트 독이 올라 손가락 끝이 쩍쩍 갈라진 손으로 소주가 든 스테인리스 사발을 들어 숯불 위에 한참 머물게 하던 사내가 데워진 사발잔을 잽싸게 입가로 가져가 호로록 말아올렸다. 그의 나머지 한 손에는 껍질을 벗긴 노가리가 들려 있었다.

"이분엔 틀림없는 기지요. 그렇죠, 영감님?"

"희떠운 소리 작작허라우. 내 목에 칼이 들어와두 영축없이 개져올 게야. 장담한다우, 기럼."

"패앵, 보나 안 보나 접때처럼 최가가 언구럭을 피우며 헛다리 짚게 만드는 게 틀림없지 싶구마…… 영깽이 똥구녁 같은 놈…… 이러구 궁상 떨면서 기대린다고 오구, 안 기대린다고 안 오는 벱도 아니니 그만 가 자뿌립시다, 마. 영감님이 이기 무슨 욕입니꺼? 이런 추부 날씨에 찬 기운 씌어 고뿔이라도 들면 그 나쎄에 어디 하루 이틀 가지구 될 일입니꺼? 어림도 없지러."

"내레 괜찮다니까니 목소리를 그리 높이간? 자구 싶으면 임자나 먼저 방구석에 들어가 자라우. 하지만 이건 직심허게 명심하라우. 밖에 나간 놈 몫은 있어두 잠자는 놈 몫은 없다는 사실을 알아야 할 기야, 기럼. 거 박씨레 이번 오뉴월 내내 소증 한번 제대로 못 끄고 보낸 것 내가 다 알지. 그러니 이번에 최씨가 끌고 오는 걸 기대렸다가 뒤치다꺼리만 얼른 해주면 내레 한 이틀 정도는 괴기 소리만 들어도 목 안에서 생목이 콱콱 씹히도록 다리 한 짝은 떼주갔으니 아뭇 소리 말고 잠자코 기대리는 게 상책 아니겠음?"

"어디서 훔쳐오는 건 아니라구 했지요, 영감님?"

"기거이 무슨 상관 있갔어? 굿이나 보구 떡이나 먹으면 되지, 응?"

"그럼…… 혹 병든 건……."

"제발 날도 추운데 깐죽거리지 좀 말고 차분히 있으라우, 거저. 기리구 고 조동아리는 함부로 나대지 말라우, 거 쌍."

"뒷다리 하난 돌아와야 하는 거요. 다시 한번 말막음을 해두는 거지만, 나중에 딴소리 나왔다간…… 영감님도 내 성깔 알구 있겠지만서두."

"이녘 알심은 내레 알지 왜 몰라…… 그건 그렇고, 새벽 노름판에서 개평은 좀 챙겨갖고 오는 길인감, 임잔?"

박씨는 냉큼 대답을 않고 변소를 옆에 두고서도 부러 시궁창 옆에서서 오줌발을 길게 늘인다.

"어데예? 완전 재수가 옴 붙어가지고설랑 한 서 푼 되는 개평마저 개호주 아가리에 토끼를 가죽째 벳기갖고 통으로 쑤시박듯 처넣고 손 털어부렀지예, 뭐. 드러바서 내 참. 이긴 또 와 이러노. 끗발 안 서는 날은 오줌발도 이리 히마리가 없다니까네."

"턱 받치고 기대리는 사람 생각도 해주야 하는기 사람의 인정 아니가서? 둘남이 에미가 초저녁부텀 허턱 걱정하며 저 아래 신풍의 원께까지 오르락내리락하더구만. 이제라도 이불자락 들추고 들어가 파리발로 빌면 설마 에미나이가 남정네 요절이야 내겠냐구?"

"헤잉, 영감님도 제 말은 어데로 듣습니꺼? 노름판에서 밤새 쇳가루 다 푸고 온 놈이 말이예, 오줌발도 안 서는 걸 가지고 하마 이불 속으로 기어들어갔다고 해서 득 될 일이 머이 있겠십니꺼. 차라리 예서 소주잔이나 할금할금 빨며 날 새길 기대렸다가 꼭지가 돌아간 척 둘남 에미를 불러내야 남우세스러바서도 얼른 등 떠밀고 방 안으로 들어갈 거 아입니꺼?"

"기래두 둘남 에미는 그만하면 심성이 곱지 않니?"

"고운 게 다 뭡니까? 그럼 나만 외통으로 개차반 꼴 났단 말……"

"그만, 그만해두라우. 넘들 다 듣갔어."

오영감이 겨드랑이에서 손을 빼 손사래를 쳤다. 그러자 흰자위를 퍼렇게 뒤집던 박씨가 변소 벽에 기대어놓았던 소주병을 끌어당겼다. 오영감은 육 년 전에 면도사였던 성금 어메를 후리던 때가 떠올랐다. 그때만 해도 오영감이 짭짤했던 전성기의 끄트머리를 부여잡고 있던 때였다. 반평생 공사판을 떠돌면서도 도급을 맡기는 위쪽에서는 믿을 만하고 아랫사람들한테는 경우가 어그러지지 않는 십장으로 통했다. 자신이 부르면 언제든지 달려오는 일꾼들만도 대략 열 명은 넘었다. 오영감은 신문지로 포대기처럼 싸안고 받아온 뭉칫돈을 일꾼들 앞에서 활짝 뜯어젖히고 모개로 몫몫이 갈라치는 걸로 이름이 났다. 그러니 나중에 일꾼들 사이에서 군말 따위가 있을 수 없었다.

육이오 전쟁통에 북에다 생이별을 하고 온 두 살 위인 여편네 생각에 남쪽에서 사십 고개가 되어서 든 장가였지만 아이를 못 낳아서 정을 못 붙였던지 콧잔등에 주근깨를 호로록 뿌려놓은 빈상(貧相)을 꿰찬 마누라가 시부저기 도망을 가버렸다. 그래도 끄떡없었다. 마누라라는 건 그에게, 있으면 좋고 없으면 약간 불편한 그런 존재에 불과했던 것이다. 아직도 핏속에 팔팔함이 퍼드덕거리던 때라서 그랬을까. 아니면 북쪽에 아직도 생때같이 살아 있을 것 같은 여편네 생각이 은근히 나서 그랬을까. 두 팔이 절구공이모양 멀쩡하고 새벽이면 어김없이 불끈 천막을 치면서 꿈틀대는 사타구니의 살덩이를 내려다보면 왠지 이대로 끝까지 살아보자는 오기가 불쑥불쑥 솟구쳤던 것이다.

강원도 산골에서도 험난하기로 호가 나, 인제 가면 언제 오나 원통해서 못 가겠다는 말을 남긴 곳에서 북한강으로 흘러드는 한 하천의 다리를 놓는 일을 도급 맡은 게 그에게는 그래도 일다운 일을 맡은 마지막 기회였다.

물론 그곳 서울이발관에서 면도사로 일하던 성금 어메를 만났다. 읍내에서 포마드를 발라주는 유일한 신식 이발관이었다. 이 주일에 한 번씩 일꾼들 품삯을 나눠주는 간조일이면, 오영감 역시 어느새 골골이 팬 주름살 틈새에서 찌들어붙은 때도 벗기고 여간 해뜩발긋한 게 아닌 면도사 미스 현의 몰캉몰캉한 손아귀 아래서 할랑해진 마음도 달래볼 겸 서울이발관을 찾았다.

"말씨를 들어보니께니 이곳 토박이는 아닌 것 같고 타관붙이가 맞지? 그렇지, 내 말이 맞지?"

"예, 당진이래요, 당진. 모르죠, 뭐. 우리 자매를 받아준 고아원에서 원장님이 그렇다고 일러주니깐 그런가부다 하는 게죠."

"근데 어드레 여까정 와서? 내 신세랑 비슷한 점이 있지 않소?"

그네에게 면도가 끝나면 꼭 거북선이 그려진 빳빳한 오백원짜리 지폐를 찔러주었다. 그때 미스 현이 스물여섯이었으니 오씨와는 꼭 갑절 차이였다. 이발소에서는 미스 현으로 불리고 있었지만 실제로는 읍내에서 술주정이 드세기로 유명한 건달과 살림을 차리고 있었다. 아내 등을 쳐 먹고사는 건달이었지만 외간 남자의 턱주가리를 주물럭거리는 아내의 직업이 그리 탐탁지 않았는지 툭하면 까탈을 잡아 손찌검을 안기기 일쑤였다. 어느 땐가는 두터운 화장기를 뚫고 비치는 눈두덩께의 시퍼런 멍자국을 설핏 올려다볼 수 있었다.

"어떻게 그런 팔자 사나운 날건달이래 만났어? 이리 곱상한 미스 현이래 말이야, 응?"

"고아원에서부터 동생으로 알고 지낸 애가 있었어요. 같은 날 같은 시간에 고아원 문 앞에 놓였다니깐 다들 그런 줄 알았죠 뭐. 저랑 별로 닮지는 않았지만 으레 동생이겠거니 하며 같이 살다가 고아원 나올 때도 같이 나와서 한 방을 썼죠. 걔는 이렇게 얼굴이 갸름해요. 다방에 다녔는데 제가 몇 번 놀러 갔다가 이 사람을 만났어요. 서울서 옷가지를 떼어다 시골에다 갖다넘기는 옷장사를 한다고 들었어요, 처음엔. 동생이든 저든 누군가라도 먼저 자리를 잡는 게 필요할 것 같아 내가 먼저 결혼을 서둘렀죠. 이 치가 한번은 동생마저 건드리려고 하는 바람에 그애는 어디론가 떠나고 말았거든요. 그러고 나서도 이 인간은 반성을 하기는커녕 손찌검까지 하기 시작했어요. 요즘엔 오토바이를 사주지 않는다고 치근덕거리다 뜬금없이 오감독

님꺼정 끌어들여 어떤 관계냐 닦달하며 이 지경으로 사람을 짓찧어 대니……."

"저, 저런 죽일 눔 같으니라구…… 잔 채우라우. 야, 기까짓껏 그럴 게 아니라 우리 같이 새 살림 나자, 야. 네래 기깟 젊은 놈이래 이제 신물이 나지 않네? 그렇게 맞구두 더 살구 싶은 맘이 드니 그래? 기러다 애마저 덜컥 들어서면 오도 가도 못 하고 그 지경이래 되면 구만리 같은 앞날을 다 어쩌려고 그러네, 응? 내레 나이는 정히 들어뵈도 근력이래 서른 살짜리 못잖다우. 자네 가리사니래 잘 세워야 할 거야."

오영감은 흰소리를 탕탕 퍼질러놓았고 그까짓 수만 잘 풀린다면 다리 공사고 뭐고 내 알 바 아니라는 생각까지 퍼뜩 들었으니 늦바람도 보통 센 늦바람이 아니었다.

"와 이리 안 오노? 사람 애공알이를 다 말려 죽이뿌릴라 카나, 이 누무 자석이. 안 오기만 해뿌리라……"

"궐련 있디?"

"야. 한데 영감님요. 내 기어코 말을 안 하려 했는데 말입니더."

"그럼 끝까지 하지 말 일이지 무얼?"

"아입니더. 제가 이눔의 자석이 돌아오는 날이믄 개고기는 개고기고 당장에 패 죽이뿌리겠심더."

"누굴?"

"와 이캅니꺼? 누구긴 누구겠십니꺼? 양은 장수 최가 말임더."

"……최씨가 왜?"

"지금 성금 어메가 집 나간기 벌써 한 달은 좋이 됐제, 야?"

"내레 친정 동생한테 보냈어."

"혜잉, 와 이캅니꺼. 내두 눈치가 있고 코치가 있는 눔입니더. 최가 이눔이 성금 어메를 살살 꼬드겨서 쏠쏠 재미를 보고 있었던 게 틀림없었심니더. 내 이 두 눈으로 똑똑히 안 봤심니꺼?"

"생사람 잡지 말게나."

박씨가 빈 주발을 돌로 된 바닥 위에 거칠게 내려놓았다. 주발에서 나는 울림 소리가 새벽 공기를 차갑게 흔들었다.

"그노무 자석을 족치면 뭐가 나와도 나올 낍니더. 내 말 허투루 듣지 마이소!"

양은 장수 최씨는 특히 동네 아줌마들 사이에서 인기가 높았다. 무엇보다 입담이 셌기 때문이었다. 바짓부리를 무릎까지 걷어붙이고 나면 실팍한 알이 박인 종아리가 드러났다. 구슬 꿰기나 마늘 벗기기, 봉제 따위의 부업거리에 손을 담그고 그에게 심심풀이 삼아 귀를 잠시 빌려주다가도 남정네의 미끈한 종아리를 덤으로 눈요깃감 삼아 힐끗힐끗 구경하는 맛도 여간 쏠쏠하지 않은 모양이었다. 큼직한 지게에다 갖가지 양은붙이를 웬만한 장롱 높이로 해서 박다위로 친친 감고 걸어다녀야 했으니 종아리가 딴딴해지지 않을 수 없는 노릇이었다. 그런데다 양은 장사라는 게 워낙 부녀자들을 상대로 하는 일이다보니깐 그 방면에 대한 정보를 훤히 꿰찰 수밖에 없어 자연히 그의 입은 중요한 정보원이 되었다. 어느 동네에서 어떤 부업거리가 성행한다든지, 어느 직판장에서 어떤 농수산물을 시중가격보다 싸게 판다든지, 문 닫는 공장에서 이러저러한 원단기지를 원가에 판다든지 하는 정보를 최씨는 그때그때 동네 아주머니들한테 적절하게 공급해주었다. 게다가 분위기만 좋으면 구멍 뚫리거나 거푸집이 일어 못 쓰게 된 쇠붙이를 건네주면 하다못해 삐까번쩍한 청국장용 쟁개비라도 하나 집어주는 판국이니 다들 오늘은 무슨 수가 날까 하는 심정으로 최씨만 보면 손짓을 해서 담벼락 그늘 아래로 불러들이는 것이었다.

"방금 끝방 부엌문 틈새로 들여다봤더니 양은 지게가 없는 걸로 봐서 그 작자가 아직도 안 들어온 것 같더라구요."

"나주댁은 없어."

"그라요? 어디 친정 간다 카더마."

"기러니깐 최씨가 이런 행보에 나선 게지 뭐."

"영감님도 차암. 지가 얼굴 마주 보고 말씀 디리기가 뭣해서 그러지요. 현장을 잡는 게 알구 보면 아뭇것도 아임니더. 접때 아리랑고개 밑 신흥사 근처 이바구 제가 발써 해드렸지야? 이젠 이노무 자석이 겁대가리도 없다 이깁니더."

"내레 성금 어메 첨 볼 때부터 욕심이 과혔나봐……"

"그런 소린 치와뿌리소 마."

"암만 해도…… 나이차라는 게 있는 건데…… 그 팔팔한 서른 안짝의 나이에 이렇게 부친 근력으로 어디 성에 차겠나 말이야."

"월하 할배가 청실홍실을 풀어서 부부의 연을 맺어줬을 땐 그게 아임니더. 얼라도 두고 하믄 우떤 계집이래두 함부로 지애비한테 오쟁이 태우려 들 수는 없는 노릇임니더. 문제는 이노무 양은 장수가 동네 아주마이들 맘을 다 흐려놓는다 아임니꺼. 겉보기엔 조빼던 계집들도 그 낙타가 그려져 있는 거 뭐라 카더라, 으응 카, 카멜표 냄비 서넛이면 안 나가떨어지는 경우가 없다 아임니꺼. 그러니 그노무 양은 장수가 천하의 불쌍놈이란 말이 어데가 그릅니꺼? 동네 조리를 한번 돌리든지 해야지 원."

"내가 이 나쎄에 이젠 뭘 바라겄나? 늙마에 본 우리 저 불쌍한 성금이가 제 앞가림할 때까지 거저 에미가 곁에 남아서 돌봐줬으면 원이 없겠다 그거지 뭐. 별거 있갔어? 국민핵교 졸업만 하믄 워낙 반지빠른 계집이니까니 제 앞가림이야 깐깐이 허겄지."

행길 위쪽에서 워커 소리가 저벅저벅 들려왔다. 플래시 불빛이 길바닥 위를 땅강아지처럼 핥고 지나갔다. 순찰을 도는 방범대원들이었다.

"이거 추운데 수고 많심더, 헤헤."

"남들 다 곤히 잠든 새벽에 괜시리 두런두런 소란스럽게 굴지 말고 따순 방구들 신세나 얼른 지슈."

"방구들은요? 이제 새벽밥으로 얼추 허기만 끈 다음 같이 새벽일 나갈 사람들 기다리는 참인데요, 뭘."

박씨가 발끝으로 화톳불을 지싯지싯 끄는 시늉을 하며 맞받았다. 그러자 코끝만 얼핏 내다보이는 웅숭깊은 모자가 달린 두툼한 방한복을 입은 사내 둘이 걸음을 멈추고 화톳불 앞에 어깨를 웅송그리고 앉은 두 사내의 등짝에 플래시 불빛을 한번 휘저은 뒤 아래쪽으로 향했다. 열댓 발짝쯤 걸었을까. 갑석이네 가게 보안등 아래서 누군가를 세워놓고 찍짜를 놓는 소리가 들렸다.

"어디 그 지게 좀 내려놔보쇼."

"아따 이 양반들 나를 몰라보요? 요기 통장님 윗집 장석조씨네 끝방에 사는 양은 장수 최씬데 말여."

"우리가 사람 얼굴을 보고 이렇게 불러세운 게 아니라 새벽에 땀벌벌 흘리면서 지게질을 하는 게 수상쩍어서 당신을 불러세운 거니 잔말 말고 그 지게를 내려놓고 나르는 짐이 뭔지나 봅시다."

"하따, 보나 안 보나 양은 장수 지게에 실린 게 양은 아니면 찌그러진 솥이나 냄비지 무슨 다른 게 있을 거라는 게요? 도무지 원 답답혀서."

"거 빨리 내리라면 내려!"

"내리라니깐 내리긴 허겄지만서두 동네에서 그것도 바로 내 집 앞 문턱에서 이런 쌩이질을 당하니 맴이 요상허게 돌아가누만."

"최씨, 아 거기서 뭘 허느라고 기러케 해찰을 하구 그러누?"

"아, 오영감님이시구먼요. 내요, 양은 장수 최씨."

"그려, 다 알구 묻는데두 그러는구먼."

"해찰은 내가 해쌓는 게 아니라 여그 순라를 도는 양반들이 무슨 사정이 있는지 이 양은붙이들 담은 부대들을 모조리 까발려보자고 은근짜를 부리시는 모양이라 깝깝하기 그지없소, 그랴."

"그분들이 허턱 헛다릴 짚고 그러실 리가 있가서? 최씨래 아무래두 책잡힌 게 있으니까니 기러케들 구시는 거 아니겠어? 어디 보자우."

오영감과 박씨가 종짓굽에서 우두둑 소리가 나도록 내려서서 시비가 붙은 혜정이네 골목 어귀 쪽으로 몰려갔다.

"영감님이 아까 새벽일 같이 나간다며 기다린 사람이 바로 이 양반 맞아요? 새벽부텀 지게로 짐을 나르는 게 하 이상해서 말예요."

"맞지 기럼, 맞지. 같이 일 나가러 약조가 된 양반인데 하두 늦으니까니 우리가 추위를 견디질 못해서 이러케 화톳불까지 지피구 그 북새를 떤 거 아니겠수? 기러니 거 순경 양반들이 이해들을 하시구 지가 약주값이나 찔러디릴 테니 거저 모른 척하구 내려들 가시지요. 우리가 수고들 하시는 건 진작에 잘 알구 있었으면서도…… 먹고살려면 이러케 꼭두새벽부텀 포달을 떨어야 되는 벱이 아니겠수? 다들 어려운 살림이니끼니 거저 많이는 못 디려두 탁배기값이야 어찌 안 되겠수?"

오영감이 푼수껏 너스레를 떨자 방범대원들도 짐짓 그 휘갑에 넘어가는 시늉을 하는 편이 좋겠다고 생각한 모양이었다. 새벽 양은장수 지게를 들쑤셔 쟁개비라두 몇 개 얻어갈까 하고 불러세우고 검문을 하는 척했던 건데 탁배기값이라면 그것도 괜찮다 싶은 느낌이 들었던 것이다.

실랑이가 마무리돼가는가 싶자 박씨는 은근히 눈길을 돌려 최씨가 지고 온 포대자루들을 훑어보기 시작했다. 그러자니 옳거니 하고 눈에 걸리는 게 있었다. 다른 것보다 더 축 늘어진 포대자루가 눈에 띄었다. 이놈이로군. 호주머니에서 손을 빼 지그시 눌러보니 뭉클하게 들어갔다. 아무래도 뭔가 큰 개라도 때려잡아 넣은 듯 질감이 묵직했다.

그런 일이라면 그 또한 눈치가 아주 없지는 않은 일일 것이었다. 최씨가 양은 장수로 이곳저곳을 서캐 훑듯 쏘다니며 병들어 다 죽게 됐거나 거적대기로 싸서 내버린 셰퍼드 개를 몇 번 동네로 끌고 들어와 그렇잖아도 오뉴월 내내 소증이 뻗친 남정네들의 창자에 기름기를 두텁게 발라준 적이 작년 그러께에도 한두 번씩 있었기 때문이다. 이번에는 아예 어느 집 개를 살살 꼬드겨서는 한 방에 때려잡아 남 눈에 안 띄도록 새벽을 틈타 양은 부대에 넣어 지게질해 오는 건지도 모른다는 생각이 들었다. 박씨는 미심쩍어하면서도 입맛을 쩍다시지 않을 수 없었다. 최씨에 대한 방금 전의 적대감이 봄눈 녹듯 사라져갔다. 그는 좀 멋쩍은 감도 들었지만 자신이 아주 터무니없는 적대감을 품은 건 아니라는 자신은 갖고 있었다.

아리랑고개 밑 신흥사 절간에 잠깐 손볼 반나절거리 일감을 일찌감치 마무리하고 털레털레 길음천변 쪽으로 방향을 잡아 가다가 천변시장 어귀의 어느 중국집 앞을 지나는데 그 샛골목에 어디선가 많이 본 지게가 눈에 띄었다. 양은 장수 지게였는데 요모조모로 뜯어보니 바로 최씨의 지게가 틀림없었다. 아마도 그 중국집에서 요기를 하고 있으려니 싶어서 기왕이면 자신도 그곳에서 자장면 한 그릇으로 때워볼까 하고 기웃거리던 참이었다. 주렴을 활까닥 젖히고 들어갔으나 손님이 아무도 없었다. 어쩐 일인가 싶었는데 마침 닫힌 방문 앞에 사람 신발이 두어 켤레 놓여 있어 그럼 그렇지 하며 다가섰다. 그런데 그 구슬 달린 헝겊신발이 눈에 띄었다. 그건 오영감이 성금 어메에게 사줘서 그것을 본 둘남 어메도 비슷한 걸 사내라고 이부자리 밑에서 등짝을 사정없이 꼬집었던 터라 쉽게 구분이 갔던 것이다. 그런데 아니나다를까 방문을 열고 나오는데 보니 앞선 이는 최씨가 분명하고 뒤에서 몸을 옆으로 살짝 비틀고 누가 볼세라 어색한 내외를 하고 나오는 이는 남편과 자식까지 내팽개치고 도망갔다고 소문난 성금 어메가 분명했다. 우연인가베. 아니, 어째 좀 수상쩍어라. 아니 이, 이 인간들 좀 보거라이. 박씨는 두 남녀 사이가 보통이 아니다 싶어 부러 고개를 탁자 위로 꺾어 외면을 한 채 눈치를 보았다. 남 일이면 남 일이겠으나, 심봉사 못지않게 오봉사라는 말을 들어가면서 홀로 다섯 살배기 성금이를 다독거리고 있을 오영감을 생각해보니 그만 눈초리에 쌍심지가 당겨지는 거였다. 누가 먼저 꼬리를 쳤을까. 최씨여, 아니믄 얼굴 반반한 성금 어메일까. 세상 참 잘 돌아가부리는구먼. 며칠 뒤 오영감에게 넌지시 뚱겨주었더니 노발대발할 줄 알았던 오씨는 체념한 듯한 표정을 짓더니 박씨를 붙들고 제발 남들에게 함부로 피새를 놓지 말라고 신신당부를 하는 거였다. 그런 사실이 까발려지면 성금 어메가 돌아오고 싶어도 못 돌아올 거라고 통사정으로 매달렸다. 근데 거 보라고 그때 본때를 보이며 잡도리를 잘했으면 지금까지 그 성금 어메가 벌써 한 달째 자취를 감추는 지경까지는 이르지 않았을지도 모르는 일 아닌가베. 오영감은 남들에게 친정 동생한테 보냈다고 엉너리를 치는 모양인데 척하면 삼척동자도 다 아는 일이지 않구. 성금 어메가 자취를 감춘 이상 아무래도 최씨 행동거지가 의심스러운 터였는데 무슨 술수를 쓰는지 여태껏 잠잠한 걸 보니 연놈이 짜도 의뭉스럽게 짜고 도는 것 아니냐는 생각만 아삼삼하던 차였던 것이다.

그런데 방범대원들을 탁배기값으로 다독거려 구순하게 따돌리며 돌아서는 오영감의 눈탱이가 갑자기 밤탱이처럼 찢어지는 듯하더니 눈빛마저 퍼런 빛을 내는 듯 표변했다. 박씨는 아까까지만 해도 데쳐낸 시금치모양 풀 죽어 새우등처럼 잔등을 꺾고 다 죽어가던 오영감이 어떤 까닭으로 그렇게 기세가 등등하게 되었을까 의아해하지 않을 수 없었다.

"최씨, 영축없이 된 거이가?"

"영감님 말씀대로 털끝 하나 상하지 않고 재갈을 물려 데려오긴 했습니다만 저 박씨는 우짠 일로 여기서 서성거리고 있습니까요?"

숨이 턱끝까지 닿은 최씨의 등에서는 김이 무럭무럭 피어오르는 중이었다.

"저 사람도 알 만한 사람일 것 같아서 말이야. 아무튼 안으로 드세."

"어느 방이요? 우리 방이요, 아니믄 영감님 방이요?"

"우리 방이지 두말할 게 뭐 있네?"

"성금이가 있을 텐데……"

"지 이모네 집으로 일단 보내놨으니까니 당분간은……"

"어따, 이제는 사람들이 스뎅 그릇만 찾지 이 양은 자배기들은 영천 돌아다보질 않으려고 하니 참으로 큰일나부렀네."

"한때 유행이겠지, 뭐."

"글쎄 그렇다믄 다행이겠지만서두 왠지 그럴 것 같지가 않아서 걱정이야요. 이번 기회에 여차직하믄 다른 일을 잡을까 하는데 별로 마땅한 게……"

최씨는 혹 깨어 있는 귀가 있으면 들으라는 듯한 목소리로 짐짓 신세타령을 하면서도 잽싼 손놀림으로 방범대원 앞에서 반쯤 풀다 만 박다위를 마저 끄르고 아까부터 꿈틀거렸던 포대자루를 기운차게 두 손으로 받아 어깨에 메친 다음 저벅저벅 뜰 안을 들어섰다. 어안이 벙벙해진 박씨가 엉겁결에 손바닥으로 받치는 시늉을 하려다가 뭔가가 뭉클하고 닿자 화들짝 손을 뺐다. 박씨는 오영감에게 내키지 않는다는 눈짓을 해 보였다.

방 안에서 풀어본 포대자루에서는 뜻밖에도 혼절한 성금 어메가 나왔다.

"급소를 슬쩍 건드렸으니 냉수라도 한입 물었다가 뿜으면 금세 정신을 차릴 거여라우."

"자네한테 너무 몹쓸 짓을 내가 시키이."

"영감님 그런 말씀 마시오 잉. 한 이웃에 살면서 그런 심부름도 못 해준다면 그게 어디 사람살이라고 헐 수 있겠소?"

양은 자배기를 잔뜩 얹은 지게를 지고 이곳저곳으로 도부를 치며 팔러 다니던 와중에 최씨는 오영감을 버리고 도망친 성금 어메가 딴 살림을 차린 집을 아주 우연찮게 발견하고 말았다. 길가에서 그를 세워놓고 양은 함지를 고르던 가발 장수가 시간을 끄느라 이런저런 얘기를 씨월거리는데 귀가 솔깃한 대목이 있었다. 방금 전에 들른 동네에서 어느 젊은 아낙이 콩고물을 빻으러 방앗간에 갔다가 부주의로 피대에 머리카락이 말려올라가 몽땅 빠지는 바람에 본의 아니게 배코머리가 되었다는 거였다. 그래서 방금 그 아낙의 가발을 맞추고 나오는 길인데 자기가 보기에는 그 젊은 아낙이 아무래도 어느 사내의 시앗쯤 되는 듯싶더라고 묻지도 않은 토를 달았다. 그런데 그네를 시앗으로 갖다논 남정네가 그 모양을 보고는 정이 그만 뚝 떨어져서 발길을 끊는 바람에 그 아낙이 몹시 앙앙불락해서 넋두리를 하며 지낸다는 이웃사람들의 말까지 옮겨놓았다.

최씨는 혹시나 하여 약도를 자세히 물은 다음 찾아가서 수소문을 해보았더니 바로 배코머리가 되었다는 여인은 틀림없는 성금 어메였다. 거참, 등잔 밑이 어둡다더니, 최씨는 혀를 끌끌 찼다. 그네가 도망쳐 살림을 낸 그 동네는 원래 살던 동네와 불과 정거장 수로 서넛밖에 안 되는 곳이었다. 며칠 더 알아본 결과 남정네의 정체도 쉽게 알 수 있었다. 바로 고물상과 강냉이집을 운영하는 주인집의 장석조씨였다. 우선 성금 어메에게 기별을 넣어 어느 중국집에서 만났다. 거기서 최씨는 자신이 오영감에게 말을 잘 해두었고 오영감도 성금 어메가 돌아오면 일절 탓을 하지 않을 작정이라고 했으니 그만 집으로 돌아와 성금이를 잘 돌보라고 일렀다. 그러나 성금 어메의 자세는 완강했다. 다시는 그런 쉬어터진 냄새가 나는 영감탱이한테는 돌아가지 않겠다는 거였다.

장석조씨네 고물상하고는 최씨도 거래가 있는 터라 기웃기웃 장석조씨를 찾아나섰다. 그는 강냉이 튀기는 자리에서 곧바로 나와서 그런지 얼굴이 술 취한 이처럼 벌겋게 달아 있었다.

"경기가 없제? 점점 양이 주네, 다리에 발동기 달았다는 최씨도."

"양은 장사도 이젠 한물갔지 뭐. 성금 어메가 저 너머에서 살고 있더군."

장씨가 옷소매로 이마 위의 땀을 한번 쓱 훔쳐낸 뒤 씩 하고 웃었다.

"이젠 오만 정을 다 뗐제. 닭털 뽑히듯 하니껜 증말 볼썽 없대이. 당신이 말을 먼저 꺼내는 걸 보니 생각이 따로 있는 듯하이. 들어나 봄세."

"내가 나서부릴까? 오영감하고도 구순하게 얘기가 어느 정도 돼부렀지만…… 여태껏 벌여논 사태를 수습허려면 아무래도 기름칠을 곳곳에 허는 게 뒤탈이 없지 않겠지 싶지."

최씨는 바짓가랑이 밑으로 엄지와 검지로 슬쩍 동그라미를 만들어 보였다. 그러자 장씨도 흔연히 고개를 끄덕여 보였다.

"대신 뒷말이 나오면 모든 책임을 써야 해!"

"두말허면 잔소리여. 찍소리 안 나오게끔 찰지게 단도리헐 텐께."

오영감은 집에다만 다시 데려다놓는다면 더할 나위가 없다고 누차 강조하면서 최씨의 손목을 부여잡고 흔들었다. 최씨는 부러 생색을 내며 오영감의 호주머니에 만원짜리 몇 장을 찔러넣었다.

"아니, 그런데 도망갔다는 이 아짐씨는 어디서 이 모양으로 끌고 오는 겁니꺼? 내사 마 정신이 다 아뜩해서 말임더."

"최씨가 알아냈다네. 멀리도 아니고 요 청수장 못 미처 동방에서 살림집을 내고 있었다는구먼."

"아니 누구랑 말임니꺼?"

"자넨 모르는 게 좋을 텐데 무얼…… 흐휴."

"알 만한 사램이면 갤켜주소 마. 내도 입이 무겁기로는 오른쪽에 갖다댈 치가 없는 걸로 호가 나부렀는데 말임다."

"바로 주인집 장석조일세."

가슴팍에서 담뱃갑을 더듬어 빼문 최씨가 한마디 던졌다.

"아니 그 장가가 우떠케 영감님 마누라를 후립니꺼, 세상에."

"장석조 그치가 이년이 차린 살림집에 드나드는 걸 최씨가 똑바로 목도하고 왔단 말일세."

모두들 입을 다물었다. 창 밖이 그 동안 희부윰하게 밝아왔다. 그제사 정신이 드는지 재갈 물린 여인이 신음 소리를 내기 시작했다. 그러자 오영감이 황급히 이불자락을 뒤집어씌웠다.

"앞으로 우얄라꼬예?"

"달래야지, 무슨 딴 방도가 서겠나? 그러면 한동안 또 그렇게 숙지게 살겠제."

"한 번, 아니 이것저것 따지믄 몇 번이고 바가지가 샌 계집인데 말을 제대로 듣겠습니꺼? 지 생각에는 더이상 들을 것 같지가 않아서예."

"이년도 인두겁을 쓴 사람이면 자석새끼 몰골 좀 보고 이 늙은 서방이 통사정을 하고 나오는데 얼마쯤은 제정신 좀 차리지 않겠어? 영 하다 못하믄 쥐도 새도 모르게 죽여 없애뿔 거라구 닦아세우는 방도도 있으니까니 이후로는 내게 맡기고 임자들도 슬슬 자부름이 밀려올 때가 됐으니까니 가서들 눈 좀 붙이는 게 어떻겠어? 아침 느지막이 개장국으로 내가 해장은 시켜줌세."

그 다음날 아침이었다.

등짝을 후려패는 아내의 손길에는 아픔조차 느끼지 못한 채 생게망게한 얼굴로 잠깐 눈을 붙이고 나온 박씨는 오영감네 사정이 궁금해서 못 견딜 지경이 됐다. 아마 풍비박산이 나도 한참 났을 게야. 그는 아내가 밀쳐주는 아침밥상도 잠시 마다한 채 신발을 꺾어신고 가만히 부엌문을 열었다. 늦은 아침이라 그런지 수돗가에는 빨랫감을 들고 나온 안사람들로 붐볐다. 그 긴 줄을 서던 변소 앞도 휑뎅그렁했다. 그는 옷매무시를 여며 바지 바깥으로 나온 남방을 휘잡아넣고는 문을 나섰다. 문 앞을 쓸고 있는 성금 어메와 눈길이 마주치는 순간 그는 묘한 표정을 지으려 했으나 오히려 그네는 생글생글 예의 그 눈웃음을 치는 거였다. 내가 새벽녘에 꿈이라도 꾼 것인가베. 그는 두 눈두덩을 주먹으로 썩썩 부볐다.

"둘남 아밴 인자 일어났어요?"

"아, 아예, 식사하셨제예?"

"그럼요. 오랜만에 동생집을 다녀왔더니 집 안이 엉망이어서 대청소를 하는 중이지요."

"그 동안……"

"예, 그 동안 당진 친정에 가 있었는데 우리 성금이 걱정이 돼서 더 머물 수가 있어야죠. 그래서 어젯밤 늦게 와버렸죠, 뭐."

끝방 쪽에서는 최씨가 양은 지게를 깐깐히 박다위로 묶으면서 행상 떠날 채비를 하고 있는 게 보였다. 그는 그쪽으로 미적미적 다가갔다.

"오늘은 늦네?"

"늦지."

"몇 술 떴어?"

"둘남 어메가 깊이 잠들었다고 빽빽이 말리길래 오영감하고 둘이서만 해장국을 한 그릇씩 말아먹었지."

박씨는 성금 어메 쪽을 가리키며 눈짓을 찡긋해 보였다.

"어떻게 된겨?"

"죽을래 살래, 했더니 살겠다고 했다더구먼. 목숨은 귀한 것 아닌감?"

"나중에라도 내게 불똥 튈 일은 없겄제?"

"입이 보배지, 보배. 자네 이 쟁개비 좀 둘남 어메 갖다줌세. 어제 구멍난 양은솥 가져다줬길래 드리는 게니 그리 알라구."

"내가 구린 입 한 번이라도 뗀다면 머리털 검은 짐승의 아덜이 아니제."

박씨는 최씨가 건네주는 쟁개비를 받아들면서 왠지 운이 좋을 것만 같은 아침이라는 생각이 들었다. 아무 탈이 없이 지나가준 어젯밤이 그렇게 고마울 수가 없었다.

겐짱 박씨 형제

겐짱 박씨는 끝에서 둘째 방에 사는 사람이다. 그의 마누라는 그보다 한 네댓 정도는 나이가 들어 보여 꼭 개가한 과부처럼 보였는데도 어쨌거나 그네는 동네에서 새댁으로 불리는 유일한 사람이었다. 살림을 시작하면서부터 한동안 초록 저고리에다 붉은 치맛말기를 질끈 동여매고 문 앞을 종종걸음으로 나댔기 때문이기도 했지만 워낙 성품이 서글서글해서 동네에서는 모두들 봉산참배 같은 새댁이라고 칭찬을 아끼지 않았다.

한데 뒤에서 남 말 하기 좋아하는 사람들은 그네가 실상은 저 까마득한 남쪽 바다 흑산도라는 섬 지방의 논다니 지친 것이었는데 우연히 그 섬에 들른 겐짱 박씨와 눈이 맞아 뭍으로 나오게 됐다고들 했다. 그 여자를 뭍으로 데리고 나오기 위해 겐짱은 그 동안 모은 돈을 통틀어 그 여자가 섬에서 대추나무에 연 걸리듯 지고 있던 빚을 대신 갚는 데 다 탕진해버렸다는 것이다. 그래서 지금은 무일푼 신세로 전락했기 때문에 물색없이 돈을 잘못 빌려줬다가는 돌려받기 힘들 것이라고 헐뜯었다.

그러나 그런 말들은 얼마 지나지 않아 근거가 없는 것으로 판명났다. 왜냐하면 겐짱 박씨네는 물질적으로 풍족함을 누리고 있었기 때문이다. 겐짱 박씨가 근면하기도 했지만 새댁의 수완이 좋아서 시장 한 귀퉁이에 돼지 간이나 순대를 쑹덩쑹덩 썰어주는 순대집을 낸 게 그렇게 천세나는 판이어서 옆의 채소 가게 터를 넘겨받아 정식으로 순댓국집을 신장개업할 정도였다. 동네에서도 겐짱 박씨네에게 아쉬운 소리를 하러 오는 사람이 점차로 많아졌고 그렇게 되자 그들에 대한 악소문도 어느덧 수그러들고 말았다.

겐짱 박씨의 본래 이름은 박헌일(朴憲一)이었다. 영남 출신 사람들이 흔히 이름 가운데 한 자만 따서 부르듯이 그의 부모도 그를 헌이라고 부른 모양이었다. 그의 부모는 일제 말기에 자청해서 돈을 벌기 위해 나가사키에 있는 어느 일본 군수 공장에 취직을 해서 현해탄을 건너갔다. 그곳에서 겐짱 박씨가 태어났다. 그를 헌이라고 부르는 걸 들은 일본인들이 그를 겐짱(憲君)이라고 부른 게 아예 고국에 돌아와서까지 그의 이름으로 굳은 것이다. 겐짱은 전공(電工)이었다. 탄띠 모양 드라이버나 스패너 같은 공구를 주렁주렁 맨 가죽띠를 서부의 총잡이처럼 허리에 두르고 다녔다. 얼굴은 늘 창백한 채였다. 그래서, 주위의 짓궂은 사람들이 그를 놀려먹곤 했다.

—어이 겐짱 박씨, 새서방 노릇 하기가 어때? 감당해내기가 어디 쉬워? 암만 꿀단지라지만 웬만하면 가죽방아일랑 돌아가면서 품앗이로 찧자고. 워뗘? 노총각으로 늙다가 그렇게 색을 갑자기 너무 밝히니깐 머리가 다 그 모양으로 빠져버리지.

겐짱은 늘 챙이 깊은 작업모를 쓰고 다녔다. 그래서 그의 으늑한 눈자위에는 항상 깊은 그늘이 드리워 있었다. 사람들은 그가 벌써부터 대머리가 된 걸 감추기 위해서 모자를 쓴다고 했다. 어떤 이들은 겐짱의 부모가 나가사키의 군수품 공장에서 일하다가 원자폭탄의 영향 때문에 겐짱을 잘못 낳아서 그마저 그 후유증에 시달린다고 뒤에서 쑤군거렸다. 겐짱 박씨는 집으로 돌아올 때는 언제나 새댁이 꾸리는 순댓국집에 들러 문 닫을 때쯤 해서 같이 귀가를 하곤 했다.

그에게는 작은 겐짱이라고 불리는 동생 헌기(憲基)가 있었다. 훤칠하고 노릇노릇한 곱슬머리를 한 젊은이였는데 외모가 준수해서 그런지 오나가나 동네 아낙이나 처녀들의 눈길을 한 번쯤은 되돌려 놓을 만큼 인기가 높았다. 그러나 그가 누구누구와 연사를 일으켰다는 소문이 끝까지 들리지 않은 걸로 봐서 그의 행실은 매우 바른 편이었다.

하지만 그에게는 딱 부러지는 직업이 없었다. 작년에 군대를 제대하고 나서 할 일이 없어 빈둥대다가 형님이 있는 서울로 무작정 상경을 하여 얹혀살기 시작했다. 처음에는 형과 형수가 있는 한 방에서 그대로 같이 지내다가 바로 옆방이 비자 곧바로 거처를 옮겼다. 그는 앞으로 어디까지나 서양화가가 되는 꿈을 지닌 청년이었다. 그러나 지금은 당장 그 꿈을 이루기가 어려워 어느 만화가 밑에 들어가 용돈깨나 받아 쓰면서 뒤치다꺼리를 해주며 일을 배우고 있었다. 그는 삼십원짜리 상고머리를 깎아주는 떠돌이 이발사들이 흔히 갖고 다니는 네모진 통가죽가방을 겨드랑이에 끼고 다녔다. 어떨 땐 빵모자를 비스듬히 걸치고 귀에다 펜을 멋들어지게 꽂고 출근을 하는 바람에 뒤를 한참이나 쫓아가던 동네 조무래기들의 찬탄을 한 몸에 받기도 했다. 그의 방문 앞에 가면 그림은 언제나 공짜였다. 실물보다 더 잘 그려준 초상을 받아쥔 조무래기들은 괴성을 내지르며 집으로 뛰어갔다.

작은 겐짱은 시간이 나는 대로 형수가 하는 순대집에 들러 잡일을 거들어주곤 했다. 새댁도 그가 와서 일을 도와주는 걸 몹시 탐탁하게 여겼고 어쩌다 일을 마치고 나면 둘이서 탁자를 사이에 두고 오붓하게 앉아 순대 접시를 비우며 오누이처럼 정겨운 이야기꽃을 피우는 장면을 많은 사람이 오가다 유리창 너머로 시새워 들여다보곤 했다. 아름다운 광경이 아닐 수 없었다.

새댁은 정말로 수더분한 성품을 지니고 있었다. 약간 어두운 표정의 겐짱 박씨하고는 분위기부터 확연히 달랐다. 벌써 귓밥께가 도토롬한 게 언제나 보살처럼 후덕지게 웃는 얼굴이어서 사람들을 많이 끌 얼굴상이었다. 낮에는 아이들이 똥창 굵고 인심도 넉넉한 순대를 사먹으러, 또 저녁이면 남정네들은 남정네대로 고소롬한 순댓국에다 반주나 한잔 걸치기 위해 우죽우죽 새댁이 앞치마를 두르고 있는 곰례네 순대집으로 몰려들었다.

겐짱 박씨는 처음에 거의 저녁을 새댁의 순댓국집에서 때웠다. 일을 마치고 나면 전선줄 자투리를 한쪽 어깨에 주렁주렁 멘 채 새댁을 찾아와 손님처럼 얌전히 구석자리에 가 자리를 잡았다. 그러면 새댁은 기다리고 있었다는 듯이 그들먹한 뚝배기에 깍두기 보시기를 딸려서 내왔다. 그러면 겐짱 박씨는 흐뭇한 미소를 얼굴에 보일락 말락 띠며 슬그머니 새댁의 발그스레하게 변한 손목을 감싸쥐곤 했다. 그는 워체 수줍음을 많이 타는 성격이어서 사람들은 그런 사람이 어떻게 숫기를 내서 새댁을 업어왔냐고 종종 말밥에 올렸다.

새댁이 이따금씩 짓궂은 손님들의 청에 못 이겨 자의 반 타의 반으로 부르는 노랫가락을 지그시 눈감고 듣는 겐짱의 모습은 마치 엄마의 자장가 노래를 듣는 아이처럼 티 하나 없이 맑기만 했다.

그 짓궂은 손님들 역할은 주로 작은 겐짱이 몰고 온 작업실 사람들이 맡았다. 작은 겐짱은 호주머니 사정이 넉넉지 못해서 그런지 곧잘 친구들이나 작업실 사람들을 몰고 나타났다. 그러나 새댁은 그들이 별로 돈이 되지 못하는 축이라는 사실을 잘 알면서도 싫은 내색을 전혀 하지 않고 성심 성의껏 흔연 대접을 해주었고 끈질기게 부탁을 하며 늘어지면 노래도 한마디 들려주기를 주저하지 않았으니 자연 그네보고 누님이라고 부르며 따르는 이들이 늘어날 수밖에 없었다.

작은 겐짱은 군대에서 기타를 아주 썩 훌륭하게 배우고 나왔다. 집에서 가끔씩 퉁기기도 했지만 종종 곰례네 순댓국집에서도 형수가 노래를 부를 수 있도록 기타를 뜯었다. 주로 뽕짝이 많았는데 저녁에 돌아오다가 유리창 밖에서 동생과 아내가 기타 반주에 맞춰 정답게 노래를 같이 부르는 걸 보던 겐짱 박씨가 그대로 딴 데로 사라지는 걸 이상하게 보는 사람들도 있긴 있었다.

처음엔 "난, 못 혀요, 못 혀" 하면서 빼던 새댁이 한두 곡 부르고 나면 되레 더 신청곡을 들고 나와서 작은 겐짱과 그 친구들이 한바탕 웃음을 터뜨리는 경우도 있었다.

몸이 약했던 겐짱이 언제부터 그렇게 소나기술을 입에 대기 시작했는지는 분명치 않았다. 아무튼 그가 부쩍 술을 입에 대는 날이 늘어났다. 전기를 다루는 사람이라서 그런지 어쩐지 평소에는 일하면서 술을 거의 입에 대지 않았지만 새댁의 순댓국집에만 오면 한 잔에서 두 잔까지 가던 게 어느덧 반 병 주량으로 늘어났고 어떨 땐 한 병을 곱다시 다 비우는 날도 생기게 되었다.

작은 겐짱이 어느 날 자기의 방에 돌아와보니, 형 신발이 방문 앞에 놓여 있었다. 어쩐 일로 형수가 하는 순댓국집엘 들르지 않았나 싶어 문짝을 살며시 열어보니 형이 기다랗게 엎어져 있었다. 방 안에 들어가 앉은 작은 겐짱은 형의 어깨를 흔들어 깨우려다 말고 눈이 휘둥그레졌다. 형은 바로 어느 여자의 속내의를 잔뜩 꿍쳐가지고 거기다 얼굴을 쑤셔박고는 잠들어 있었던 것이다. 아마도 그 속옷들은 형수 것일 터였다. 그는 갑자기 어쩔 줄 몰라 당황하기 시작했다. 형의 머리맡에는 자신이 형수를 모델로 삼아 연필로 그린 형수의 초상이 담긴 도화지들이 북북 찢긴 채 어지럽게 나뒹굴고 있는 게 아닌가.

겐짱이 인기척을 느꼈는지 눈을 떴다. 그러더니 아무런 표정 없이 동생을 타인처럼 한번 쓱 본 다음 저벅저벅 자기 방으로 건너가버리는 것이었다. 동생은 그 순간 형이 너무도 낯설게 여겨져 등골이 오싹해지는 한기를 느꼈다. 그때서야 비로소 동생은 형네 부부의 금실이 예전만 못하다는 데 생각이 퍼뜩 미쳤다. 그런 생각이 일자 얼마 전 형수의 눈두덩에 슬쩍 비쳤던 푸르딩딩한 기미의 정체를 알 수 있었다. 아마도 형의 주먹질이 낸 흔적일 가능성이 높았다. 작은 겐짱은 자꾸만 달라져가는 형의 모습이 무서웠다. 한번은 이런 일이 있었다.

새댁은 평소에 작은 겐짱의 그림 솜씨에 많은 관심을 보이고 있었다. 가끔씩 시동생이 직접 그린 그림들을 한데 모아놓고 같이 들여다보며 그림 설명을 듣는 것은 새댁의 큰 낙 가운데 하나였다. 밥상을 따로 차려다 줄 때면 작은 겐짱 방에 한참씩 머물러 그림에 대해서 이것저것 묻기도 했다. 작은 겐짱도 자신의 설명을 그토록 진지하게 들어주는 사람이란 고마운 존재일 수밖에 없었다.

그날은 밥상을 거두러 왔던 새댁이 문지방에 상체를 비스듬히 걸친 상태에서 작은 겐짱이 보고 있던 화첩에 관심을 보였다. 그러자 작은 겐짱은 열심히 그림들에 대해서 설명을 해줬는데 그러다보니 어쩌다 두 사람은 옆으로 거의 나란히 누운 자세가 돼버렸다. 얼마 동안이나 그렇게 얘기를 나눴을까. 두 사람은 자신들의 다리 위로 뭔가가 휙 덮쳐오는 바람에 얼른 떨어지면서 고개를 돌려 뒤를 바라보았다. 형이 부엌 문턱에 서 있었다. 그리고 두 사람 종아리 위로 떨어진 것은 바로 새끼줄에 매달린 조기 새끼들이었다. 그 순간 형이 뭐라고 꿍덜거렸다.

"자칫하면 가랑이가 넷이 되는 꼴을 보겠구먼."

가랑이가 넷이라니, 영문을 알 수 없는 말이었다. 아무튼 어쨌거나 두 사람은 어색한 표정을 지으며 일어섰고 물끄러미 쳐다보던 형은 더이상 아무 말 않고 바로 자기 방으로 들어갔다. 작은 겐짱은 왜 형이 자신에게 그런 무안을 주었는지 잘 이해할 수가 없었다. 사정이야 어떻든 형이 기분 언짢아하는 모습을 보자 왠지 마음이 편하질 못했다.

그런 일이 있은 뒤로 며칠이나 지났을까. 얼굴이 벌겋게 상기되어 부엌문을 열고 들어와서는 다짜고짜 동생을 끌고 자기 방의 부엌으로 데리고 들어간 겐짱은 나지막하지만 알심이 있는 목소리로 이곳에서 얌전히 자신이 나올 때까지 기다리고 있으라고 명령조로 말했다. 영문을 모르던 동생은 고개를 갸웃거리다가 이내 끄덕끄덕하며 부뚜막께에 쪼그리고 앉았다. 신발을 보아하니 형수도 방 안에 있는 기색이었다. 형이 닫고 들어간 방문 창호지에는 어른 주먹만한 구멍이 뚫려 있어 고개를 설핏 돌리는 날에는 방 안 광경이 훤히 다 드러나 보일 지경이었다. 신발장 옆에 먼지 덮인 주간잡지를 끄집어내 읽던 동생은 뭔가 이상한 소리에 귀에 온 신경을 모아 쫑긋 세웠다. 처음엔 누군가 흐느껴 우는 소린가 싶어 부엌 밖으로 귓바퀴를 돌려 세웠는데 그것이 아니었다. 소리는 방 안에서 새나오고 있었다. 작은 겐짱의 등짝으로는 한소끔 수증기가 피어올랐다. 그는 가빠지는 가슴을 진정시키면서 방 안으로 신경을 흘려보냈다. 가느다란 신음소리가 흘러나오고 있었다. 그리고 그것이 무슨 소린가는 단박에 알아챌 수 있었다. 바로 남녀의 교합 소리였던 것이다. 작은 겐짱의 얼굴은 낭패감으로 이상하게 일그러졌다. 느끼한 기름덩이를 사발째 들이켜기라도 한 듯 속에서 헛구역질이 마구 치솟아올라오는 바람에 허리를 반쯤 꺾고 명치께를 주먹으로 썩썩 비벼댔다. 허리를 반듯이 펴느라 고개를 쳐들자 그 큰 구멍 속으로 방 안의 광경이 다 들어왔다. 작은 겐짱의 눈에서는 알 수 없는 눈물이 비쳤다.

그러나 그 이후로 달라진 것은 아무것도 없었다. 겐짱은 평소와 다름없이 꺽실꺽실하게 일을 잘 나갔고 새댁도 순댓국집을 차질 없이 꾸려나갔다. 작은 겐짱은 어디 스케치 여행을 간다며 훌쩍 방을 비웠으나 곧 돌아오겠다는 연락이 와 있었다. 그사이에 겐짱과 새댁 사이에 대거리로 싸움이 붙었더랬으나 싸움이 끝난 뒤로는 언제 그랬냐는 듯 희희낙락한 모습들이었다.

하지만 그 싸움을 밖에서 귀 기울여 들은 동네 사람들은 이제 겐짱 박씨의 밀월 기간은 끝났다고 생각했다.

"야 이년아, 니 근본을 그예 일 년을 못 기대리고 드러내고 마니? 그게 뭐냐? 흑산도에서 논다니로 굴러먹던 기질이 예서 나오는 게 냐 뭐야?"

"논다니라니? 그래 난 논다니다. 하지만 그걸 모르고 그토록 비대발괄 쫓아다니며 빼내온 거라더냐? 한번 맴 독허게 묵고 사람답게 살아보려고 했더니 이제 와서 그게 뭔 소갈머리없는 입정이냐, 에구 죽여라! 패 죽여라, 아예."

"젊은 것들이 왜 그렇게 니년한테 달라붙는지 네가 그걸 진정 모른다 카지는 못허겠제 응?"

"순댓국집 찬모 노릇을 하자면 싫어도 웃고 좋아도 웃어야지 그게 무슨 잘못이라구 이 행악질이냐, 이 화상아!"

"네년이 그렇게 헤프게 웃으며 살살 꼬리를 치니깐 뭇 사내들이 침을 잴잴 흘리며 네년이 흔드는 궁둥이 따라 고개를 이리저리 돌리는 게지. 그 사연을 네가 정녕 모른다고는 하지 않겠지?"

"오매, 이렇게 억울할 수가, 억울할 수가. 당장에 쎄를 모래밭에 콱 쑤셔박고 결딴을 내도 모자라겄구먼. 이 작자가 생사람을 잡아도 유분수지."

"뭐 이 작자! 너 이년! 생사람을 누가 잡는다고 그 지랄이니 지랄이! 오늘 어디 한번 뼈를 추릴 수 있나 없나 끝장을 보자꾸나. 네 이년, 내가 딴 건 다 참을 수 있다만 어디 개 흘레 족보냐? 시동생이랑 붙어먹으려는 천하의 화냥년이 세상천지 어딜 가믄 구경할 수 있다더냐?"

"오냐, 그래 미치긴 단단히 미쳤구나. 어디 너 죽고 나 죽자!"

스케치 여행에서 돌아온 작은 겐짱은 나중에 동네 사람들한테서 저간의 이러저러한 얘기를 들었다. 형한테 얻어맞아 새댁이 한 닷새 순댓국집 문을 닫았다는 말도 들었다. 그 싸움에 자신의 일도 한 빌미가 됐다는 얘기를 듣고는 형수를 볼 낯이 없었으나 새댁은 전혀 개의치 않는 듯 작은 겐짱에게 예전보다 더 곰살궂게 대해줬다.

"형수님, 이거요."

작은 겐짱의 방에 소반을 들여다놓던 새댁은 눈을 휘둥그렇게 떴다. 빼꼼하게 귀가 벌어진 장식용 소쿠리 안에는 매끄럽게 반들거리는 조약돌들이 들어 있었기 때문이었다. 그네는 너무 감격해서 눈물이 글썽거릴 판국이었다. 시동생이 설명을 하지 않아도 그네는 그것이 무엇인지 대번에 알 수 있었다.

"흑산도에서 가져온 조약돌이에요. 고생도 진절머리나게 하신 곳이겠지만 이런 갑갑한 곳에서 살림허실라치면 가끔씩은 섬 생각이 나시겠죠? 그래서 제가 접때 여행 떠나면서 흑산도에 들렀다가 주워 왔어요. 가보시지는 못할망정 그곳 냄새나 맡으시라구요."

"도련님, 증말 고마워라우. 이 일을 워짜면 앙갚음을 할 수 있당가요 잉? 너무너무 감격해서 워짠디요."

"별거 아닌데요, 뭐."

작은 겐짱은 귀가 떨어져나간 소반을 끌어당기며 짐짓 의연한 체했다.

"만져보세요. 맘에 드시나."

조약돌을 한 손아귀에 거머쥔 새댁은 어깨를 가느다랗게 떨었다. 정성 들여 한복을 걸뜨리고 나선 새댁의 자태가 그날따라 더없이 고왔다. 그네는 어깨를 돌리며 벽거울을 통해 자신의 만족해하는 표정을 감상했다. 그러더니 감격에 겨워 발그레 홍조를 띤 얼굴로 자신을 말끄러미 올려다보고 있는 작은 겐짱의 손목을 다시금 부여잡았다.

"어쩜 이렇게 꼭 지 맘에 쏙 드는 선물을 생각해냈어라우? 도련님 같은 맴씨를 지닌 사람은 언제 복을 받든지 꼭 받고야 말 거예요."

어지간히도 홍감에 겨웠던지 발목을 접지른 새댁은 제풀에 자기 옷고름을 밟는 바람에 앞고름이 스르륵 풀리는 줄도 몰랐다. 작은 겐짱은 어서 형수가 달뜬 기분을 가라앉히길 기다리며 눈길을 딴 곳으로 돌렸다.

그때 겐짱 박씨는 선물꾸러미를 겨드랑이에 끼고 집으로 돌아오는 길이었다. 그는 동생이 홀쩍 방을 비웠다가 돌아오자 암만해도 동생에게 괜한 심사를 품고 있었던 것 아니냐는 반성이 들었다. 아무렴 형수와 시동생 사이에 무슨 일이 벌어지겠는가. 그래서 그는 아내가 있는 순댓국집에 들르기에 앞서 화장품 대리점에 들러 개중에 값이 제일로 나간다는 걸로 한 세트 큰맘 먹고 사들었다. 왠지 가슴 한켠이 뿌듯해지는 게 얼른 아내에게로 달려가고 싶었다. 발걸음이 뒤웅박을 밟는 듯 허둥지둥하는데 삼거리 이발소 앞에서 면도를 막 마치고 나오던 구멍가게 주인 갑석이 아버지가 그를 가로막았다.

"어딜 그리 바삐 가누?"

"헤헤, 지냑 안 묵어요?"

"어디로? 순댓국집으로?"

"암요, 지가 오늘은 큰맘 먹고 이렇게 화장품 세트도 하나 장만했거들랑요. 어서 가야죠. 그럼 이만."

"이 사람아 게 좀 서봐. 지금 거기 가봤자 지냑 못 얻어먹어."

"아니 왜요?"

"문 닫았거든."

"어디 아프데유?"

"아프고 찡기고 간에 무릇 집안 단속을 잘해야지, 끌끌. 여태껏 새댁이 자네가 사다준 화장품을 처바르며 벌충한 것도 아닐 텐데 새삼스레 웬 화장품이라고 사들고설랑 에잉. 쪽박이랑 계집은 집 안에서부텀 새지 않도록 단속을 해야지 바깥에 나와서도 안 새는 법인 걸 모르진 않겠지?"

겐짱 박씨는 한달음에 집까지 뛰어올라왔다. 부엌문을 활짝 열어제치니 방 안에 불이 켜져 있었다. 그러나 아내는 보이지 않았다. 겐짱 박씨는 순간 머릿속으로 뭔가 불길한 예감이 연못 속의 물고기처럼 퍼드득 휘젓고 지나가는 느낌이 들었다. 그 예감은 곧바로 치솟아오르는 분노에게 자리를 내주었다.

—이, 이런 단매에 때려 죽일 연놈 같으니라구!

그는 두 주먹을 불끈 쥐었다. 그리고는 부엌을 휘둘러보면서 뭔가 닥치는 대로 손에 쥐려 했다. 그의 손아귀에는 허리춤에서 풀러낸 공구 벨트가 묵직하게 쥐어졌다.

그는 곧장 옆방으로 내달아 문을 벌컥 열어제쳤다. 그리고는 방 안에서 펼쳐지는 광경을 보자 한가닥 설마 했던 미련이 남김없이 사그러지는 것 같아 분노에 몸을 부르르 떨기 시작했다. 그러나 방 안의 두 남녀는 약간 어색한 기색만 비쳤을 뿐 별 동요를 하지 않았다. 겐짱 박씨에게는 그런 모습이 못내 더 뻔뻔스럽게 비쳐 더욱 분노의 감정에 풀무질을 하게 했다.

동생은 유난히 곱게 한복을 빼입은 형수를 넋이 빠진 얼굴로 올려다보고 있었고 마누라는 한껏 분위기가 올랐는지 풀린 옷고름 매무시를 하느라 앞가슴께를 더듬고 있는 순간이었다. 그 장면이 마치 겐짱 박씨에게는 아무한테나, 아니 하물며 시동생 앞에서 옷고름을 푸는 세상에 없는 화냥년의 소행으로 비쳤다. 방정하지 못하고 헤프게 풀어헤쳐진 옷고름이 겐짱 박씨의 눈에 커다랗게 와 박혔다.

— 오냐! 오늘에서야 이 두 눈으로 움직일 수 없는 확증을 보고야 마는구나. 어디 각오 좀 해봐라. 이 연놈들아.

"아, 형 웬일이세요?"

"야 이놈아, 니가 내게 이럴 수가 있니 그래?"

"무슨 말씀입니꺼? 도무지……"

"도무지? 그래 지금 지 형수를 상대헐려는 놈이 눈깔이 삐었을 텐데 뭣인들 눈에 차겠냐? 너 같은 놈에겐 이 맛이 보약이 틀림없다, 이놈! 맛 좀 봐라."

겐짱 박씨는 두툼한 가죽 혁대를 인정사정없이 휘두르기 시작했다. 동생의 감싸쥔 머리 위로 살을 찢는 듯한 채찍질이 퍼부어졌다.

"형님, 왜 이러세요? 제발 고정하세요."

"내가 지금 고정하게 됐니? 이 짐승만도 못한 놈아!"

"형님이 지금 뭔가를 오해하시는 모양인데 전 형수님께서 차려주신 밥상을 앉아서 받은 죄밖엔 없습니다."

"이놈아, 그 말을 곧이곧대로 믿는대도 어디 시동생 앞에서 옷을 홀렁 벗고서 옷을 갈아입고 옷고름을 풀면서 꼬리를 치는 년이 세상 천지에 어디 있단 말이냐? 내 말이 틀렸냐?"

"아아, 형님."

매를 견디다 못한 작은 겐짱은 짐승처럼 울부짖는 소리를 내며 몸을 뒹굴어 방 안에서 벗어난 다음 맨발로 뛰쳐나갔다. 그러자 겐짱 박씨는 구석에 쪼그려뜨리고 앉아 공포에 질린 얼굴로 떨고 있는 새댁에게 달려들었다.

"네 이년, 입이 열 개라도 할말이 없으렷다!"

"나는 정말 죄가 없다!"

"이년이 정말 혼뜨검이 나야 정신을 차리겠구나. 내가 이 두 눈으로 직접 확인을 했건만 무엇이 아니란 말이냐. 다시는 그런 화냥기가 발동하지 않도록 오늘은 네년의 공알을 헤쳐놓든지 할 테니 그리 알아라!"

가죽 채찍이 몇 번 머리 위로 떨어지고 언제 집어들었는지 각목 세례가 시작되자 어차피 이대로 가면 목숨을 부지하기가 어렵다고 판단한 새댁은 발악발악 악장을 치며 대들기 시작했다.

"이 쑥맥아, 영문을 모르면 국으로 가만있기나 하지!"

"오냐 쑥맥? 분명 쑥맥이라 그랬겄다? 시동생 앞에서 꼬리를 빗자루모양 살랑살랑 흔드는 년은 천상 쑥맥이 아니라 이거냐?"

온 동네 사람들이 문 앞에 몰려들었으나 누구 하나 팔을 걷어붙이고 나서서 말리려 들질 않았다.

그날 이후로 작은 겐짱은 다신 동네에 모습을 드러내지 않았다. 아폴로 극장 뒤쪽에서 양아치가 되어 있는 그를 봤다는 사람도 더러 있고 어느 기차역에서 술에 취해 잠들어 있는 그를 봤다는 이들도 있었지만 다 떠도는 말에 불과했다. 다만 한 가지 분명한 사실은 그가 이젠 돌아오고 싶어도 돌아올 방이 없어졌다는 점이다. 주인집인 장석조씨가 작은 겐짱이 집을 나간 뒤 며칠 만에 전격적으로 그 방을 복덕방에 내놓은 것이다. 셋방살이 사람들을 판단하는 데 거의 동물적인 후각을 지니고 있는 것으로 정평이 난 장석조씨가 다신 작은 겐짱이 돌아오지 않으리라 판단한 것이다. 그러자 그 방은 기다렸다는 듯이 어떤 점박이 공장 아가씨가 차지했다. 겐짱 박씨가 동생 방을 정리하면서 가져나온 물건들은 정말 보잘것없었다. 기껏해야 홑이불 한 채와 책 몇 권 그리고 만화를 그리는 데 쓰이는 도구 몇 점이 고작이었다. 개중에서 완전히 박살이 난 기타는 마침 연탄불을 꺼뜨린 둘남이 어메가 숯탄값을 절약하기 위해 받아다 쪼개서는 화덕 밑에 깔고 탄불 지피는 데 불쏘시갯감 구실을 했다.

새댁마저 집을 나간 것에 대해서 동네 사람들은 별로 의아해하지 않았다. 당연한 차례로 비쳤던 거다.

—어느 쎄 빠진 년이 그토록 장작개비모양 얻어터지면서 살림을 계속할꼬. 당장 막살을 놓고 보따리 싸 걸머지는 게 현명한 처사로고.

으레 큰 충격을 받을 줄로 여겼던 동네사람들은 의외로 겐짱 박씨가 실실 웃으며 보는 이마다 족족 인사를 하며 다니자 그에게 실성기가 일었다며 다들 혀를 차고 끌탕을 해 마지않았다. 그는 낮이면 일도 나가지 않고 어디론가 쏘다니며 술을 마시다 저녁 무렵에야 집으로 기신기신 찾아들었다. 얼굴은 몰라보게 축이 져 야위어갔고 눈에는 핏발이 선연하게 서기 시작했다. 그의 괴기스런 몰골 때문에 눈이 마주친 아이들은 영문 모르고 울음을 터뜨리기 일쑤였다.

언젠가부터 사람들은 겐짱 박씨가 자기 방에서 기타를 사다놓고 뜯는 소리를 들을 수 있었다. 처음 그 소리를 들은 사람은 작은 겐짱이 돌아온 것인가 고개를 갸웃거리며 문 앞에서 서성거려봤지만 이내 기타 뜯는 실력을 보고는 그게 아니라는 사실을 알아챘다. 거문고를 타듯이 줄을 하나하나 거칠게 잡아뜯는 소리였으니까 말이다.

평생 기타를 손에 잡아본 적이 없는 그가 갑자기 줄을 잘 고를 수 있게 된 것은 아니고 되는 대로 이러저리 기타줄을 잡아당기는 소리였다. 하지만 그 소리를 듣는 사람들은 뒤죽박죽으로 울려오긴 했지만 그 음에 실린 겐짱 박씨의 비탄의 심정을 십분 이해할 수 있었다. 동생을 생각하며, 그리고 '그 동안 행복했으나 우린 거기까지였어요' 라는 쪽지를 밥상보 밑에 남기고 뒤따라 자취를 감춘 아내의 자태를 좇는 소리라는 걸 웬만한 사람이라면 어렵지 않게 짐작한 것이다.

겐짱 박씨는 나중에 아내가 벗어두고 간 구깃구깃한 한복을 벽에 걸어두고 오래오래 쳐다보는 버릇이 생겼다. 보면 볼수록 그 한복을 선물한 동생의 마음결이 느껴지는 옷이었다. 해방이 되고서도 거진 오 년 가량 머물다가 일본에서 돌아온 지 얼마 안 돼 두 양주가 일찍 세상을 뜨자 둘은 고향의 친지집에서 눈칫밥을 먹으며 자랄 수밖에 없었다. 못난이라고 불린 먼 친척뻘의 애보개 계집아이조차 왼 고개를 트는 바람에 형인 겐짱 박씨의 등짝에 코를 묻히며 천덕꾸러기로 자란 동생은 어려서부터 정에 많이 굶주려왔었다.

— 그기 맞는지도 모른다. 원래 잔정이 많았던 놈 아이가. 내가 눈에 뭐가 씌어서 그랬는지도 모른다. 와 하필이면 아내가 시동생과 눈이 맞아 밤봇짐을 쌀지도 모른다는 택도 없는 생각이 그렇게 자연스레 들었을꼬? 그렇다면 그때 분명히 느슨하게 풀어져 있던 옷고름은 뭐였을꼬. 저절로 풀렸단 말인가? 방이고 부엌이고 배좁았으니 저녁 소반을 들고 이리저리 몸을 틀다 어디 뿌다귀 같은 데 걸려 옷고름이 풀릴 수도 있지 않았을까. 아아, 그렇다면 나는 정말……

그제서야 겐짱 박씨는 그때 자신의 판단이 그릇된 것일 수도 있음을 인정하지 않을 수 없었다. 그러자 퀭해져서 물기란 하나도 없을 듯한 눈에서 눈물이 왈칵 넘치는 거였다.

동네 사람들은 얼마 뒤부터 겐짱 박씨의 서툰 기타 소리를 더이상

들을 수 없게 되었다. 물론 그의 얼굴도. 주인인 장석조씨는 겐짱 박씨가 고스란히 두고 떠난 세간을 어떻게 처분해야 할지 모르겠다며 보는 사람마다 붙들고 푸념을 늘어놓았다. 그런데 분명히 그 방 안에 걸려 있어야 할 그 새댁의 고운 한복이 어느샌가 없어져버렸다. 그 한복에 눈독을 들인 이가 몇 있어서 그런 사실은 곧바로 알려졌다. 어떤 사람은 집 나간 새댁이 남몰래 들어와 걷어가버렸다고 했고, 다른 사람은 분명히 한 동네 사람의 못된 손을 탄 것 아니냐며 끌탕을 하기도 했다.

아주 오랜 세월 뒤에 세무서 공무원이어서 동네에서 제일 번듯한 집을 갖고 있는 낚시광인 수학이 아버지가 흑산돈가 어딘가로 낚시를 갔다가 돌아와서 무심코 흘린 말을 그 집 막내인 영희가 자기 또래들한테 퍼뜨린 얘기를 귀담아듣는 어른은 별로 없었다.

—새댁 아줌마하고 겐짱 아저씨가 바닷물에 퐁당 빠져 죽었더랜다. 울 아빠가 저기 섬에 배 타고 고기 잡으러 갔다가 들었단다. 울 엄마가 나가서 아무한테도 말하지 말라고 했는데 넌 내 깐부니깐 내가 일러주는 거야. 비밀 알지? 자 손가락 도장 찍어.

비운의 육손이 형

그의 본래 이름은 강광수였다. 그러나 나에겐 육손이 형이란 호칭이 더 친근했고 앞서서 불렸던 것이었다. 몸집이 우람했던 육손이 형의 괴력이 오른손 엄지 둘째 마디에 닭발가락처럼 애처롭게 붙은 여섯째손가락에서 나온다고 믿어 마지않던 때도 있었다. 그 다음 이름이 광수형이었다. 나이로 치면 나보다 한 열 살쯤 위였으니 어지간하면 내가 아저씨라고 불렀음직도 한데 이상하게도 그렇게 부른 기억은 없다. 짐작컨대 그것은 박약 상태까지는 가지 않았지만 분명히 정상 수준에 현저히 미달한 듯이 보였던 그의 지능지수와 관계가 있었음이 틀림없지 싶다. 그는 이미 이 세상 사람이 아니다. 내 나이어언 서른이니 결국 그는 마흔 고개에서 인생을 도중하차한 셈이었다. 하지만 과연 짧다고 할 수 있었을까?

어릴 적 내 기억으론 그가 그 큰 몸집을 구겨박았다 빼내곤 했던 국경 초소 같은 이층 방은 흔히 루핑이라고 불리는 시커먼 기름종이를 지붕으로 삼고 있었다. 기찻집의 제일 안쪽 끄트머리에 붙은 방은 유일하게도 지붕이 슬래브였다. 그 위에 광수형이 기거하는 방은 마치 기차의 기관실처럼 우뚝했던 거다. 그러나 바람이 조금이라도 세게 불라치면 잘 그을린 감자 껍질처럼 훌꺼덕 벗겨져버릴 듯이 엉성한 날림집이었다. 하지만 광수형의 행동거지는 몸집에 걸맞지 않게 풀방구리를 쏘삭거리는 생쥐처럼 날렵하기 그지없었다. 조금만 부주의한 발짝 소리를 내도 또순이로 불린 아래층 함경도 뚱떼이 아줌마가 나와서 지붕이 꺼진다며 한바탕 닦아세웠기 때문에 그는 함정에 빠진 낙타처럼 등뼈를 휘어뜨린 채 사다리를 오르내렸고 발끝으로 까치발을 세워 제겨 디뎌야만 했다. 상상해보라, 까딱하면 벌어졌던 이런 우스꽝스런 실랑이 장면을.

—이거, 날래 나와봅서. 시방 무스거 천둥소리래 울렸음둥?

구깃구깃한 앞치마를 두른 또순이 아줌마는 감때사나운 표정으로 허릿장을 지른 채 짐짓 버텨 서서 고혈압으로 거칠어진 숨을 씩씩 고르고 있고 광수형은 자신의 허리를 구부정하게 낮춘 자세로 두 손을 사타구니 앞으로 모두어 쥐고 나선다.

—아무 일도 없었어라. 제가 시래기국 묵은 속이 더부룩해설랑 엉덩이를 들썩해가며 방귀 좀 미주알이 미어지도록 훑어내렸어라……

—쯧쯧…… 하여튼지간에 임자는 알아줘야 되겠음둥. 우리넨 거저 천장이 함흥차 떠나는 것처럼 무너져내리는 소리가 나길래 이번엔 이 알총각이래 보나마나 토사곽란이래두 단단히 얹혀서리 물색없이 우당탕 뒹구는가부다 했지 뭐이겠슴. 그리 되는 날에는 천장이고 뭐고 없이 거저 집구석 전체가 폭삭 아니하겠슴? 말해보기요? 하

마터면 영축없이 우리네 지냑 밥상 자리가 사잣밥 메를 올리는 자리가 되는 줄 알았단 말 앵이오?

깡똥한 옷차림을 한 육손이 형은 학예회 무대에 선 아이들처럼 몸놀림이 과장스레 비쳤다. 동네에서 헌 뜯게옷이란 옷은 다 얻어입지만 월남전에서 현지 제대를 하고 돌아온 얼금뱅이 상호아저씨가 물려준 낡은 예비군복을 빼고는 어울리는 옷이 거의 없었다. 육 척 하고도 네 치가 넘는다는 광수형의 덩치를 두고 담뱃가게집 촉새 영감은 옛날 같으면 아기장수로 태어났어야 할 놈인데 똥 푸는 아비 아래서 썩히기에는 허우대가 아깝다고 혀를 차며 끌탕을 하곤 했다. 한번은 또 그런 말이 촉새 영감의 입에서 나오길래 내가 아기장수일 것 같으면 그 증거로 겨드랑이에 비늘이라도 돋아야 하는 것 아니냐며 만화에서 본 대로 아는 체를 좀 했더니 촉새 영감은 예의 그 호도깝스런 코방귀를 핑핑 뀌더니만 그 비늘이 잘못돼서 육손으로 갔다고 둘러대기까지 했다.

광수형도 자신의 커다란 몸집에 대해 아버지의 무거운 외투를 빌려입은 꼬마처럼 주체스러워했다. 동네 사람들은 광수형이 그 몸집을 잘 활용해 뭔가 의미 있는 일을 할 수 있을 거라는 가능성을 전혀 믿지 않았던 것 같았다. 광수형의 아버지는 동네에서 애나 어른이나 할 것 없이 두루 광수 애비라는 호칭으로 불렸다. 양쪽 마구리를 녹슨 철사로 친친 동여맨 기다란 장대 끄트머리에 똥통을 꿰도록 된 똥지게를 한쪽 어깨에 척 건 다음 똥 퍼, 퍼어 하는 외마디 소리를 지르고 다니며 집집마다 들러 분뇨를 퍼날라 돌산 기슭의 자드락밭에 끼얹는 대가로 받는 몇 푼의 지전과 막걸리가 광수형네의 주된 수입원이었다.

아마 동네 사람들은 그 똥 푸는 직업이 대대로 세습돼야 하는 걸로 믿었는지도 몰랐다. 아비가 똥을 펐으니 자식도 똥을 펴야 한다는 단순한 선입견이 의외로 사람들 머릿속에 수학공식처럼 단단히 자리잡고 있었던 거다. 뒷간 널빤지까지 변소가 다락다락 차올라 여차직하다간 제가 싼 똥이 튀겨올라 엉덩짝까지 달라붙을 때가 됐는데도 광수 애비의 행방이 묘연하면 동네 사람들은 광수형의 귓불을 끄집어당겨 끌어다놓고 어떻게 대신 좀 해보라고 하릴없이 닦달을 안겼다.

실제로 광수형은 아비 대신으로 몇 번인가 똥지게를 지기도 했다. 그가 처음으로 똥지게를 지던 날이던가. 힘으로 따지자면 아비를 능가해도 몇 곱절은 될 법한 광수형이건만 지게에 균형을 잡는 일이 서툴러 왈강달강 똥물이 넘치는 바람에 동네 골목마다 질퍽하게 물찌똥을 흩뿌리고 다녔다. 부딪는 사람들마다 코를 싸쥐고 광수형의 덜퍽진 어깻죽지를 한 대씩 모질게 갈겨댔다. 춘하네 막걸리집에서 얼굴이 말고기 자반처럼 불콰해서 나온 광수 애비도 동네 사람들과 마찬가지로 아들의 어깻죽지를 휘갈긴 다음 반쯤 마시다 남은 막걸리가 담긴 냉면 사발을 광수형 코밑으로 바짝 들이댔다.

—마셔! 똥물이 막걸리로 보일 때까지 뻴물 켜듯이 마시란 말이다. 이 쎄가 빠질 놈의 자슥아!

광수 애비의 눈가엔 술지게미라도 비어져나왔는지 물기가 축축이 배어 짓물러 있었다.

내 어린 시절의 산동네 추억에서 광수형은 그 거대한 몸집으로 인해 인상적인 풍경으로 남을 수밖에 없었다. 한번은 내가 어린아이답지 않게 되바라진 척하며 그에게 다가가 솜틀집 밑의 폐병쟁이 딸

명희를 꼬셔서라도 그 지긋지긋한 산동네를 미련 없이 뜨라고 부추긴 적이 있었다.

형도 이 동네에서 애꺼정 낳고 하냥 옴쭉달싹 못 허고 살겨?

그는 쪼그려뜨리고 앉아서 손가락 끝으로 앉은뱅이저울을 꾹 눌러보았다. 오종종한 계기판 바늘이 꺼덕꺼덕 방아질을 했다. 그 저울은 집에서 광수형에게 수리를 맡긴 것이었다. 광수형은 희한하게도 불알이 늘어진 괘종시계나 진공관 라디오 그리고 저울 따위를 곧잘 손보는 재주가 있었다.

그럼…… 장가가서 애나 낳게 되믄 사뭇 다행이잖구……

나는 꽉 쥐고 있던 손아귀를 펴 새로 나온 오백원짜리 지폐를 그의 턱밑으로 내밀었다.

엄마가 약소하다고 그러래.

약소? 과혀, 거저 용수철 하나 돌려잡은 셈인데 말여.

근디 병호형두 윤석이형두 정태형두 다 떠부렀잖아……

난, 난 이 몸뚱어리 땜시 안 되여, 안 돼. 죽어두 안 되여.

안 되긴 무어시 안 되여?

내라고 한번 눈 딱 감고 튀어볼 깜냥이 왜 없었겄냐? 허지만 바깥 세상은 너 말이야, 생각보다 훨씬 무섭단다. 난 알지. 문둥이가 얼라들 간 빼묵듯 사람 진을 쪽쪽 빼묵는 곳이야. 너두 아다시피 난 등치가 이 모양이잖니? 이 등치를 매끼니 먹여살리는 게 그리 쉬운 일인 중 아니? 헤잉, 천만에. 바깥에서는 이 등치가 말짱 도루묵이다 너? 도통 안 쳐줘. 여기선 그래도 허드렛일에라도 내가 쓸모가 있잖니? 제 밥값은 하고 산다는 말은 듣잖니? 안 그려?

그러다가 평생 똥지게나 지고 말지, 하는 말을 하려다 난 그만 입을 다물어두었던 것 같았다. 그가 이미 등을 돌리고 앉았기 때문이기도 했지만 나도 속으론, 하긴 이 정도로 용해빠진 등치가 이 산동네 바깥 어딜 가면 제 밥값을 하며 산다는 말을 들을꼬 하는 생각이 든 것이었다. 광수형은 느릿느릿 말을 더 이었다.

쉽게 봐서 여그 풀 먹는 소가 있다고 쳐불래? 우리네가 보기엔 허섭스레기 같은 퀴퀴한 여물이라도 그걸 몇 함지씩 먹어치우는 게 낫지, 암만 달착지근하고 고소한 맛으로 따져서 오른쪽에 갖다댈 게 없다는 미루꾸(밀크 캐러멜)라지만 그걸 끼니때마다 고작 서넛씩 감질나게 던져준다고 상상이나 해봐라. 을매나 껄쩍지근허고 같잖겄냐구 말이야 응?

나는 앉은뱅이저울을 끌어안고 말없이 일어섰다. 종짓굽에서 우두둑 하는 소리가 났다. 그런데 너무 쪼그려뜨리고 앉아 있던 탓인지 그만 눈앞의 시야가 동전만하게 꽉 졸아붙으면서 현기증이 관자놀이께를 짓누르는 것이었다. 그와 더불어 내 손아귀에서 그 저울이 스르륵 빠져나가는 느낌이 들었다. 광수형이 어이쿠 하면서 엎어지며 두 손을 뻗었지만 받아내지 못한 저울은 그예 박살이 나 용수철 같은 부품을 개구락지 내장처럼 쏟아내고, 얼굴이 하얘진 나는 그 길로 뒷돌산으로 달음박질을 쳤다.

그리고 광수형을 다시 만난 건 뜻밖에도 그해 가을 교정에서였다. 바로 옆 관악산에는 단풍이 수탉의 선연한 생피처럼 한창이었고 난 대학에서 여섯 학기째를 맞고 있었다. 이른바 학원자율화 시대를 맞이하여 기존의 학도호국단 대신 학생들의 직선으로 총학생회가 처음 구성되었으나, 학교 당국과 학생회 간부 수배와 예산집행 문제 그리고 대동제 내용을 둘러싸고 팽팽히 맞서고 있었다. 드디어는 총

학생회 주도의 수업 거부, 중간고사 거부로 이어져 상황은 막바지 파국을 향해 줄달음질치고 있는 상황이었다. 5공 초기의 학정을 뚫고 비록 학원 안이라는 한계는 있었지만 자율적인 자치기구를 띄우게 된 학생들은 전례 없이 높은 단결력을 보여줬고 때문에 시험 거부 기간 내내 결시율이 계속해서 구십 퍼센트에 육박하자 학교 당국을 비롯해 정부 쪽에서 내심 적잖이 당황하는 기색이 역력했다. 그리고 그들의 반응은 즉각적으로 관악산 등반대회로 나타났다.

관악산 등반대회란 그날 전격적으로 이루어진 경찰의 교내 진입의 작전명이었다. 그 넓은 교문 앞터를 각 경찰서에서 차출돼 달려온 약 이백 대의 닭장차가 가득 메우고 있었고 고가 사다리를 장착한 불자동차도 십여 대 버티고 있었다. 교정 안의 학생 수와 전경 수는 서로 우열을 가리기 힘들 정도였다.

그러나 결시율은 오히려 경찰 투입 전보다 높아졌다. 일단 기선을 제압당해 얼떨떨해져 있는 우리들 사이에서 뭔가 상징적으로나마 꿈틀거리는 모습을 보여줘야 한다는 공감대가 퍼지기 시작했다.

또 아크로 광장에 모이자고? 너무 고전적 아냐?

고전적인 게 좋은 거야.

그러지 말고, 내게도 좋은 생각이 있으니 바짝들 붙어봐.

재네들도 총력전이야. 치고 빠지는 전술로는 괜히 김만 빠질걸.

글쎄 내 말 좀 듣고 판단하라고.

철학과 병채가 우리를 휘몰아서 대형 강의실 통로 깊숙한 쪽으로 데려가서는 둘러세운 뒤 스팀이 나오는 라디에이터 위에 털퍼덕 엉덩이를 던졌다

너희들, 요기 제2식당 지나가봤지?

모두들 고개를 끄덕였다.

아니, 난 아직 점심을 안 먹었는데? 어젠 허탈해서 일찌감치 한잔집에서 술 좀 펐고. 근데 벌써 뭐가 터졌냐?

제2식당은 인문대와 음미대 경계에 자리잡고 있어 특히 여학생들의 출입이 잦은 곳이었다.

그 앞에서 어제 인문대 한 여학우가 희롱을 당했어, 씨팔.

뭐 희롱을? 짭새가 대낮부텀? 어떻게?

그 인간 백정 같은 개자식이 그냥……

뭐, 인간 백정?

나는 곧바로 표정이 굳었다. 한잔집으로 나중에 합류해온 후배들한테서 그에 관한 얘기는 대충 전해들었다. 교내에 엄청난 덩치를 한 거인이 백골단과 함께 투입이 됐는데 그 작자가 바로 다른 대학 캠퍼스에서 주동자만 전문으로 잡아채서 묵사발을 내놓는 그 공포의 사내로서 학생들 사이에선 일명 인간 백정으로 불린다는 것이다.

쯧쯧, 그 덩치에 기껏 부도덕한 정권의 하수인 노릇이나 하다니. 하지만 그것이야말로 또 각성되지 못한 우리 민중들의 엄연한 자화상 아니겠니?

에구, 너도 그놈 면상 좀 한번 구경해야지 그런 값싼 동정을 하지 않을 텐데 말이야. 학교 분위기가 그놈 하나 때문에 이상하게 돌아간다니까. 다들 겁먹은 것 같기도 하고…… 그 솥뚜껑 같은 손 좀 봐. 멱살 한번 잡히는 걸로 그대로 황천길 갈 것 같지 않아. 어디서 그런 놈을 구해다가 일부러 우리 학생들 야코를 죽이려고 데려온 게 틀림없다니깐. 그게 어디 사람이니? 괴물 프랑켄슈타인과 매한가지지.

키가 적어도 이 미터에서 손가락 한 마디쯤 빠질까? 웬만한 어른 주먹만한 뭉툭코에다 시커멓게 죽은 이가 다 드러나 보이도록 헤벌쭉하게 웃는 괴기한 웃음하며 남자인 내가 봐도 징그러워 닭살이 돋겠더라구. 허니 여학우들은 오죽허겠냐구?

그놈도 청잠바를 걸친 것 보니깐 백골단이 맞긴 맞는 모양인데……

아냐, 삼청교육대에서 아주 왕골통 출신으로 뽑아 보낸 거 같아. 인상이 말이야, 어디서 많이 본 놈 같지 않아?

그런데 도대체 그 화상이 어떻게 희롱을 걸었다는 거야?

병채가 약간 상기된 얼굴로 입을 열었다.

저 제2식당으로 가는 층계 옆에 백골단 일개 분대가 방패 들고 서 있는 데 있잖아. 점심들을 먹고 나서 걔네들이 후식으로 사과를 한 궤짝 털어 먹었던가봐. 딴 놈들은 그래도 남의 울타리에 들어온 게 겸연쩍은지 외면을 하곤 한 입 한 입 사과를 옷자락에 문대서 베어 먹는데 아, 이놈은 사과를 한 손에 쥐고는 그저 와작 짓뭉갠 다음 입안에 자두모양 털어넣기를 네 개째였다지 아마. 그걸 지나치면서 보는 학생들이 하두 기가 질려서는 입이 쩍 벌어졌는데, 마침 지나가던 한 여학생이 히야 맛있겠다 하고 혼잣소리를 내니깐 그 말을 톡 채뜨린 그 인간 백정이 그 큰 입을 목젖이 보일 정도로 좌악 벌리고 웃으며 사과 하나 주면 안 잡아먹지 하고는 두 팔을 벌리고 움찔 다가서는 시늉을 했다는 거야. 그러자 그 여학생이 기겁을 해서 비명을 지르고 야단법석이 난 거지 뭐. 듣기에 따라선 별거 아닌 거 같지만 우리에겐 좋은 건수니깐.

가만가만…… 그러잖아도 이거 보이지? 둘. 이 시각에 학생회관 근처에서 동이 뜨기로 돼 있잖아……

그럼 잘됐어. 그 시간에 맞춰서 우리가 조직해서 그 짐승 같은 놈을 테러하자구. 그러면 학내 분위기도 고양될 거고, 저놈들은 허를 찔려 되레 우리가 기세를 탈지도 몰라요.

테러? 어떻게? 전경 애들이 몇십 미터 간격으로 나래비를 서 있는 이 마당에 손오공도 아닌 마당에 무슨 수로?

그렇다고 가만 앉아서 당할 수는 없지. 방법은 딱 하나. 걔들이 검문을 서는 쪽 바로 위 둔덕 숲에서 짱돌을 일거에 날리고 반대쪽으로 튀는 거야. 아까 살펴보니 마침 순환도로변에는 기숙사로 통하는 길말고는 경계를 세우지 않았더라구. 퇴로는 충분히 확보될 수 있다고 봐.

위험한데……

넌 빠질래?

병채가 구두덜댔다.

아니 그런 게 아니라…….

나는 황급히 손사래를 쳤다.

그럼 넌 바람이나 잡아. 너희 과에 여자애들 많잖아. 곱상한 애 골라가지고 고 앞에서 알찐거려. 국화꽃 같은 거 한 송이 달아주는 척하며 이목을 끄는 것도 괜찮고.

얼라! 그게 젤 어렵잖아. 짱돌이나 확 던지고 튀는 게 낫지.

잘해봐. 아참, 그러고 보니깐 그 치가 바로, 경록이 너 생각나냐? 흑표범이라고?

뜬금없이 무슨 흑표범?

나는 그 순간 머릿속에서 뭔가가 백열등처럼 퍼드득 환히 켜지는 느낌을 받았다. 흑표범이라면……

맞아, 암만 봐도 그 흑표범이야. 야, 너희들은 기억 안 나냐?

옛날 어렸을 때 그 재미난 프로 레슬링도 안 봤단 말이야? 바로 거기서 검은 복면에다 겉에 하얀 줄로 흑표범을 그리고 반짝 설치다 사그라진 놈 있잖아?

흑표범인지 흑넙친지 내 알 바 아냐.

나는 등뒤에서 주고받는 소리를 들으면서 자꾸만 오금께가 자근자근 저려옴을 느꼈다. 아아, 흑표범이라니. 나는 한달음에 음미대 쪽으로 난 층계로 올라섰다.

한 거한이 그루터기에 엉덩이를 걸치고 앉아 초점 없는 얼굴로 먼 하늘을 바라보고 있었다. 그 옆에는 은빛 하이바를 뒤집어쓴 백골단들이 손가락 없는 검은 장갑을 일일이 손가락 샅으로 밀어넣으며 서로들 히히덕거리고 있었다. 그는 마치 자신의 뜰 안에 아이들을 처음 들여다놓은 개과천선한 거인처럼 물끄러미 그들을 쳐다보다가 물 먹은 병아리모양 하늘을 하염없이 쳐다보곤 했다. 애들이 인간 백정으로 성토한 장본인은 틀림없는 광수형이었다. 나는 오른손을 퍼덕거리는 왼쪽 가슴에 올려놓고 손아귀를 우악스레 비틀었다.

그 앞에서 잠시 주춤거려봤지만 그는 내게로 눈의 초점을 모으지 않았다. 어쩌면 날 몰라보는 것 같기도 했고 어떻게 보면 일부러 모르는 척하는 것 같기도 했다. 내가 그 앞에서 얼쩡거리자 백골단 하나가 내 앞으로 다가와 손가락 끝에 힘을 주어 내 어깨를 위압적으로 찍어눌렀다.

뭐야? 여기서 얼씬거리긴.

……

가서 시험이나 보라구.

—광수형, 여기가 어딘 줄 알고 이런 모습으로 들어와 있는 거야?

행님요, 이 학생 아는 사이예요?

그러나 흑표범은 나를 무덤덤한 눈길로 한번 훑어봤을 뿐 아는 기색을 좀체 내비치지 않았다. 백골단의 시선이 모두 내게로 쏠렸다. 얼핏 보니 세 길쯤 되는 깎아지른 듯한 둔덕 위에 병채의 옷자락이 스쳤다. 나는 고개를 꺾고 나와 서둘러 식당 쪽으로 향했다. 두시 오분 전이었다. 식당 문을 들어서는 순간 우르릉 꽝 돌 구르는 소리가 나면서 어이쿠 하는 비명 소리와 호루라기 소리가 거의 동시에 뒤섞인 채 터져나왔다. 나는 식당 안에서 술렁이는 사람들 사이를 헤집고 뒷문으로 나와 학생회관 쪽으로 바삐 걸어갔다.

묘하게도 곧 이어서 난 학내 보건소에서 광수형을 다시 만났다. 학생회관 쪽에서 농민가를 부르며 뭉친 시위대는 중앙도서관 앞으로 밀고 나오다 전경들의 방패에 둘러싸여 오도 가도 못 하는 신세가 된 채 연좌농성을 벌였다. 시위대 제일 가장자리에 있었던 나는 자연스레 뒤에서 떠다박지르는 힘에 밀려 방패를 든 전경과 거친 몸싸움을 벌여야 했고 그 와중에 누군가 방패를 들어 나를 둔탁하게 찍는 바람에 관자놀이께가 크게 깨지고 말았다. 그러자 무전기를 들고 시위 진압을 지휘하던 큰 은빛 이파리 두 장짜리가 내가 피를 흘리는 모습을 보곤 주변 학생들이 더 흥분할지 모른다며 재빨리 옆 보건소로 데려가 응급치료를 시킨 다음 연행하라고 지시했다. 나는 치마폭처럼 홀링 뒤집어올린 내 잠바에 폭 감싸인 채 보건소로 끌려갔다.

보건소에서는 피가 흐르는 내 이마를 약솜으로 닦아내고 응급 지혈을 해주었다. 그런데 그곳에는 우연찮게 광수형이 와서 역시 치료를 받느라 침대에 누워 있었다. 그도 이마빼기가 깨졌는지 붕대를 머리끈처럼 불끈 처매고 있었다. 우리는 한동안 누워서 서로를 홍뚱항뚱 바라봤다.

야, 한 명만 남기고 다 나왓!

전경들이 또 우르르 밀려나갔다.

치뜬 눈으로 천장만 멀거니 바라보다 새끼손가락으로 콧구멍을 하릴없이 후벼대던 광수형이 비스듬히 돌아누웠다.

광수형 맞죠?

거, 많이 다쳤나부다.

아깐 왜 모른 척했어요?

남우세스러바서…….

그제서야 광수형은 나를 돌아다보았다. 그는 그 보자기처럼 큰 손바닥을 내게 뻗어오더니 내 주먹을 남김없이 다 감싸버렸다. 나는 괜히 눈물이 나오려고 했다. 갑자기 관자놀이께가 욱신욱신 후벼파듯이 아파왔다.

형은 어때요? 많이……

헤잉, 딴 데 같으면 초장부텀 이 정도는 깨져야지 훈장쯤으로 알고 발동이 걸려서 말이야…… 펄펄 누비고 다녔을 게야. 오늘은 왠지 네가 다니는 학교라는 생각이 드니깐 온몸에서 맥이 주르륵 풀리는 게 뛸 기분이 나지 않잖아. 너 같은 녀석이 다 데모를 할 땐 어쩜 그럴듯한 이유가 있을지도 모른다는 생각이 새벽 좆처럼 벌떡벌떡 서는 거 있지? 모를 일이야, 너같이 순했던 놈이 데모를 다 하다니……

저, 아까…… 식당 가는 둔덕 아래선……

팽, 내가 이 생활이 또 몇 년인데 그걸 모를까? 복장을 한번 척 보고 눈동잘 한 번 딱 맞추면 족집게지 뭐.

……

그때 날 보건소로 끌고 온 걸로 보이는 전경 두셋이 다가와 다짜고짜 날 일으켜세워 연행해가려고 들었다. 나는 순순히 응할 참이었다. 그런데 갑자기 온순했던 광수형이 며칠 굶은 야수처럼 살기등등해서 눈을 부라리더니 그들을 물리치는 거였다.

니들 소속이 어디여? 뭐 남부서? 가봐. 얜 내가 끌고 갈 테니. 나 몰러? 글치, 모를 리가 없을 테지.

핏방울이 멍울멍울 밴 붕대를 처맨 거인이 침대에서 갑자기 벌떡 일어나 핏대 선 두 눈을 바짝 들이대며 어깨를 들썽거리자 젊은 전경들은 잠시 주춤하는 기세였다.

솟, 게서 뭐 하는 거여? 인수증? 아나, 여기 있구먼.

광수형이 담뱃갑을 북 뜯어 펼친 다음 볼펜 자루로 괴발개발 몇 자 끼적거려 던져주자 마뜩찮은 표정을 짓던 전경들도 하는 수 없다는 듯 그대로 돌아서 나갔다.

왕년의 흑표범 하면 알 만한 애들은 다 알지, 헐헐.

그는 매트에 오른 레슬링 선수처럼 어깨를 한껏 부풀려서는 상대방을 두 손으로 붙들고 들이받는 시늉을 했다.

광수형이 언제부터 프로 레슬링의 세계에 발을 들여놓았는지는 알 수 없었다. 얼굴에 이상한 생채기를 많이 달고 다니는 걸로 봐서 체육관 같은 델 다니는가보다 하는 생각은 들었지만 설마 하니 텔레비전에까지 나오게 될지는 정말 몰랐었다.

하지만 광수형이 텔레비전에 나온 기간은 짧았다. 한 달 남짓이나 됐을까. 그것도 자기의 맨얼굴을 비친 것은 복면이 벗겨진 경기 때 딱 한 번뿐이었다. 그전에는 흑표범이 그려진 검은 복면을 하고 나와서 아나운서들이 그저 흑표범 선수라고 불렀다. 외국 선수들이 가끔 복면을 하고 나온 경우는 있었지만 국내 선수가 복면을 하고 나온 경우는 몹시 드물었던지라 짧은 기간이긴 했지만 흑표범의 인기는 어린이들 사이에서 가히 폭발적이었다. 경기가 끝나면 꼬맹이들이 흑표범을 좇아 탈의실까지 마구 쳐들어가려 했기 때문에 떡대 좋은 체육관 단원들이 탈의실 입구를 가로막곤 할 정도였다.

난 처음에 광수형이 자신이 바로 흑표범이라고 귀띔해줬을 때조차 반신반의했다. 매트 위에서 보여준 흑표범 선수의 그 우렁찬 괴성과 파괴적인 몸짓을 당시 눈앞에 있던 약간은 매욱해 보이는 광수형 이미지와 도저히 겹쳐놓을 수가 없었던 것이다.

술이라도 한잔 해야지?

붕대를 감은 머리 위로 등산모를 뒤집어쓴 광수형이 교문을 거의 다 나설 무렵 이렇게 말했다. 나는 말없이 고개를 끄덕여 보였다. 우린 오랜만에 만났기 때문에 별로 화제의 빈곤을 느끼지 않고 술자리에서 대화를 이어나갔다. 그는 덩치에 걸맞게 술이 셌고 일부러 첫잔을 빼고는 내게 돌리지도 않았으나 그에 비해 난 형편없이 취해갔다.

형, 거 한번 지금이라도 물어나봅시다.

뭘?

프로 레슬링 그거 진짜요, 아니면 쇼요?

하핫핫, 그게 여태껏 궁금했단 말이야? 그것도 이렇게 명문대생이?

나도 멋쩍은 생각에 광수형을 따라서 웃었다. 술에 취하니깐 그때 광수형, 아니 흑표범이 복면을 벗기우던 경기 장면만은 또렷이 떠올랐다. 그땐 태그 매치였다. 흑표범의 상대가 천규덕이었는지 장영철이었는지 아니면 딴 누구였는지는 흐리마리하지만 아무튼 그들은 이마에 다들 많은 피를 흘리고 있었다. 관중들이나 시청자들은 그들이 흑표범의 흉기를 사용한 반칙에 당했기 때문이라고 믿고 있었다. 관중들은 아우성쳤다. 흑표범의 복면 속에 흉기가 감춰져 있다! 복면을 벗겨내라! 흑표범을 죽여라! 그 아우성 속에 흑표범은 주춤거렸고 반대로 상대 팀은 갑자기 원기가 왕성해졌다. 흑표범의 복면을 벗기기 위해서는 상대 팀의 반칙도 정당화되었다. 심판도 얼렁뚱땅 딴전을 피우며 방조를 하는 분위기였다. 미사일 같은 드롭킥, 풍차돌리기, 목감아돌리기, 코브라 트위스트…… 아아, 관중들은 모두 자리에서 일어섰다.

드디어 복면은 벗겨졌다. 그러나 그 안에서는 아무런 흉기도 나오지 않았다. 그러나 복면을 벗긴 선수는 의기양양하게 링의 로프 위로 펄쩍 뛰어올라가 손가락 끝에 복면을 걸고 마구 휘둘러댔다. 링 위에는 한 보잘것없는 사내가 축 늘어져 있었다. 화면은 그의 얼굴을 점점 크게 잡아나가고 있었다. 수세미처럼 헝클어진 머리카락 아래로 주먹코를 단 못생긴 얼굴이 비쳤다. 그 얼굴에서 옛날 날렵했던 흑표범의 이미지는 아무리 찾아도 찾아지질 않았다. 그 이후로 흑표범은 다신 텔레비전에 나오지 않았다.

그 이후로 난 그토록 좋아하는 텔레비전에서 멀어져갔다. 곧이어 중학교를 들어갔고 그곳에서 난 급속도로 우등생이 되어갔다.

아니 내 말은, 쇼라면 왜 그렇게 단막극으로 끝났는지 또, 진짜라면 왜 그날 형이 복면을 벗기웠는지 알고 싶어서요?

가면이라는 게 정말 묘한 거더구먼. 날 길거리에서 척 보고 다짜고짜 체육관으로 데려온 박관장이 내 얼굴을 보더니 그대로는 안 된다는 거야. 그러더니 복면을 하면 좋겠다고 하더군. 나도 좋다고 했지. 왠지 복면을 한번 써보니 그렇게 맘이 편하고 홀가분할 수가 없어. 없던 기술도 척척 나오고 말이야. 많은 관중들 앞에서 링에 올라도 하나도 안 떨리고 말이야. 관중의 환호, 그게 날 미치게 만들었지. 난 이기지 말아야 할 게임을 이겼던 거야. 결국 경기를 망쳐논 거지. 내가 복면을 벗기운 것은 그 대가였거든. 복면을 하고 나온 선수는 일단 어떻든지 간에 복면을 벗게 되면 말이야, 그것도 상대방 불알 밑에 깔려서 응? 그러면 선수 생활이 그것으로 끝장이야. 하지만 지금 생각해봐도 좋았지. 그때의 그 수많은 관중들의 환호성이란……

그럼, 쇼라는 말이 맞긴 맞는 거네요?

쇼? 허허 그럼 쇼지. 근데 쇼가 어때서? 쇼는…… 쇼야……

그때부터 그가 급작스레 덩치에 걸맞지 않게 취해갔던 것 같다. 그에 반해서 내 정신은 약간 또렷해지는 느낌이 들었다.

하지만 난 다시 태어났지. 그 맛을 잊을 수 없었어. 손끝이 짜릿하던 목돈, 비싼 술, 요정에 있는 계집들의 그 낭창낭창한 허리, 꿀물을 탄 자리끼 사발 따위의 그 달콤한 맛을 쉽게 떨쳐버릴 수가 없었던 거다. 그리고 생각도 바뀌었고. 세상에 내 몸뚱어리를 비싸게 사주는 데가 있다는 걸 깨달은 거지. 내 이 고깃덩어리의 새로운 용도를 깨달은 거야. 후후, 전에는 내가 어땠니? 항상 허기에 대한 공포 때문에 이 거대한 몸뚱어리 밥통 하나 못 채울까봐 우리 그 못난 애비가 지던 똥지게나 물려받으려 했던 내가 아니었겠니? 우리 건배 한잔 더 하자.

몇 년 전까지만 해도 난 역발산으로 통했단다. 흐흐, 역발산 좋지. 돈 많은 사모님들이 주로 날 샀단다. 나는 임도 보고 뽕도 따는 격이지. 내 물건 맛을 한번 본 사모님들은 반드시 꼭 다시 찾게 돼 있지. 우리는 그들이 나를 산 만큼의 대가를 정확하게 지불해주거든. 처음부터 아예 딱 부르라고 하지. 세 번? 다섯 번? 우리는 여간해서 틀리는 일이 없거든. 언제나 통사정을 하는 쪽은 내가 아냐. 사모님, 약속한 횟수를 채우셔야죠. 이건 상호 신뢰에 대한 계약이거든요, 흐흐흐.

처음부터 사모님들 무서운 줄 알았어야 하는 건데. 계급장도 안 뗀 군복들이 설치면서 나라가 어수선해지니깐 그제서야 사모님들도 정신을 차렸는지 이제는 내가 구린 존재가 돼버렸단 말이야. 내 이용가치는 거기까지였지. 사회가 다들 얼어붙어버렸잖아? 그럴 땐 모두들 몸을 사리게 마련이지. 그런데 나를 그냥 놔두고서는 제 발들이 저려서 맘들이 편치들 않았던 모양이더라구. 그런 사모님들 꾀주머니야 또 무궁무진하지. 내가 그걸 잘 알거든. 그들 중 몇이 작당을 해가지고서는 날 삼청교육대로 엮어 보내더구먼. 한 일 년 피똥 쌌지……, 나중엔 또 이눔의 덩치 때문에 뽑혀가지고설랑 이렇게 다니고 있구. 대학생들이 날더러 인간 백정이라고 부르며 이를 갈고 있다는 걸 알아. 하지만……

나는 그 자리에서 벌떡 일어나 술집을 빠져나왔다. 술집 현관에서 만난 여자들이 꺄악 하고 비명을 질러댔다. 나는 샛골목 전신주 밑 쓰레기통에 머리를 쑤셔박고 우웩우웩 토했다. 왼쪽 관자놀이께서 끈끈한 게 만져졌다. 지혈됐던 실핏줄이 다시 터진 모양이었다.

광수형과의 끊길 듯 끊길 듯하던 연분은 기어이 계속 이어졌다. 내가 그를 다시 만난 건 1987년 대통령 선거전이 한창 달아오르던 때였다. 그때 난 재야 주도 공정선거감시단의 요원으로 뛰고 있었다. 어느 날 대학 서클 선배이기도 한 공선단 본부의 한만년 선배에게서 민주당 창당방해사건에 대해 제보자가 나타났으니 한번 만나보라는 긴급 연락이 왔다.

이거 한 건만 잘 터뜨리면 분위기를 크게 바꿀 수도 있을 텐데 말이야. 아참, 너 진짜 조심해야 하는데, 그 친구는 말하는 걸 들어보니깐 분명한 것 같기는 하지만 섣불리 굴면 안 돼. 무슨 말이냐면 먼저 돈봉투부텀 내밀진 말란 말이야. 가짜 정보 흘려서 물만 멕이고 돈푼이나 우려내려는 삘기꾼일 수도 있으니 말이야.

한선배는 사뭇 들뜬 목소리로 말했지만 난 제보자가 돈을 요구한다는 말을 듣고는 약간 시큰둥한 기분으로 탑골공원 근처의 다방으로 나갔다. 자리를 몇 번이나 옮기라는 메모나 전화연락에 따라 결국은 신촌에 있는 어느 대학의 잔디밭에서 그 제보자라는 사람을 만나보니 뜻밖에도 광수형이었다. 둘은 서로를 한참 동안이나 바라보고만 서 있었다. 그리고는 약속이나 한 듯이 피식 웃고 말았다.

완만하게 기울어진 무대식 광장에는 마른 잔디가 층층이 깔려 있었다. 그곳이 한눈에 내려다뵈는 둔덕에 그는 깍지 낀 팔로 두 무릎을 모두고 앉았고 난 키 작은 은사시나무에 어깨를 기댔다.

너하고는 참으로 인연이 묘하구나. 근데 왜 꼭 이런 몰골로 내가 니 앞에 나타나야 하는지 원.

나는 잠바 안주머니에 꽂힌 고성능 녹음기의 마이크를 틀어야 할까 말아야 할까 망설였다. 그러나 끝내 손을 안주머니로 집어넣지 않았다. 그 대신 한선배가 결정적 증언을 들을 때까지는 절대로 건네지 말라던 흰 봉투부터 선뜻 내밀었다. 광수형은 불우물이 패도록 담배를 깊숙이 빨고 나서는 손사래를 쳤다.

안 돼.

하지만 거부하는 그의 말에는 힘이 없었다. 나는 그의 추레한 행색을 얼추 훑어보았다. 낡고 깡똥한 세무잠바를 걸치고 어깨를 한참 곱송그리고 있는데다 얼굴에는 버짐꽃이 피고 입가엔 아구창으로 말라붙은 딱지를 달고 있어 몹시 궁짜가 껴 보였다.

왜요? 형이 달라고 했다던데……

실은…… 말해줄 게 별로 없어. 그저 돈이 조금 될까 싶어 전활 넣어봤던 거지.

그때 용팔이가 아니었어요?

용팔이? 그 정도도 못 되고 그저 그 밑 꼬붕으로다 용칠이 정도나 됐을까?

그래도 그냥 넣어두세요. 본부 들어가서는 제가 알아서 적당히 말해둘 테니깐요.

그래도 되겠니? 연탄이 한 이백 장은 되야지 겨울은 날 것 같고, 쌀도 한 가만 팔아야 될 것 같아서…… 매점이 어딨지? 단팥빵이나 하나씩 베물으며 얘기하지.

요즘 어떻게 사세요? 살림 차리셨어요?

나랑 비슷한 신세인 허릅숭이 계집이 하나 있길래…… 맘씬 그래도 무척 곰살맞은 편이야.

혹 몹시 어려운 일이 있걸랑 이리로 연락 주세요.

고맙구나. 하지만 다신……

난 그와 악수도 나누지 않고 먼저 서먹서먹한 등을 보였다. 그를 언젠가 한 번쯤은 더 만날 것 같다는 예감이 들었다.

그를 마지막으로 만난 것은 지난해 겨울 입구에서였다. 나는 이런 저런 단체를 몇 번 더 옮겨다니다 슬그머니 선배가 운영하는 조그만 사회과학 출판사에 밥줄을 매고 있었다. 나를 형이라고 부르며 따르던 운동 후배와 살림을 합치고 덜컥 임신까지 하게 되니 더 버티기도 어려웠다. 처음엔 사회과학 서적을 전문으로 펴내기 위해 만든 출판사였으나 시대의 조류가 바뀐 탓인지 어쩔 수 없이 돈벌이가 될 만한 책의 출판으로 급속히 전환해가고 있었다.

그날은 내가 하루 종일 모교의 도서관을 뒤지고 들어온 날이었다. 대학수학능력시험에서 논리적 사고를 측정하는 문제들이 나온다고 알려진 탓인지 수험생들이 너도나도 논리학 텍스트를 찾아나선 것이다. 내가 다니는 출판사도 그 점에 착안하여 수험생들을 겨냥한 논설문 모음집을 엮으려는 기획으로 각종 자료를 모으는 중이었다.

멀리로는 『독립신문』에 실린 서재필 박사의 대중연설문에서부터 시작하여 각 시대별 문학 논쟁을 담은 글들도 일단 수집해두었고 어쩌면 한물 지나간 듯한 팔십년대 사회과학 논쟁 때의 글도 몇 편 간추리기로 했다. 요즘 세대 아이들의 사고방식에 발맞추기 위해서는 최근의 대중문화 시리즈물도 빠뜨릴 수 없었다.

그러자니 필수적인 중앙도서관 출입을 위해서 과사무실에 들러 이미 박사과정을 마치고 논문까지 제출한 상태에서 수도권 지방대 전임 자리를 따논 김희철의 조교 신분증을 빌려야만 했다. 그는 내 동기였다.

야, 그런 것으로 짜깁기하면 돈이 좀 된대?

이제 전임 자리는 따놨겠다, 느긋해진 희철은 조교 신분증 따위에는 아랑곳할 바 없다는 표정으로 흔쾌히 던져주며 물어왔다.

요즘 그런 장사가 돈 좀 되잖아. 언제부터 출강이니?

다음 학기야.

아무튼 고맙다. 한두 번도 아니고……

아예 내가 여기 과사무실에다 맡겨놓을 테니까 수시로 미스 리한테 말하고 부담 없이 가져다 쓰라고.

나는 희철이가 교수로서의 첫발을 내딛으며 번데기 허물처럼 던져준 노란 조교 신분증을 챙기며 그에게 어설픈 웃음을 보였다. 학부생이던 시절 희철은 학생운동가이던 내게 많은 관심을 보였고 틈나는 대로 자신이 읽던 사회과학 서적에서 궁금한 대목을 적어갖고와 묻곤 했다.

해방정국에서 여운형의 노선을 어떻게 평가하니?

전후 미국의 잉여농산물 원조 계획인 PL-480이 우리나라한테 전혀 백해무익하기만 했을까?

저개발과 미개발의 차이는 과연 없는 것일까? 아니, 중심부 국가가 일부러 자기들 입맛에 맞게 기형적으로 만들어놨다는 저개발이 농경사회식의 미개발보다 더 악랄하다는 말이 어느 정도나 현실적일까?

나는 당시 아주 자신 있는 어조로 그에게 답변을 해줬다. 그는 기회주의적이었어. 그들이 태평양에 물고기밥으로 갖다 버릴걸 우리가 가져다 먹는 바람에 우리 농촌은 피폐해지고 권력 기생충들의 배만 불렸거든. 통닭이 있다고 쳐봐, 그걸 켄터키로 할 건가 아니면 양념이나 튀김옷을 발라버릴 건가 하는 수준에서 바로 제국주의의 종속국에 대한 저개발 양상이 나타나는 법이야.

하지만 나는 지금 그에게 자신 있게 해줄 수 있는 말이 별로 없었다. 직장도 불안정하고 일상생활의 자질구레한 잡일에 치이다보니 어느덧 나도 모르게 좋은 게 좋다는 식의 사고방식에 젖어드는 듯했다. 수험생들을 부추겨먹는 논리학 서적에 지금이라도 손대야 해요. 그리고 외국 동화를 번역해서 벗겨먹으려면 사상사 같은 구태의연한 이름으로는 안 돼요. 새한 미디어 이런 것 어때요? 벌써 산뜻하잖아요.

대학교 도서관에서 현지 퇴근을 해 집으로 돌아오자 아내가 쪽지를 슬쩍 디밀었다.

형, 강수라는 사람 알아요?

강수? 뭐 하는 사람이래?

내가 묻고 있잖아요? 오늘 오후에 용현이 잠재워놓고 출판사에서 교정일 맡아온 거 막 시작하려는데 전화가 오더라구요.

뭔데? 시립병원?

예, 대뜸 거기라면서 당신을 찾데요. 연고자를 찾는대요. 강순가 뭔가 하는 사람. 맞아, 강강수라고 했던가?

강광수 아냐?

아, 그런 거 같기도 한데요. 여기 연락처 전화번호 적어놨으니 씻고 식사부텀 하고 나서 보세요.

이리 내봐!

나는 아내의 손에서 종이쪽지를 채뜨렸다. 광수형과 시립병원. 나는 예감이 별로 좋지 않았다. 아니나다를까, 며칠 뒤 자료수집을 대충 마치고 짬이 좀 나길래 마포에 있는 책표지 제본소엘 들렀다가 쪽지에 써 있는 대로 연락을 하고 찾아갔다.

……어떻게 찾아오셨다구요? 아아, 그 환자요. 실례지만 서로 어떤 사이신데요?

대머리가 벗겨져 나이깨나 들어 보이는 의사는 이삭으로 뭉친 몇 가닥 머리칼이 안경테 위로 널브러져 내려와 왠지 데데해 보였다.

강, 강이라 가설라므네, 옳지 여기 있군. 좀만 더 지체했더라면 연고자도 못 찾고 처리될 뻔했네요. 이 환자는 행려병자로 분류돼 우리 병원에 온 지 이제 넉 달째가 됩니다만. 언제 돌아가실지 모르는 상탭니다. 오늘이 될지 아니면 운이 나쁘면, 아 그게 아니고 좀더 버티시면 한 달은 족히 더 갈지 모르죠. 의사가 이렇게 무책임하게 말한다고 해서 불쾌히 생각지는 마쇼. 그게 바로 행려병자들의 현실이니까요. 가설라므네, 거인증…… 알고 계시겠죠? 뇌하수체에 생긴 종양 때문이죠. 성장기에 성장 호르몬인 소마토트로핀이 과다 분비되는데…… 이걸 보시죠. 사체 기증 승낙섭니다. 의과 해부용이죠. 그래도 환자분이 유일한 연고자라고 지목하신 분이니 우리로서는 우선 날인이라도 하나 받아두는 게 필요하죠. 유전인가요? 가령 저 분 선대도 그러했는가 말입니다.

아뇨.

유전이 아니라도 영양이나 그밖의 다른 요인이 얼마든지 있을 수 있죠. 이런 내분비계통의 질환 가운데는 이처럼 난치병이 가끔 있어요. 남성 호르몬 안드로겐이 모자라게 되면 성장 호르몬 분비의 적절한 조절이 어려워지고 뼈는 계속 성장하는 것 아닙니까? 예, 손도장을 찍어도 상관없습니다. 별거 아니니 주저하지 마세요. 선생께서 날인을 거부하셔도 결국은 처리가 됩니다. 이 환자가 이미 동의를 했거든요. 그간 밀린 치료비도 있고…… 선생의 날인은 사실 형식적입니다. 우리로선 좀 서류상으로나마 안전하게 해두자 이거죠 뭐. 환자분을 만나보시겠다구요. 좋죠. 당연히 만나게 해드려야죠. 마침 오늘은 상태가 양호하다는 연락을 담당 간호사에게서 받았습니다. 예, 예 바로 그 자리입니다. 좋습니다. 협조해주셔서 고맙습니다.

이렇게 과다하게 분비된 호르몬이 나중에 가서는 악액증(惡液症)으로 발전합니다. 골격 끝이 커지는 선단비대증을 수반하죠. 손이나 발끝, 특히 코 말입니다. 행려병자 가운데서도 병력이 증하지 않으면 안구나 간, 콩팥 따위를 남길 수 있는데 이 강광수씨 같은 경우는 그것도 어렵겠더군요. 합병증이 많아서요. 그래도 콩팥은 어떤가 하고 봤더니, 한쪽밖에 없어요. 나머지 한쪽은 누굴 떼줬는지…… 오핸 마세요. 그런 분들이 우리 병원에 많이 와요. 돈이 되니깐……

내가 들어가본 병실에는 아무런 의료장치 없이 병상 하나만 썰렁하게 놓여 있었다. 머리맡 탁자 위에는 찌그러진 물주전자가 하나 덩그러니 앉아 있었다. 코가 엄청나게 커진 광수형이 실눈을 가느다랗게 뜨고 날 쳐다봤다. 점점 눈동자가 빨리 움직이는 걸로 보아 날 알아보는 눈치였다.

대화를 할 수 있나요?

그럼요. 곧 입을 열 겁니다. 의사들 앞에선 말들을 잘 안 해요.

미안하구나, 널 불러서. 끝까지 폐를 끼치고……

광수형은 의사가 나가고 나자 띄엄띄엄 말을 건넸다. 나는 그가 입을 열어준 게 매우 고마웠다.

몸은 좀……

다 됐어.

그는 입가에 희미한 미소를 떠올리려는 것 같았지만 바위처럼 짓누르는 큰 코에 되밀려 사라졌다.

몰러…… 큰 폐인 줄 알면서도 왠지 니 얼굴이 떠오르더라. 옛날에 적어둔 전화번호도 수첩에 그대로 있고 말이야.

연락 잘하셨어요. 이렇게 형 얼굴도 보게 됐잖아요.

고맙다, 그렇게 생각해줘서. 한 가지 부탁이 있어, 아주 주제넘은……

뭔데요?

나한텐 이 살덩이가 너무 거추장스럽기만 해서…… 헐렁해서 쓸데없이 남 눈에 띄어버려 불편하고 세상에서 제대로 대접도 못 받고 그랬지. 이젠 벗어버리게 돼서 증말 시원섭섭허다 잉. 내가 모래내 굴다리 아래선가 들은 말인데 사람이 죽어서 묻히면 흙이 되는 게 아니라 향기로운 술이 돼서 땅속으로 스며들어간다며? 인간은 최후에 유산 발효에 의해서 달콤새콤한 향기가 되어서 사라져간다며?

……?

기가 막히잖아. 그냥 한줌 흙도 안 남기고 흙 속으로 부드럽게 그리고 안 아프게 빨려들어가는 거야. 어디까지라도 말이야. 아픈 건 싫어. 사람들이 날 다 들춰보고 나면 땅속에다 잘 묻어준다고 했는데 말이야. 그래서 내가 사체를 해부용으로 기증하는 데 동의했지. 그냥 죽으면 재로 날려버릴 것 같아서. 땅속에 묻히면 얼마나 좋아, 그지? 나는 내 이 몸뚱어리가 썩어가서 한 잔의 향기로운 술로 빚어져 땅속으로…… 땅속으로 한없이 빨려들어가는 모습을 지켜보고 싶어. 그래서 의사 선생한테 해부할 때도 눈만은 다치게 하지 말아 달라고 신신당부를 드렸지, 쿨럭쿨럭.

형은 아직 더 오래 살 수 있다던데요, 뭐.

무슨 그런 징헌 말을…… 내 꿈을 깨려고 하진 마. 아주 좋아, 좋다구, 지금 흐흥. 내가 땅속에 묻히는 걸 넌 지켜봐 줄수 있겠지? 넌 내게 돌을 던지지 않은 유일한 놈이잖아.

저도 형한테 돌을 던졌어요!

거짓말! 쿨룩쿨룩. 이제 그만 가봐, 됐으니깐.

향기로운 술이 되겠다는 광수형의 꿈은 넉 달이 다 되도록 실현되지 못하고 그의 육신과 함께 꽁꽁 얼어붙어 있었다. 담당 의사는 내게 젊은 의학도들의 새학기 해부학 실습과정이 시작되려면 앞으로도 두어 달은 더 기다려야 한다고 일러주었다. 나는 언제부턴가 술을 마시면 이따금씩 광수형이 썩지 않고 있는 영안실을 찾아가는 버릇이 생겼다.

어이, 또 와부렀는가! 오랜만이네그려.

시체 안치실을 지키는 김씨 아저씨와는 이미 오래 전부터 소주를 글라스로 따라 나눠 마시는 술친구가 됐다.

예, 그 동안 장기 출장 좀 다녀오느라구요.

난 그 동안 사실 좀 바빴다. 대학입시생을 겨냥해 내놓은 논리학 수험서가 예상외로 잘 팔려 벌써 출간 한 달 만에 6판에 돌입한 것이다. 1판당 오천 부씩을 찍었으니 자그마치 삼만 권이나 팔린 셈이다. 이런 추세라면 올해 안에 오만 권쯤은 문제없어 보였다. 적자에 허덕이던 출판사에 화기가 피어올랐고 하루 종일 얼굴에서 웃음꽃이 사라지지 않던 사장은 나의 기획력을 높이 사서 이번에는 외국 동화 번역 시리즈를 알아보라며 나를 유럽과 일본 출판시장으로 장기 출장을 보낸 것이다.

쯧쯧, 이젠 임자가 앞으로 여길 오지 않아도 될 것을.

왜죠?

출고됐네.

출고됐다는 말은 주검이 처리됐다는 말이었다.

어떻게요? 아직 새학기가 시작되려면 한참 멀었잖아요.

착오가 있었어. 내가 잠시 처가 일로 자리를 비운 사이에 원무과 사람들이 일을 잘못 처리하는 바람에 그만 화장터로……

나는 시체 안치실을 걸어나오면서 머릿속에 두서없이 떠오르는 단어들을 물리치기 위해 꽤나 애를 썼다. 육손이 형, 흑표범, 역발산, 인간 백정, 용팔이, 삘기꾼, 장기 매매자, 행려병자…… 그리고 광수형…… 눈을 감고 독일 프랑크푸르트에서 구한 『영리한 한스』 시리즈 동화집에 대해서만 생각하려고 온 신경을 집중했다. 사장도 잘 팔릴 것 같다며 흡족한 표정을 지었지. 그래 맑고 고운 동화의 세계로 빠져들자. 애니메이션이 중요하다고. 암요, 그렇고말고요. 애니메이션이 중요하지요. 제게 팀장을 맡겨주세요.

폐병쟁이 진씨

오영감네 깐둥이가 폐병쟁이 진동환씨한테 맥주 두 병 값밖에 안 되는 단돈 오백원에 팔렸을 때만 해도 모두들 해묵은 체증이 내린 사람들처럼 속 시원한 표정들이었다. 깐둥이란 오영감이 여름내 키우던 집오리의 이름이었다. 폐병쟁이 진씨가 넙죽 오리를 사들였을 때는 이미 부엌에 칼까지 다 갈아놓은 다음의 일이라고 보아야 할 터였다. 오영감이 오리한테까지 이름을 붙여줄 정도로 나름대로 각별한 정을 쏟은 걸 생각하면 좀 안된 일이긴 했지만 깐둥이가 아무데나 갈긴 퀴퀴한 물찌똥 냄새를 더이상 안 맡아도 좋게 됐으니 작히나 후련한 일일까보냐 하는 반응들이었다.

그 동안 같은 곁방살이 처지에 아웅다웅 내놓고 말은 못 했지만 오리털이 날아들까봐 오뉴월 내내 허여스름한 골마지가 잔뜩 생긴 장항아리 뚜껑 한번 맘놓고 벗겨놓지 못한데다 땅바닥에 지천으로 널린 오리똥 때문에 바람만 선들거려도 집게 없이는 빨래를 내걸기가 께름칙했던 터라, 장석조네 집 사람들로서는 깐둥이가 여간한 애물단지가 아니었다.

한데 이제 진씨 속으로 넘어간 이상 하루나 이틀쯤이면 깐둥이는 살점이 발라져 사람 목구멍에서 미끄럼을 탈 운명이었다. 덕분에 잘만 하면 오랜만에 고깃점이나 다셔볼 수 있지 않을까 싶어 진씨 집 구석으로 넌지시 넘겨다보는 성미 급한 남정네도 있었다.

폐병쟁이 진씨가 그 동안 세들어 살던 아랫동네 솜틀집에서 장석조네 넷째 방으로 이불 보따리하고 양재기 몇 개가 든 사과 궤짝을 짊어지고 이사를 온 게 올봄이었다.

—봄이 돼놔서 그런지 어쩐지는 몰라도 먼지 알갱이가 조금만 어른거려두 어째 폐가 근질근질 못 참겠어서 말이여……

솜틀기계에서 풀풀 날아오는 먼지 답쌔기 때문에 지병인 폐병이 도지는 듯싶어 이사를 했다고 둘러대고 다녔지만, 내막으로는 주인집에서 먼저 내달린 셈이었다. 폐병쟁이를 옆방에 두면 자라나는 아이들에게 교육적으로나 위생적으로 좋지 않다는 거였다. 진씨 때문에 그 집 대문 앞은 항상 동네 조무래기들의 표적이 되었다. 그 집 앞에는 언제나 물고기 비늘처럼 희번덕거리는 깨진 사금파리들이 박하사탕처럼 완강하게 박혀 있었다. 꼬맹이들이 그 집 대문을 지날 때마다 왼손으로 코를 싸쥐고 오른손은 왼팔 오금 위로 휘감아 돌려 코끼리코를 만들어 늘어뜨리고는 사금파리를 밟고 서서 고추 먹고 맴맴을 세 번 팽그르르 돈 다음 땅바닥에 침을 세우뱉곤 했다. 그래야 병균이 옮지 않는다고 믿어서였다. 대문짝에 심지어는 누런 코를 발라놓는 녀석도 있었으니 주인집으로서는 여간한 곤욕이 아닐 수 없었다. 그래서 부러 전세값을 껑충 두 배로 올려 불렀고 이를 감당

하지 못한 진씨는 옹색한 장석조네 넷째 방으로 옮겨온 것이다.

그는 일정한 직업이 없는 사람이었다. 누군가 물어오면 무조건 장사한다고 둘러댔다. 아주 오래 전에는 강원도 황지인가 어디쯤에서 광원 노릇도 한 모양이어서 이따금씩 넋두리삼아 왕년의 좋았던 시절을 회고하곤 했다.

—지가 이래 봬도 왕년에는 힘깨나 쓰는 선산부였슈. 시절 겁나게 좋았쥬. 요늠에서 막장 인생 하믄 볼장 다 본 걸로 치지만 당시만 해도 막장이라고 하면 검은 노다지를 캐는 곳이었으니깐. 보름마다 두툼한 노란빛 간쪼 봉투가 손에 잡히는데 그 돈을 다 얻다 썼는지 원. 보다시피 지금 남은 거라곤 그때 시커먼 먼지가 허파꽈리가 터지도록 켜켜이 들앉은 탓에 얻은 이 폐병하고 그리고 계집이 병둔 서방 남기고 밤봇짐 싸는 바람에 남은 저 불쌍한 여식이쥬 뭐.

진씨는 선산부 시절에 갱도 붕괴사고로 나흘간이나 막장에 갇혀 있다 나온 경험도 했다. 그 사고 때문에 받은 보상금에 환장을 한 그의 마누라가 눈이 맞은 젊은것과 그 뭉칫돈을 싼 신문지를 뱀 허물처럼 벗겨버리고는 줄행랑을 놓았다.

그는 지금은 왕십리 성냥공장에 다니는 딸 명희에게 얹혀살고 있는 처지이다. 방년 열일곱 살 꽃다운 나이면 한창 궁둥이가 아람이 벌어지듯 여물어갈 때이건만 그네는 그러질 못했다. 병적으로 해사한 얼굴에다 목은 달리아처럼 길쭘하고 가슴은 평편해 마치 선병질에 걸린 아이 같았다. 주위에서는 그네가 아비 병을 옮겨받은 게 아니냐고 쑤군거렸고, 어떤 이는 공장에서 독한 황내를 쐬기 때문이라고도 막했다. 어찌나 야위었던지 끊어질 듯 팽팽하게 뒤로 빗어넘긴 머리칼 때문에 훤히 드러난 아미빼기에는 어린아이 눈두덩에나 비치는 가느다란 힘줄이 실지렁이처럼 새파랗게 기어가는 게 보일 정도였다.

진씨가 이따금씩 도시락이 두 개쯤 들어감직한 비닐가방을 옆구리에 삐딱하게 끼고 느지막이 집을 나서는 광경을 동네 사람들이 곁눈질로 보긴 했지만 그의 말대로 일을 나가는 것인지 아니면 그냥 똥폼만 잡다가 공원 같은 데서 도시락만 까먹고 오는 것인지는 알 수가 없는 노릇이었다. 그에게는 동네 꼬마들도 귀에 못이 박이도록 들어서 아예 달달 외울 정도가 된 소원수리가 하나 있었다.

—아흐, 그저 닭을 그것도 오골계로 한 오십 마리 백숙으로다 뼛속까지 흐물흐물하도록 삶아 먹고 지네 열 두름 해서 진을 짜 먹은 다음 뱀두 아주 소문난 독뱀으루 얄짤없이 스무 마리만 화덕 위에 탕기 올려놓고 확확 고아 먹으면 이놈의 폐병이 어마 뜨거라 떨어져 버릴 것만 같은디, 입에 풀칠허기도 거시기허니 말이유……

그런 말을 할 때면 그의 눈은 마늘쪽처럼 찢어져 빛나고 혀는 마치 뱀 혓바닥처럼 길게 빠져나와 입술을 아래위로 번드르르하게 훑었다. 그런 눈으로 할기족족 핥듯이 쳐다보는 깐둥이는 이미 그의 각막에 털이 숭숭 빠져 도마 위에 오르기 직전의 모습으로 비칠지도 모를 일이었다.

—에잉, 집에서 기른 짐승을 어드러케 한 울타리에서 요절을 내나, 사람하고는.

오영감은 진씨의 그런 속내를 어느 정도 짐작하고 있었으나 이런 식으로 에둘러 말하며 애써 모른 척하고 있었다. 하지만 오영감 처지에서도 이미 천덕꾸러기가 될 대로 돼버린 깐둥이를 마냥 감싸고 돌 수만은 없었다. 더군다나 집주인인 장석조씨한테서 당장 처분을 않으면 박살을 놓아버리겠다는 엄중 경고를 이미 몇 차례 받은 터였다. 그날 아침 깐둥이가 일으킨 소동만 해도 오영감은 입이 열 개라도 할말이 없었다.

"이 쌍놈의 오리새끼를 오늘은 내 단매에……"

아침부터 집주인 장석조씨가 깐둥이를 향해서 바지랑대를 휘두르고 있었다. 꽥액 꽥꽥. 놀란 깐둥이는 푸드득거리며 장독대 뒷담벼락에 올랐다가 이내 지붕으로 줄행랑을 놓았다. 골이 퍼렇게 올라 일그러진 입가로 허연 침을 버캐처럼 베문 장씨는 땅바닥에 바지랑대를 아무렇게나 패댕이치고는 허릿장을 지른 채 거친 숨을 토해냈다. 갑자기 팽팽하게 떠받쳐주던 바지랑대가 빠져나가자 헐거워진 빨랫줄 위에 얹혀 있던 밤잔 빨래들이 산매(山魅) 들린 아이들처럼 까불까불 뛰놀았다. 그 바람에 기저귀가 떨어지는 걸 문턱에 서서 바라보던 둘남 어메가 이를 우짜꼬 하며 뛰쳐나왔다. 장석조씨네 앞마당 여기저기에 깐둥이가 갈기고 다닌 물찌똥이 있었지만 다행히 그 위에 떨어지지는 않았다. 기저귀를 주워든 둘남 어메는 누구에겐지 모를 말을 들떼놓고 구시렁거렸다. 물론 오영감을 향한 게 틀림없었다. 아침부터 이 모양이니 깐둥이는 오영감의 속을 무던히도 태우고 있는 중이었다. 더군다나 깐둥이가 잔칫집으로 출근하는 집주인 장석조씨의 빠까번쩍한 백구두 위에 그날따라 덜 섞인 파레트 위의 물감 같은 추상화적인 물찌똥을 싸갈겼으니 여느때와는 사정이 적이 달랐다. 장석조네 바로 위터에는 이 동네에서 가장 알부자라고 소문난 청기와집이 자리잡고 있었다. 그날은 인천 근처의 세관에 다닌다는 그 집 주인양반의 귀빠진 날이어서 장씨가 생일 초대를 받아 가는 길이었다.

그 집에는 주인집 장씨네에도 없는 백색 전화라는 게 있을 정도로 끗발이 세었다. 한번은 끝방 나주댁이 반장인 갑석 아버지한테서 얻어들은 전화번호를 급한 김에 자기 친정집에 적어놓고 왔다. 그때 그네의 친정 어머니가 몹시 위독해서 일이 생기면 알려달라는 것이었는데 딴 일로 해서 그 청기와집으로 연락이 닿은 모양이었다. 부리나케 고무신짝을 바꿔 신은 줄도 모르고 뛰어올라갔던 나주댁이 가슴팍을 손바닥으로 내리쓸며 타박타박 내려왔다.

—별것 아니더라고. 서울역으로 쌀 반 가마 부쳤은께 때 놓치지 말고 끄잡아 가라는 건디…… 하따 어찌나 미안시러운지 오금이 갈고리에 꿰인 듯이 얼어붙더만.

—백색 전화가 어떻게 생겨부렀던가?

—웬걸 깜장인 게로 흑색 전화인가부던데?

—분명히 백색 전화라고 혀서 전화 중에서 젤로 비싸다 혔는디, 사람들이 잘못 알아부렀나?

그때까지만 해도 백색 전화니 청색 전화니 하는 말들이 색깔을 두고 하는 말이 아니라 남에게 어느 만큼 자유롭게 사고 팔 수 있는가 하는 조건을 뜻하는 것인 줄도 모르는 사람들이 꽤나 있었다.

하여간 그날 아침 오영감을 향해 퉁방울 눈을 부라리고 뒤돌아서 가는 장석조씨의 눈초리가 여간 심상치 않음을 느낀 오영감은 그의 뒷모습을 쥐죽은 듯 지켜보고 있자니 잔등에서 식은땀이 주르륵 배어났다. 불뚝심이 센 장씨가 오리 목을 비틀다 못하면 자신에게 건주정을 들이댈 거란 사실은 불을 보듯 뻔했던 것이다.

"영감님, 에지간하믄 이깟 애물단지 하나 당장 없애부리지 뭐 합니꺼? 그러시다가 집두 절두 없이 쬐끼나는 것보담 백 배는 안 낫겠

심니꺼? 뭐이 먹고살 통이 났다꼬 동첩 끼고 돌 듯이 그리 합니꺼? 말이사 바른 말이지 곁엣사람도 마, 오리똥 냄새 때문에 미치고 환장할 노릇입니다."

기저귀를 집어들고 시큰둥한 얼굴로 다가온 둘남 어메는 볼멘소리로 말했다. 성금네는 성금네대로 야단이었다.

"그러게 내가 뭐라고 했수? 닭두 영계 때 잡아먹듯이 저것두 영계 때 털을 뽑든지 했어야지 입때껏 내버려두니깐 지붕엘 다 안 올라가나 세상 없는 눈치꾸러기가 돼잖수. 공밥을 들입다 처먹여놓은들 뭐해요? 살점이 다 쇠했을 테니 제 값 받긴 애당초 글러먹었지 뭐요? 집주인이랑 이웃들한테 남우세는 톡톡히 당하믄서. 그렇게 밉보이고서야 당장에 짐을 싸라면 어디로 갈 데가 있다구?"

성금네도 예의 그 오종종한 입술로 쏘아붙였다. 하긴 오영감으로서도 그게 큰 걱정이었다. 변변한 전세 계약서 한 장 없이 들어와 사는 처지니 집주인 손가락 끝이 까땍 잘못 움직이는 날이면 어디 가서 하소연해볼 데도 없었다.

"임자는 그런 소릴랑 대신 줴치지 말라구. 자네가 어디 저 깐둥이끼니 한번 에워준 적이 있어? 없잖쿠. 제 혼자 그 긴 주둥이로 집 앞 고랑을 들쑤셔 거진 혼자 배 채우며 크듯 했는데 그렇게 타박만 하고 있으믄 뭐이가 되겠음? 두고 봄세. 내가 곧 뭔 수라도 낼 테니. 기러니까니 부쩍 생각나는 말인데, 사람이 늙어가면서리 명줄 달린 물건일랑 소홀히 다루는 벱이 아닌 게지, 나중에 그거이 뭐이가 돼도 단단히 돼서리 앙갚음으로 다 돌아오는 벱이니까니."

그토록 윈고개를 꼬고 심사숙고하던 오영감이 깐둥이를 넘겨받을 사람을 물색하다가 하는 수 없이 진씨에게 넘긴 게 바로 엊저녁 일이었다.

—진씨말고는 달리 없을 것 같구만.

오영감은 밤늦도록 깐둥이 곁에 쭈그리고 앉아 있었다. 변소 처마 끝에 꼭지 떨어진 수세미처럼 기운 없이 매달린 보안등 불빛 아래로 갑자기 옮겨져온 오리도 눈이 부신지 사방을 두리번거리며 연식 꽥꽥 울어댔다. 본래 하얗던 깃털은 윤때가 잔뜩 묻어 희끄무런 빛을 띠었다. 오영감은 고장나서 내다 버린 전축통을 고쳐서 만든 오리장 안으로 손을 집어넣어 목덜미를 쓰다듬어주려고 했지만 오리는 고개를 빼둥거리며 한사코 거부의 몸짓을 해 보였다. 오영감은 술 취한 사람처럼 비틀거리며 일어나 자신이 깔고 앉아 있던 두터운 라면 상자를 오리장 위에 덧씌워주려 했다. 그때 방금 집으로 돌아온 폐병쟁이 진씨가 부엌문을 열고 나왔다. 허리띠가 풀려 젖혀진 괴춤을 두 주먹으로 단단히 끌어안고 엉덩잇살을 아예 허리께까지 바짝 올려붙인 채 어기적거리며 걷는 꼴로 봐서 엔간히도 용무가 급한 모양이었다. 미주알 끝을 바짝 틀어막느라 두 다리 사이의 사타구니를 어찌나 꼬아붙였는지 엉겁결에 왼짝 오른짝을 바꿔 신은 고무신은 마치 제자리에 올바로 꿰어진 것처럼 보였다. 아니나다를까. 오영감에게 방정스러운 까땍 인사를 한 진씨는 변소문을 두드려보는 시늉도 하지 않고 벌컥 열어제치기부터 했다.

"진씨."

오영감은 진씨의 헐렁한 괴춤을 우악스레 낚아챘다.

"아 예, 영감님 밤기운도 찬데 게서 뭘 하세요, 끄응!"

"날 좀 잠깐 봅세……"

"쪼까만 기대리쇼. 내가 뒤가 급해서……"

“잠깐만 마저 들으라우. 임자두 허파레 안 좋지? 그지? 그거이 말하자믄 자꾸 괴기를 섭취해야지 도지질 않는 질환인데 말이야 응. 안 그렇네? 괴기레 부족하게 되믄 균이 더욱 극성을 부려서 몸을 허약스레 할 것은 자명한 이치지 아암.”

진씨는 평소에는 무두질 안 한 생가죽처럼 뻣뻣하게 굴던 오영감에게서 뜻밖에도 자신의 몸을 생각해주는 말을 듣자 얼굴에 금세 화기가 돌았다.

“바로 보셨습니다, 영감님. 딴 건 몰라도 하루에 남의 살 한두 점이라도 입에 대지 못하믄 기침도 기침이지만 도무지 지푸라기 하나 들 힘도 안 솟으니깐요.”

오영감은 고개를 크게 주억거렸다.

“근데 영감님 지가…… 끄응……”

“알아서. 날레 다녀오라우.”

진씨는 엉덩이가 데인 망아지처럼 훌쩍 변소 안으로 뛰어들어갔다. 널빤지 바로 밑에까지 쿨렁쿨렁 차오른 변소 사정 때문에 와그르르 쏟아놓은 내용물이 엉덩짝까지 튀어올랐는지 이런 젠장, 어쩌고 하는 허탕지거리가 한동안 새나왔다.

“종이짝은 있네?”

“벽 틈새기마다 틀어박힌 게 신문짝인데유. 하따, 낮에 도야지 비계를 물색없이 널름 집어먹었더니 이놈의 창자가 놀래부렀는지 뒤늦게 요동을 치는 바람에 그나마 남아 있던 기름기마저 다 뽑아갖고 가뿌리네 마.”

“쯧쯧, 체하지 않은 게 다행이지 뭐. 밑으로 쏟고 난 뒤끝은 있지만 위로 올리고 난 뒤끝은 없다는 게야.”

진씨는 알궁둥이가 미어지게 드러나도록 괴춤을 바짝 졸라맸다. 아랫배를 살살 주무르는 품이 아마도 설사기가 있었던 모양이었다.

"헐헐 영감님, 하긴 이놈 이거 잡을 때가 됐시유. 지가 이놈이 꺼떡하믄 담벼락 타고 어느새 지붕 위에 올라갔을 때부텀 진작에 알아봤다니까요. 무릇 집짐승들이 지붕엘 올라가믄 벌써 알쪼거든요. 그때를 놓치면 고기도 쇠서 질깃해지고 해서 영감님처럼 이빨이 약한 양반들은 괜한 생고생만 하고 보신일랑 어림도 없슈. 진작에 지가 눈독을 들이긴 했지만…… 내일이라도 잡으신다면 제가 모가지 정도는 비틀어드릴 수가 있쥬. 내일은 일 안 나가는 날이거든유."

"기래서 하는 말인데…… 어때? 이 오리를 자네가 지금이라두 나한테서 사지 않겠나? 자네가 그럴 의향만 있다믄야 내레 값을 세게 쳐서 받을 수야 없겠디. 이게 기래두 깝데기를 벳기믄 어때? 한 두 근 반이야 수월하게 나오지 않깐?"

"원, 영감님두, 털 뽑고 내장 긁어내고 하믄 거저 근 반이나 나올까 몰라두 어디를 봐서 두 근 반이나 나오겠어요?"

"허허 참, 진씨한테두 솔개 까치집 뺏듯 후리는 구석이 다 있었구만 기래."

"다 누이 좋고 매부 좋자는 게지. 딴 뜻이 뭐 있다구설랑……"

"기래 좋다우. 기럼, 에멜무지로 말이디 두 근이라고 쳐서 내레 딱 싱거워빠진 삐루 두 병 값만 받으면 이녘의 성이 차겠음?"

"맥주 두 병 값이요?"

"기래, 과함? 기래 봤자 오백원밖에 더 하겠니. 이거래 이래 봬도 솔방울만한 걸 백원씩이나 맥히고 사온 거야. 그간에 키운 공력을 생각하믄 거저 아니겠음? 기면 기고, 아니믄 아니다, 딱 부러지게 말하라우. 내레 치사하게 삼이웃끼리 더이상 시시껄렁한 배부른 홍정이래 하지 않겠다 이거 아입매. 내레 이 나이 되도록 짐승을 키워서 잡아먹을 만큼 독한 위인이 돼놓지 못해서리. 기리구 먹어서 몸 보신할 수 있는 사람이 먹으면 잡아먹히는 짐승이래두 거저 입맛치레 삼아 탐식하는 작자의 뱃가죽에 기름덩이로 잠시 머물러 있다가 배설되는 것보담 훨씬 보람 있는 거 아이겠음매? 폐병에 오리고기가 좋다는 말을 어디서 들은 것 같기도 해서 말이지……"

진씨는 고개를 끄덕거렸다. 그리고는 그 자리에서 호주머니를 뒤져 아예 셈을 치르겠다고 나섰다. 내친 김에 아퀴를 지어버리겠다는 태도였다. 그는 거북선이 그려진 오백원짜리 종이돈 한 장을 꺼내 오영감의 호주머니 속에 깊숙이 찔러주었다. 오영감이 고개를 끄덕이며 만족해하는 표정을 짓자 진씨가 입이 귀밑까지 찢어지도록 소리없이 크게 웃어젖혔다. 그리고는 오리장을 감싸안듯 번쩍 들어 자신의 좁다란 부엌 안으로 옮겨놓았다.

그런데 공교롭게도 다음날 평소 집 앞 도랑에다 놓아 기르는 깐둥이가 뱃속에다 금반지를 품고 있다는 말이 나돌았다.

"영감님 땡잡았수다."

아랫집 재익 애비가 덜렁덜렁 문간통 앞을 지나다가 도랑에서 주둥이가 시커매져서 펄흙 속을 훑고 있는 깐둥이를 가리키며 오영감에게 알은체를 했다.

"거 보아하니 그놈 눈곱똥이 구르면 발등 깨지도록 잔뜩 낀걸 보니 축이 많이 진 모양입니다 그려."

"글쎄 말이야. 먹은 것도 다 올리고 그러네 유. 이 미욱한 짐승도 제 명이 다한 줄 아는 건 아니겠지?"

"하하, 고게 아니겠지요. 영감님 시치미는 고만 떼지 뭘 그럽니까?"

"시치미? 지금 내보고 시치미라고 했음?"

"아, 그럼 시치미가 아니구 뭡니까?"

"임자가 아침으로 뭔가를 단단히 잘못 먹은 게 틀림없나보구만 응. 어케? 내레 바늘로 좀 따줄까?"

"근데 그게 사실이야요?"

"메가? 변죽 좀 그만 울리고 속시원히 말해보라우."

"헤잉, 이거 와 이랍니까 이거, 나를 뭐로 보고, 사람들이 다 그카던데 이게 누런 쇠를 집어묵었다고들 안 허요?"

"누런 쇠?"

"금으로 된 반지요."

"이빠리 빠진 쇠똥방구리가 들어도 배꼽을 잡을 일이구만. 뭔가 햇빛에 반짝거리는 사금파리라도 집어삼키는 걸 어느 눈자위에 백태 낀 작자가 보고서리 되도 않는 말을 지어 동네방네 헛소리를 줴치고 다니는 거겠지 아마."

"하여간 난 들은 소리를 낙자 없이 그대로 옮기는 게니 영감님이 다 알아서 하슈."

재익 애비가 두 손으로 무릎을 짚고 일어나다가 둘남 어메와 눈길이 마주치자 멋쩍은 듯 히물쩍 웃었다.

"애물단지가 보물단지 된다 카더니, 호박이 넝쿨째 들어왔나배요, 영감님. 성금 어메 입이 쉰댓 잔 찢어지겠제."

"틀렸어요 아즈마이레. 내레 저놈을 엊저녁에 진씨에게 팔았어요. 그러니 이젠 나완 아무런 상관이 없다 이거요."

그 얘기를 어디서 듣고 왔는지 어제 아침나절만 해도 자기 손으로 깐둥이의 목을 비틀어 요절을 내겠다고 길길이 날뛰던 성금 어메가 반색을 하며 오영감의 손목을 붙잡고 방 안 구석으로 끌어들였다. 그러더니 양은 장수 최씨가 보쌈지기를 하다시피해서 데려다논 이후로 찬바람이 잉잉 일도록 냉갈령을 부리던 성금 어메가 오영감을 덥석 끌어안고는 입을 쪽 소리가 나도록 맞추는데 천장에 있던 생쥐가 놀라 한구석으로 우르르 몰려갈 지경이었다. 아무튼 싫지는 않은 오영감이나 성금 어메의 행동에 두서가 없는지라 어찌 된 일이냐고 물어보았다.

"하이구, 왜 이래요? 저 깐둥이가 복덩이가 되었다믄서요? 왜 내게 젤 먼저 알리려 들지 않은 게요?"

그럼 그렇지, 이 안차고 다라진 여편네가 마음을 크게 돌려먹고 그럴 까닭은 없으렷다.

"아따, 뭣을 허고 있소? 언능 저 오리집을 우리집 부엌으로 옮겨놔야지 그새 어느 시러베아들놈이 뭔 해코지를 할지 뉘 안다고 그러요."

"사실이야 어떻든지 이젠 우리하곤 상관없는 일이 됐으니 임자는 괘념치 말고 잠자코 있는 게 좋을 게지."

"그게 뭔 일이요?"

엊저녁에 이미 폐병쟁이 진씨에게 깐둥이를 팔았다는 오영감의 말을 들은 성금 어메는 방구들이 무너져라 엉덩이를 들썩거렸다.

"임자 기러케 까탈스럽게 굴지 말구 내 말 좀 들으라니까니. 내레 속 탄다우."

"당신 정신이 있는 거요, 없는 거요! 그게 어떤 오린데 그깟 푼돈에 팔아서 누구 좋은 일을 시키구 오는 길이란 말이여! 세상물정이 저런 캄캄절벽인 영감탱이를 기둥으로 믿고서 살아야만 하니 내 평생이 이리 고단하지 않을 수 있겠냐구? 아이구 내 팔자야."

오영감은 벽을 보고 돌아누운 성금네에게 지싯지싯 손을 뻗쳤지만 매몰찬 뿌리침을 당했다. 성금네가 단단히 앵돌아진 모양이었다. 그도 그럴 수밖에 없는 게, 자신에게는 단 한마디 상의도 없이 깐동이를 고깃값도 안 쳐 받고 헐값에 홀짝 팔아넘겼으니 부아가 오르기도 함직한 일이었다.

"어휴, 그것이 필경 금덩이를 끼고 앉았을 거라고 누가 감히 짐작이나 했겄어? 그것이 내 차지가 될 게 아니니깐 그리 된 거겠지. 그렇다믄 애초부텀 임자는 따로 있던 게고, 그거이 바로 진씨지 뭘 그래. 기왕지사 이렇게 된 거 우리는 거저 돌부처처럼 가만히 앉아서 구경이나 해야지 별수가 없잖은 일이구말구."

오영감은 난감한 표정을 지었으나 곧이어 정색을 하며 다가앉아 다독거리려 했다.

"흥, 맘 씀씀이를 보니 이 산동네에 생불이 하나 났구먼, 생불이! 당장 폐병쟁이 진씨한테 뛰어가서 이 거래를 무르지 못해욧! 돌부처? 아나, 돌부처, 말 한번 자알 나왔네! 이녁이 돌아앉은 돌부처가 된 지가 언제부턴지나 아우? 아예 돌부처라면 심심할 때 끌안고 들입다 부벼보는 재미나 있지, 이건 원 삶아논 호박에 박히지도 않을 말뚝 같은……"

"허허, 저 입초사. 거저 누가 들을까 싶네."

그 말이 끝나자마자 느닷없이 뜨뜻미지근한 방걸레가 날아와 오영감의 얼굴에 해파리처럼 덥석 달라붙었다.

소문은 한결 구체성을 띠어 그 금반지가 보통 금반지가 아니라 녹두알만한 보석이 박힌 거라는 말까지 나돌았다. 소문이 그 정도에 이르면 가짜건 진짜건 그게 바로 내 것이오 하고 나서는 작자가 있음직한데 아무도 나서는 이가 없었다. 그 보석이 사파이어다, 루비다, 아니다 다이아가 틀림없다 하는 말까지 나오자 진씨는 흥분하기 시작했다.

"아따, 진씨 한턱 쓰쇼 잉. 암만 뒤져도 없는 걸 보니 깐둥이가 먹어치운 게 맞긴 맞나보오."

"쓰잘데없는 소리를 어쩌자고 함부로 줴치는가? 자넨 자네 할 일이나 하소 뭘……"

진씨는 도랑에 서 있는 쌍용 아범에게 눈을 부라렸다.

"없어."

쌍용 아범이 도랑에서 올라와 펄흙더미 위에 삽을 기세 좋게 꽂았다. 그의 목 긴 장화 겉에는 시커멓고 걸쭉한 펄흙이 덕지덕지 묻어 있었다.

"괜히 쌩이질만 했네 쌍!"

그는 청기와집의 부탁을 받고 도랑을 조심스레 쳐주는 일을 하루 품삯으로 맡아 하는 중이었다. 그 청기와집 사내는 근무시간이 들쭉날쭉해서 며칠씩 집을 비우기도 하고 어쩔 땐 낮시간에도 집에서 뭉그적거리고 했는데 동네 사람들하고는 도통 어울리질 않아서 그 집 내막을 잘 아는 사람이 없었다. 다만 물역가게 쌍용 아범만 그 집의 부뚜막이니 하수도를 가끔 손봐주는 일이 있어 다소 안면이 있을 따름이었다. 그런데 쌍용 아범의 말을 들은 사람들은 깐둥이가 보석반지를 집어삼켰다는 얘기를 더 곧이듣게 되었다.

"희귀한 보석반지를 아주마이가 잘못해서 그만 수챗구멍으로 쑤셔넣은 모양이더라구. 자기네 집 수챗구멍이 어디로 통하냐고 묻데. 요기 장석조씨네 뒷간으로 해서 이 도랑으로 이어지잖아. 나를 은밀히 불러서 말한 건데 딴 데 말을 옮기지나 말라구. 도랑을 잘 훑어서 반지가 나오거든 자기한테 알려달라나 어쩌래나…… 품삯말구도 섭섭잖게 쳐준다며."

"옳거니. 그걸 바로 이 깐둥이가 집어삼킨 모양이로군."

"아마 그런 모양이지. 암만 들뒤져도 없는 걸 보니. 모래주머니에 꽉 넣어가지고 있나봐."

"거참. 오영감이 애물단지 천덕꾸러기를 잘 처분했다 싶었는데 이제사 속이 짠해서 우야노? 물건이란 원래 임자가 따로 있긴 한 법이지만서두……"

오영감을 동정하는 소리들이 불쑥 튀어나왔지만 진씨는 왼눈썹 하나 까딱하지 않았다.

"하따, 결과가 어떻게 나올지 궁금해 죽겠네."

"아, 당장에 배 갈라뿌리믄 알아요……"

나주댁이 한마디 거들고 나왔다. 그러자 옆에 서 있던 양은 장수 최씨가 곧이라도 종주먹을 들이댈 듯한 험상궂은 표정을 지어 보였다.

"아, 그런 뜬말 때문에 생짐승 배를 가른다믄 벌받네그려."

진씨는 쭈그리고 앉은 자신의 사타구니 사이로 목에 줄을 맨 깐둥이를 타고 앉듯이 집어넣고는 손가락 끝으로 여유만만하게 목덜미를 슬슬 간질이고 있었다.

"그런 벌이라믄 내가 대신 받을랑게 으떻소 진씨? 어차피 사람 목구멍에 낀 때를 벗겨줘야 할 놈의 짐승인데 배 갈라 잡아서 그 안에 반짝거리는 게 들었으면 그대로 좋은 게고, 아니라 하더라도 원님 덕분에 나발 분다꼬, 고깃점이나 얻어서 막걸리나 한 사발 걸치면 그것도 오죽 기꺼운 일이겠소. 아, 안 그렇소?"

"쌍용 아범 자넨 종내 그따우 객쩍은 소릴랑 거두지 않을 텐가?"

진씨는 자꾸 재촉을 하는 쌍용 아범에게 역정을 냈다.

"꼴값! 아 언젯적 진씬데 이렇게 목에 힘이 들어갔어 그래? 꺼떡하다간 목에다 기브스를 대야 허겠네그려. 아침만 하더라도 부엌에서 칼 가는 소리를 내가 다 들었구먼. 그놈이 뱃속에 뭣인가를 담았다는 말을 들은께로 두고 보자는 쪽으로 맘이 바뀐 거지 뭐."

"그런 게 아녀!"

"아니긴 뭐가 아녀."

"저걸 새끼 때 둘남이가 학교 앞에서 파는 걸 개져다가 이내 병들어 죽을 걸 오영감이 주워다 기른 거 아닌감. 그러니 둘남네 앞으로 떡고물 좀 떨궈야 인사가 아니겠어?"

그러나 둘남 어메는 기다렸다는 듯이 입술을 앞으로 비죽이 내밀며 팔을 휘저었다.

"이제사 퍼뜩 생각나는 건데 말임더. 내가 운제 저 오리새끼를 오영감한테 줬능교? 접때는 말임더. 우리 둘남이가 병든 오리를 두 마리씩이나 핵교 앞에서 사왔기에 등짝을 쌔려주면서 내다버리라고 했더니 한나는 죽꼬, 한나는 쓰레기통 옆에서도 숨이 떨어지지 않고 걀걀거리고 있는 걸 오영감이 델꼬 가서 겔국 키운 것인데, 그때까지 지 입으로 개져다 키우소 하는 말은 한마디도 꺼내지 않았다 아입니꺼?"

"내가 어찌 됐든 오영감한테서 분명히 삐루 두 병 값을 치르고 사들인 것이니 둘남 어메가 정히 억울한 사정이 있다믄 고건 오영감허고 둘이서 사이좋게 의논적으로 해결할 일이지 내가 따따부따 간섭하고 나설 일이 아닌 것이오, 힝."

"하기사 다 죽었다고 내다부리고 나서 이제 와서 내 것이노라 하믄 억지 아니어라? 괜히 이웃간에 의만 상할 팅께 좋은 말로다 서로 야그하는 게 이롭잖은개벼?"

끝방 최씨가 제법 점잖게 이르자 둘남 어메는 입은 꿈쩍 않았으나 얼굴엔 성이 잔뜩 난 표정이 여실하였다.

"깐둥이가 자란 이 뜰이 누구네 집 안짝인 게야? 집주인 땅이지 않아? 그러니깐 가설라므네 집주인인 장씨에게도 얼마간 쥐어줘야 뒤탈이 없다구."

"여름 내내 오리똥 냄새 때문에 코 싸매쥐고 살아온 우리는 우떻고? 우리 모가치도 쏠쏠찮게 내놔야 할걸."

그때까지 아무 말 없이 쭈그리고 앉아 있던 광수 애비가 벌떡 일어나 뒤축을 꺾어서 신은 구둣발로 땅바닥을 걷어차 흙부스러기를 오리한테 끼얹으며 주절거렸다.

"젠장 이 오리통이 바로 내 방 앞에 놓여 있어가지구 우리가 얼메나 고생을 했다구요? 말은 내놓고 안 했지만서두. 이참에 그냥 넘어가면 내게도 다 생각이 있다구요."

그러차 끝방 최씨가 혀를 차며 끌탕을 하였다.

"에그 벼룩이 간을 내먹겠다고 혀는 편들이 나을 성싶네…… 쯧쯧."

"그렇지. 사공이 많으면 배가 산으로 올라간다는 말이 예부터 있잖어."

쌍용 아범이 면장갑을 벗어 변소 담벼락에 툭툭 털며 말했다.

"아 참, 근디 왜 저 윗집에서 드러내놓고 한번 확인을 해보자느니 어쩌자느니 하는 말이 없을꼬?"

"거 그러네. 듣고 보니 요상시러운데?"

그러자 또 쌍용 아범이 한마디 거들고 나왔다.

"요상시럽긴 뭐가 요상시럽다고 그러요. 내 생각에는 아무래도 그 집에서 수챗구멍에 빠뜨렸다는 게 암만해도 짠 바닷바람 쐰 것 같다 요것이지."

"짠 바닷바람이라니? 싱건 바닷바람도 있남?"

"꽉 멕힌 인사들 허고 쯧쯧. 아 요거!"

쌍용 아범은 양쪽 새끼손가락을 서로 걸어 흔들었다.

"아항, 밀…… 수……?"

"저 집에서 쓰는 건 죄다 외제라구, 아이들 주전부리까지도. 직장이 세관이래잖아. 떡고물도 많겠지 뭘. 아무튼 그 비슷한 거니깐 켕겨가지고 암 말도 못 허는 게지."

"헌디, 이것이 반지를 진짜로 삼켰는지 아닌지를 으떻게 안다냐? 괜히 우리덜이 헛물만 켜는 건 아닌고?"

"본 사람이 있다잖아?"

"사람 눈을 대관절 어디까지 믿을 수 있관데?"

"아따, 사람 눈을 못 믿으면 뭘 믿는다는 게지?"

"긍게, 기계루다 대보면 되지."

"으떻게?"

"자네 병원도 안 가봤나? 그런 데 가믄 엑스레인가 뭔가 허는 기계 있잖남? 왜 사람의 뼈를 환히 들여다본다는 그 기계 말여. 그 기계를 쓰면 이러쿵저러쿵할 것 없이 단박에 알아부리고말고."

"예끼 이 사람아. 농담도 작작 허게. 사람한테도 못 써먹는 그런 비싼 기계를 한갓 오리한테 써먹는단 말인가? 뒤바뀌어도 한참 뒤바뀌었네."

"그래두……"

"아무튼 모두들 관심이 있거들랑 두 눈을 부릅뜨고 오리똥이나 잘 살펴보라고."

"건 왜?"

"왜라니? 그놈의 반지가 똥구녁으로 나올지 뉘 아나."

"그게 그리 빠져나오겠나? 이놈이 이렇게 끙끙 앓으며 품고 있는 모양인데."

그때 연득없이 진씨가 깐둥이를 보듬어안고 이크크크, 하며 자기 집 안으로 부리나케 뛰어들어가는 것이었다. 사람들은 영문을 몰라 서로의 얼굴을 바라보며 어리둥절해했다.

"뭔 일이여?"

사람들이 진씨 부엌문 틈새에 매달려 들여다보니 그는 자기 손바닥 위에 뭔가를 받아서는 아이스케키 막대기로 이리저리 들쑤셔보는 시늉을 했다.

"뭐 하는 짓이래?"

"갑자기 횡재를 하더니 돈 모양 아냐?"

"아항, 알았다. 저건 오리똥이야."

"아이쿠 냄새야. 저게 무슨 짓이람. 코를 들이밀고 일부러 똥을 받아 냄새를 맡다니?"

"꽉 막힌 사람하고는. 그게 아니지. 진씨가 왜 손바닥에다 오리똥을 고이 받았겠어? 내 말 좀 들어보라구. 언젠가는 가만히 두면 오리 똥에 그게 섞여 나올지도 모른다고. 그러니깐 진씨가 오리가 똥을 눌 때마다 서둘러 저짓을 하는 게지."

"헛헛헛. 거 참, 돈도 좋긴 한 일인데 사람이 할 짓이 못 되는 것도 해야 되는구먼."

이런 곁말들을 들어도 진씨는 마냥 행복해 보였다.

"핫핫, 우선은 아흐, 그저 닭을 영계백숙으로다 한 오십 마리쯤 삶고 지네 열 두름허구 뱀두 아주 소문난 꽃뱀으루다 얄짤없이 스무 마리만 확확 고아 먹어두 이놈의 폐병이 와그작 나서버릴 것만 같으니 헐헐헐."

"그러고 힘 남는 거 있으면 우리랑 요기 개천 건너 빠구리라도 짧은 거루다 한번 트러 가자구, 히힉."

"아냐, 아냐. 그럴 게 아니라 우리 명희 시집갈 때 밑천으로나 보태줄거나 으쩔거나. 그것도 괜찮은 생각이긴 헌데…… 우리 명희에게 드레서 입히믄 되게 이쁠 긴데 응? 아냐 권리금이라도 집어주고 리어카 한 대로 목 좋은 곳을 차지하면 쫓기다니며 물건 안 팔아도…… 쩝쩝."

도랑에서 나와 목이 긴 장화를 벗어든 쌍용 아범이 문간통에 쭈그리고 앉아 사타구니 새에 깐둥이를 타고 앉은 진씨의어깨를 불량스럽게 툭 건드렸다. 어느새 주변에 흩어져 있던 사람들이 깐둥이 뒤로 옹기종기 모여들었다. 진씨가 목욕까지 시켜서 그런 것일까, 깐둥이는 한갓 미욱한 짐승이 아니라 뭔가 알 수 없는 위엄까지 갖춘 생명체처럼 보였다

뭐라고나 할까. 미운 오리새끼에서 위풍당당한 거위, 그것도 황금

깃털을 지닌 거위쯤으로 변신한 것 같았다. 그 주위에 모여든 사람들도 마치 동화 속에 나오는 사람들처럼 비현실적으로 비쳤다. 입을 반쯤 헤벌리고 허공을 보는 사람, 팔을 높이 쳐들고 겨드랑이를 긁는 사람, 하품을 하느라 입을 손으로 가린 이, 그리고 장화를 거꾸로 들고 터는 사내.

그러나 그 광경의 평화스러움은 오래 가지 못했다.

"누가 진동환이오?"

대뜸 거친 반말을 해대는 제복한테 압도당한 사람들은 이제 막 깨어난 사람들처럼 굼뜨게 움직였다. 그리곤 서로의 얼굴만 쳐다보았다.

"저요만…… 지 이름 석 자가 진동환이라고 합니다만……"

"그럼 빨리빨리 자리 털고 일어나서 나와 함께 서로 좀 갑시다. 조사할 일이 있으니깐."

"야경비라믄 야그 다 끝났을 텐데……"

"내가 한가롭게 야경비나 받으러 온 것 같소?"

"그럼…… 넘들 다 노는 공휴일날 뭔 바쁜 일이?"

"하따 말 많은 것 보니 진짜 공산당 겉네. 가보면 아니깐 얼른 따라오기나 하쇼."

진씨는 점심나절이 다 지나도록 돌아오지 않았다. 사람들은 반장노릇을 하는 갑석 아버지를 파출소로 보내 동태를 살펴보고 오도록 했다.

"진씨가 아매도 장물애비로 몰린 모양이더라고. 곧 풀려난다고는 허는데 모르지 뭐. 어디까지나 그때 가봐야 허는 게 겡찰일이니."

"와요?"

"건 내도 잘 모르는 일인데, 듣자 하니 저 윗집에서 찌른 모양이야. 뭐? 오리가 뭘 삼켰다며? 그게 자기 집에서 나온 건데 진씨가 돌려줄 생각은 않고 버틴다꼬 했던 모양이던데 이웃간에 좋은 말로 끝을 볼 일이지 그게 뭐꼬?"

"아니, 즈그덜이 증말 오리 뱃속에 거시기가 든 걸 확인이나 해보고 하는 소릴란가?"

"그게 아니겄지. 여기서 하두 떠들어싸니까 지레짐작으로 후리고 나오는 거겠지 뭐. 내 참 드러워서. 한 동네 사람 같지도 않은 것들이……"

진씨는 간단한 경위서만 받아 쓰고 나와 혼잣소리를 하며 건들건들 올라왔다.

"우짠 일이고?"

"우짠 일은요? 저 집구석에서 지들 장롱에 고이 처박아두고서두 수챗구멍이니 어쩌니 허면서 간릉을 떨어싼 거지."

"사람을 우짜 보고 쯧쯧. 썬글라쓰 끼고 거들먹거리고 살믄 단가? 근데 자네 놀라지는 말거라이. 자네가 끌려내려가는 모습을 보고 우리도 진둥한둥 갈피를 못 잡고 우왕좌왕하며 한눈을 판 사이에 깐둥이가 갑자기 달겨든 개한테 물려서 피투성이가 돼고 난리를 직였는데 다행히 다리만 조금 다쳐 목숨엔 지장이 없을 것 같다 마. 놀랐으니깐 진정만 시키믄 될 기라."

"우떤 집 갠데요?"

"그거이 저어, 노란 대문집 개였는데 말이여. 우연히 일이 그렇게 돼부린 모양이더구만."

진씨는 부엌에서 깐뚱이를 꺼내 목을 끌어안고 울음을 터트렸다.

뭔가 분하기도 하고 섧기도 한 모양이었다. 그리고는 깐둥이를 라면 상자에 넣어가지고 어디론가 갔다가 해거름이 다 돼서야 타박타박 돌아왔다.

"우데 갔었노?"

기다리고 있던 쌍용 아범이 물었다.

"서강……"

"서강이라니?"

"아 서강 모르요? 백삼십팔번 요 앞에서 타믄 종점까지 가잖아요."

"건 왜?"

"사람 손이 닿지 않는 한강에서 맘대로 노닐며 살다 죽으라고요. 와, 안됐십니꺼?"

"기껏 돈 줘서 사들여선 몸보신도 않고 그 짓을?"

"아무리 짐승이지만 벌써 몇 벌 죽임을 시키는 게요. 도무지…… 사람들끼리 맘 상허게 허구 말이유. 그러고 나니 내 마음속이 어찌나 후련한지 십 년 묵병이 다 낫는 것 같더라구요."

진씨는 말을 마치고는 뒤돌아서서 밭은기침을 연달아 쏟아냈다. 아마도 찬 강바람을 너무 많이 쐰 탓이었던 모양이다.

별을 세는 남자들

"뭔 바람들이 불었어, 잉? 시큼한 초병 마개에 오뉴월 쉬파리 꾀듯이 할금할금들 모여드니 말이여."

방문턱에 시부저기 엉덩이를 들이미는 둘남 아범 박씨에게 양은장수 최씨가 사타구니 사이로 두 손을 모두어 끼운 채 앉아서 말했다. 박씨는 방 안을 한번 힐끗 쳐다본 다음 달다 쓰다 일절 아무 소리 없이 목이 달린 작업화를 풀기 시작했다. 최씨 옆에는 광수 애비가 가부좌를 튼 자세로 쥐오줌으로 얼룩진 천장을 올려다보며 콧구멍을 후비고 있었다.

"쯧쯧, 화상. 손모가지는 뒀다 뭣 헐려고 텅 비워가지고 오는겨? 하다못해 두 살짜리 두꺼비라도 거시기해야 할 것 아닌가베?"

"벨꼴, 자네 눈두덩은 누구 말대로 가죽이 모자라서 터진 것이여 뭣이여 잉? 아나 자네 떡두꺼비."

박씨는 신문지로 두툼하게 싼 술병을 최씨 앞으로 보아란 듯이 밀쳐놓았다. 그리고는 호주머니에서 라면땅 봉지를 꺼내 바닥에 내려놓았다. 그러자 최씨와 광수 애비의 얼굴에는 갑자기 눈부신 동살이 잡혀오는 문창호지처럼 환한 주름살의 파동이 얼굴가로 꿈틀꿈틀 밀려갔다.

돌산 아래 채석장을 빙 둘러가면 으늑한 한구석에 석수장이들의 숙소로 쓰이는 집이 있었다. 겉은 비록 낡았지만 일반 공사장의 허드레 함바집하고는 종류가 영판 달라 블록 변소와 가지런한 장독대는 물론 지붕도 기와로 올려 얼핏 여느 규모 있는 여염집과 다를 게 없었다. 실제로 그 집 한켠에 류씨라는 석수장이가 살림을 차리고 가족을 데리고 살면서 집 관리를 겸하고 있었다. 그 류씨와 광수 애비가 서로 너나들이로 터놓고 지내는 사이여서 장석조네 남정네들도 어느 정도 알음알이는 있는 편이었다. 그들 셋이 들어찬 방은 왜다다미처럼 두꺼운 돗자리를 깐 방이었다. 석수일이 한창인 봄부터 가을까지는 석수장이들로 북적거리지만 찬바람이 도는 늦가을부터는 일감이 그만큼 줄어드는 까닭에 거의 빈방으로 놀려두는 곳이었다.

"헹님은 우짠 일이시오?"

박씨가 이빨로 소주 뚜껑을 물어뜯은 뒤 고수레 삼아 방 한구석에 찔끔 술을 떨군 뒤 물었다. 나이로 따져서는 광수 애비가 제일 연장자였다. 그러자 광수 애비는 술냄새를 맡아 벌름거리는 콧방울을 주체하지 못해 말까지 더듬으며 되물었다.

"자, 자넨 또 이, 이곳에 웬일당가?"

"자 한잔…… 아, 지야 이곳이 또다른 일터 아닝교?"

"이 근방에서 어느 집이 또 부뚜막이라도 뜯는가?"

"하따 내사 마 이리 답대비…… 그게 아니고요, 저그 아래 자드락

밭 안 있능교? 내가 일궈논 남새밭."

"아, 그렇지 참. 거기 총각무가 알이 을매나 알토란겉이 박혔던지 한두 개면 거진 요기까지 돼부럴 정도라지? 카하."

광수 애비가 목젖에 묻은 소주를 털어내느라 카하 하며 허탕지거리를 뽑아올리는 걸 가만히 지켜보던 박씨가 눈을 가늘게 뜨고 되물었다.

"그걸 행님이 우찌 아능교? 그러잖아도 내가 지금 그 밭 때문에 올라온 것이지라. 세상 없이 극성지고 서낙하기 짝이 없는 아새끼들이 우찌나 그 밭에 들쥐새끼모양 쏠라닥거리며 무를 뽑아먹는지 골치가 아파서 말이예. 한번 휘 둘러보려고 안 나왔습니꺼? 슬슬 땅거미가 질 때쯤이면 낮 동안 기운차게 뛰놀던 아이들이 배가 후출해질 거고, 그러다 보믄 노무 남새밭의 씨알 굵고 단물이 바짝 오른 무 생각이 한창 날 시각 아입니꺼? 요때에 한번 주인이 나타나 오금을 콱 박아둬야지 무 서리를 못 하지요. 그러잖으면 멜짱 한여름 농사 도루묵이 되어서."

뭉그적거리는 광수 애비의 손에서 얼른 찌그러진 양재기를 채뜨린 최씨가 그 밭의 소출을 물었다.

"얼마 되지는 않지. 그 손바닥만한 밭 두 뙈기 모두 합쳐두 반 마지기나 될까말까 허지 뭐. 어린애 소꿉장난 겉은 일이지만 당최 손에 익어놓은 거니깐. 우린 빈 자투리땅이 노는 걸 두 눈 뜨고 못 봐준다구. 암만 콧구멍 같다고 해도 땅이 논다는 게 말이나 되냔 말이야. 죄받지 아암. 한데 어림짐작으로 때래봐도 서른 단 나오기가 가쁠게야. 그러면 가설라므네 우리 김장거리로 한 대여섯 단 갖다 쓰고 나머지 처분해서 배추하고 양념거리쯤 벌충하면 겨울 나기론 그만인 게지 뭐."

"당신 때문에 내가 우리 여편네한테 을매나 지청구를 당하는지 알기나 허는지 원. 같은 촌 출신인데 말이야."

"헤잉, 촌이믄 다 같은 촌이여? 당신은 장돌뱅이로 등짝이 물커지도록 등짐 지고 떠돈 사람이고 난 이래 봬도 상머슴으로 잔뼈가 굵었는데?"

"사람 골을 질러도 분수가 있제, 내두 아주 어렸을 땐 깔담살이깨나 했다구."

"깔담? 그깟 꼴 좀 베고 낫으로 화라지로 쓸 곁가지나 툭툭 쳐오는 꼴머슴 짓이사 세상천지 안 해본 인간이 어데 있다고 그러요?"

"……"

말문이 막힌 최씨는 구원이라도 청하듯 광수 애비에게 눈을 돌렸다. 한참 동안 입맛만 다실 뿐 좀체 입을 열지 않던 그가 느럭느럭 한마디 거들고 나서는데 평소와는 달리 목소리에 점잖은 티가 툭툭 묻어났다.

"남새 솎을 때꺼정은 안즉까지 한 달은 족히 남았을 테지. 근디 박씨 자네가 터를 잘 고르기는 했지만서두 지금껏 고 정도의 땅심을 지켜나간 게 다 누구 탓인지 한분 생각은 해보았나? 오로지 나 하나 때문이라고는 않겠네만은 그 달랑무들이 처녀아이 종아리처럼 뽀얗게 살이 오른 데는 때를 놓치지 않고 거름을 날라다 뿌려준 내게도 공은 있지 않겠는가? 어때? 내가 보기엔 사나흘 안짝으로 막벌 거름내기를 한분 해야지 땅심이 그때꺼정 흩어지지 않을 성싶은디 우쩌크롬 생각혀?"

"아따, 우리 행님이 또 와 이카능교? 지가 다 깐깐이 헤아리고 있쥬. 남새를 솎는 즉시 첫대바기로 석 단을 야무지게 매동그려 문간에 대령해놀 테니 걱정 붙들어매소."

"말만이래두 고마워서……"

"말만이 아니래니까요."

박씨는 손사래를 치며 강하게 부정을 했다. 그때 어디선가 뚝하는 둔탁한 소리가 울려왔다. 그러자 모두들 신경줄이 바짝 당기는지 귀를 솔깃 세워서는 바깥에 온 신경을 쏟아부었다. 세 사람의 눈동자는 빠른 속도로 회전을 했다. 누군가 옆에서 손가락이라도 갖다 댄다면 그대로 튀어올라 방문을 박차고 뛰쳐나갈것만 같았다. 밖에는 완연한 어스름이 깔려 있었다. 문고리께 뻥 뚫린 구멍으로 어둠이 방 안을 들여다보고 있었다. 장독대 옆에 있는 미루나무 위로 뒤늦게 잠자리를 찾아든 참새들이 피로한 깃을 터는지 푸드득거리다가 짹짹 소리쳐 울기도 했다. 그제서야 사내들은 맘이 놓이는지 서로들 긴 한숨을 내쉬었다. 그러나 한번 시작된 침묵은 한동안 이어질 줄 몰랐다.

"굿은 다 끝났는가?"

광수 애비가 혼잣소리처럼 물었다.

"어데예? 계면떡이 나올라면 안즉 멀었심더."

계면떡이란 굿이 끝난 뒤 무당이 구경꾼들에게 돌리는 떡을 말함이니 아직 굿판이 끝나려면 멀었다는 소리였다.

장석조네 아랫집 갑석이네 가게 안채에서는 굿판이 벌어지고 있었다. 실성한 사람을 위한 병굿의 일종인 허두굿이었다. 갑석이가 느닷없이 실성을 했다는 거였다. 이대 독자인 아들이 실성한 갑석 아범은 거의 제정신이 아니었다. 근동의 용하다고 소문난 의원은 다 찾아다니며 그 자린고비라는 갑석 아범이 갖은 약을 모두 써봤지만 허사였다. 그럴 참에 이 동네 단골 무당을 자처하는 꽝이네가 가만 있을 리가 없었다.

"흥, 병의 뿌리는 허두가 쎈 데 있거늘 이 약 저 약 써봤자 가죽신 신고 가려운 발바닥 긁기지. 판을 벌여야지."

갑석 아범의 눈이 데꾼해졌다. 꽝이네는 평소에는 머리를 조아리던 갑석 아범에게 은근히 해라체를 하며 뒷짐을 단단히 쥐었다.

"허두라니? 자네가 좀더 자세히 말해주게나."

"내가 보기엔 상사 겯기도 허구. 나도 잘 모르겠어. 내가 모신 신령님의 영검을 빌려 갑석이를 애동기자 삼아 만수받이를 시켜보면 단박에 알 수 있겠지. 신령님한테 여쭤보지도 않고 만신주제에 이렇다저렇다 입초사를 하며 초라니 방정을 떨면 신령의 노여움을 사 영험이 떨어지는 건 물론이고 갑석이마저도 괜한 앙얼을 입어 목숨을 잃을지 뉘 알꼬."

꽝이네가 이렇듯 각단지게 다지르고 나오자 갑석 아범으로서는 아이고 할머니일 수밖에 없는 노릇이었다.

그래서 꽝이네가 굿판을 맡아 실상을 순조롭게 준비를 해나가려는 참에 엉뚱한 사단이 불거졌다. 집도 절도 모르는 만신이 웬 흰옷 차림의 더벅머리 머슴애를 데리고 턱 찾아들어서는 자신이 이 굿판을 주관해야겠다고 나선 것이다. 꽝이네를 비롯해 모두들 어이없어 하긴 매한가지였다. 하지만 그 표정이 사뭇 진지하여 갑석 아범이 정중히 그 연유를 캐묻지 않을 수 없었다.

"만신께선 뉘시관대 어떻게 이 굿판을 알고 왔으며 또 우리 아이랑 무슨 연관이 있길래 이 굿판을 주관해야 한다고 주장하는 거요?"

입을 열 때마다 입초리가 바짝 말려올라가 보는 사람으로 하여금 묘한 신비감을 일으키는데다 어글어글하게 빠진 얼굴 생김새 때문에 함부로 범접치 못할 것 같은 귀티를 풍겼다.

"나는 내가 모시는 신령님의 가르침이 있어서 이끌려왔을 뿐이오."

"이런 발칙한…… 당신이 모시는 신령이 대체 뭣이관데 이리 무엄하게 구시오?"

꽁이네가 파르르 해서 나섰다. 그러나 그 해끔하게 생긴 만신은 왼 눈썹 하나 꿈쩍 않고 두꺼비 파리 잡아채듯 널름널름 대꾸를 해냈다.

"나는 저 대동아전쟁 때 광막한 태평양을 한 손에 주름잡으면서 연합군 총사령관을 지내셔 전 세계를 악귀의 손에서 구출해내신 맥아더 장군을 신령으로 모시오만 그대는 어느 신령을 모시고 계시오?"

"뭐, 맥아더? 이런……"

두 무당의 대결을 보기 위해 몰려든 동네사람들은 고개를 갸우뚱거리며 두런거렸다.

"듣다듣다 양코잽이를 신령으로 모시는 경우는 내 평생 츰일세그려."

"그래두 영검이 붙는개벼?"

"원래 가까운 무당보다 먼 데 무당이 용하다는 옛말이 있으니깐 두고 볼 일이로세."

"하하, 가소롭구나. 어찌 남의 나라 일개 별짜리를 신령이랍시고 모셔서 감히 날 우롱하려 들꼬? 내가 모신 권율 장군님으로 여쭐 것 같으면 선조대왕 십 오년에 식년 문과에 병과로 급제해 승문원정자로 벼슬길에 올라 전적, 감찰, 예조좌랑, 호조정랑, 전라도 도사, 경성판관을 거쳐 의주목사와 광주목사를 지내시면서 중위장으로서 왜놈들이 침노한 임진년에 전란에 출정하셔서 금산군에서 전주로 들어오려는 고바야카와의 정예군사를 이치에서 크게 물리쳐 곡창지대인 호남을 구하셨도다. 그뿐이던가. 이 공으로 해서 전라감사에 올라 드디어는 대왕 이십육년에 행주산성에서 우키다의 삼만 대군을 단 만 명의 병력으로 무찌르시니 이게 바로 행주대첩이 아니고 무엇이더냐. 그리하여 도원수에 오르시더니 한성부판윤, 호조판서, 충청도 관찰사를 지내시니 사후에 선조대왕께서 영의정에 추증하시고 선무 일등공신에 영가 부원군으로 추봉하시고 시호를 충장이라 내려주셨지……"

맥아더를 모신다는 만신이 쇠방울을 떨렁떨렁 흔들어 꽁이네의 말허리를 자르고 나섰다.

"쯧쯧, 지금이 어떤 시댄고? 그깟 창칼로 어린애 장난 같은 전쟁놀이의 영웅하고 전 세계가 두 패로 갈려 건곤일척 최신식 무기로 겨룬 세계대전에서 승리를 거둔 장군 중 누가 더 영검이 깊을까보냐?"

그러나 그때까지는 고개를 끄덕이는 사람과 갸우뚱거리는 사람이 반반이었다. 그런데 다음과 같은 일갈에서 대번에 승부가 갈리고 만 것이다.

"내가 비몽사몽 간에 뵈온 신령께서 가리킨 곳이 지금도 눈에 선하구나. 내 그곳을 짚어볼 테니 어화, 사람들이여 한번 거기를 파보시오."

그러더니 저벅저벅 앞장서서 안채를 휘돌아 들어가더니 세를 사는 택이네 굴뚝 밑을 쇠방울로 가리켰다. 갑석 아범의 처남인 택이 아범이 황급히 그곳을 파보았다. 거기에서는 목에 줄이 친친 감기고 온몸에 바늘이 촘촘히 꽂힌 사람 모양의 제웅이 하나 나왔다. 그 등 뒤에는 빨간 부적 같은 게 매달려 있었는데 벌써 한눈에 귀기가 서려 보였다. 그 제웅이 나오는 걸 본 갑석 아범은 주저없이 그 만신을 당주로 정했다.

모시려오 맥아더 신령님 모시려오.
맥아더 신령님 모실 적에 팔도명산 신령님 모시려오.
사바세계 남선부주 해동하구 조선국에
(……)
공씨가 중에 스무 살 먹은 애동기자
허두 벗겨달라 이놀이영천 올습니다.
월천강 날을 골라 주역팔괘 시를 잡아
생기복덕 가려낼 제
(……)

—집 안의 사람들은 모두들 밖으로 나와 내 말이 있기 전에는 일절 집 안으로 들이지 말 것이며 어…… 쇠붙이들은 모두 모아 이불로 덮어두거라아……

"보소 성님."

최씨가 졸듯이 까불까불 상체를 흔드는 광수 애비에게 손짓을 했다.

"……!"

"성님은 그 외지 무당을 첨부터 알고 있었죠? 내 눈은 못 속이지라."

광수 애비는 말없이 고개를 세차게 흔들어 강한 부정의 뜻을 표했다.

"어따 그라지 마입시다 잉. 내가 이 눈으로 다 봐뿌렀으니껜."

"아, 뭘 봤다고 그래쌓능교?"

그러자 광수 애비가 갑자기 형형한 눈빛으로 양은 장수 최씨를 무섭게 쏘아보았다. 어떻게 보면 애원의 빛이기도 했다. 최씨는 그 눈빛에 눌려 허릅숭이처럼 실없이 헤벌쭉하게 웃어 보였다. 광수 애비가 곧바로 자신의 앞에 놓인 양재기를 들어 최씨에게 불쑥 내밀었다. 그리고는 술잔이 철철 넘쳐나도록 소주를 부어주었다. 최씨는 말없이 고개를 끄덕거리기만 했다.

"옌장 체머리가 붙어부렀나, 새살궂게 턱방아를 찧어쌓기는……"

광수 애비는 신음 소리를 내며 몸을 부르르 떨었다. 재익 애비가 놔준 야미 주사 한 대가 아니었더라면 지금도 망가진 수도꼭지처럼 고름물을 뚝뚝 떨굴 살덩이 때문에 고생깨나 했을 터였다. 그 병은 바로 그 여자에게서 옮겨온 것이었고 그네는 본디 만수무당이 아니었다. 다만 광수 애비가 우연히 정릉 청수장 유원지를 노닐다 눈이 맞아 두어 번 어울린 들병이 여인일 뿐이었다. 그 여인이 어느새 영험 있는 만신으로 변신한 것이다.

"이녘에 부탁이 하나 있구만."

"해우채라믄 약소허지만 이것……"

여인은 꼬깃꼬깃한 종이돈 몇 장이 쥐어져 있는 광수 애비의 손길을 매몰차게 뿌리쳤다. 그리고는 흰자위로 하얗게 흘겨보는 것이었다.

"내가 츰부터 이녘 주제 본께로 해우채를 받을 거시기가 아님을 진작에 알아부렀는데 뭔 소리당가?"

"그렇다믄 부탁이라는 게 대관절 뭣이관데……"

"쉽다믄 쉽고, 어렵다믄 어렵고 거시기헌께…… 말만 곱다시 들어주면 다음번에 다시 만날 기약을 헐 수도 있을 텡께."

"어따, 그러니깐 고것이 뭐냐니깐?"

"이걸 내가 묻어두라는 데 감쪽겉이 묻어두는 게요."

"이크 이게 뭔가? 아닌 밤중에 꼭두놀음을 하자는 건 아닐 테고……"

"미주알고주알 꿰묻지 마소."

그것이 바로 택이네 굴뚝 밑에서 나온 제웅이었다. 그러니깐 광수 애비는 그네의 살품을 한 번 더 맛볼 수 있다는 기대에 몸이 달아 그네의 부탁대로 남몰래 택이네 부뚜막 옆 굴뚝에 그것을 파묻었다. 물론 그때 우연히 변소에 들렀다가 허리춤을 추스르며 먼산바라기를 하다 눈길을 아래로 떨군 양은 장수 최씨의 눈에 띈 줄은 꿈에도 생각지 못했던 것이다.

"개침 좀 닦아요, 개침."

눈동자가 개개풀린 채 퍼더버리고 앉아 있는 광수 애비의 입가에는 질기디질긴 침이 는질는질 매달려 있었다.

"헌데 양 순경이 왜 아침나절부터 사복 차림으로 동네를 뱅뱅 돌면서 분위기를 잡고 있는지 뭐 짚이는 게 없수, 최씨?"

"내가 그걸 우떠케 안단 말이여?"

"웬걸? 짚이는 게 없지 않을 텐데."

박씨는 최씨가 부러 성마른 태도로 나오자 재미있다는 듯 무릎을 바짝 당겨 앉으며 잼처 물었다. 최씨는 대꾸를 하지 않겠다는 듯 고개를 외로 꼬고는 그만 길게 누워 관자놀이께를 손으로 받쳤다. 그의 엉덩짝을 박씨가 잡아 흔들었다.

"양 순경은 결코 헛걸음질을 허지 않는 사람인기라. 누구를 손보러 온 것만큼은 틀림없는데 말이다, 내사 마 그기 누군지 짐작이 통 안 서는기라."

"동네 젊은 놈덜이 또 작당을 해가지고서는 접때처럼 동방의 갈보집이나 털어묵었는지 뉘 알게라?"

"임자가 그렇게 태평이믄 와 양 순경 그림자만 보자마자 이리로 기겁을 해서 뛰어왔노 이 말이다 내는."

"도망치긴 누가 도망을 쳤다고 그 강짜를 부리는 거여? 부리기를."

"헤잉, 켕기는 구석이 없으면 하모 그리 할까? 내숭떨지 말라카이."

"저 인사의 주둥이를 인두로 지져뻔지든지 해야지 나중엔 별 소릴 다 듣겠네 잉?"

최씨는 한껏 부아를 내는 듯했지만 왠지 뒤끝에 힘이 빠지는 품이 역력했다. 양 순경이라면 예전에 길거리에서 얼마 쓰지 않은 일제 소니 라디오를 양은으로 바꿔달라는 사람이 있어 멋모르고 덥석 응한 게 나중에 걸려든 일이 있었다. 그것이 장물이라는 거였다. 그는 졸지에 장물애비가 되었다. 그 장물애비 건으로 파출소에 끌려가 양 순경에게 호되게 당한 적이 있어서 발치만 얼씬거려도 왠지 께름칙했다. 더군다나 얼마 전에 성금네를 오영감한테 도로 보쌈해줌네 하면서 장석조씨한테 간덩이 크게 뒷돈까지 우려낸 일이 마음에 걸렸다. 그때는 장씨의 행적이 하도 괘씸해서 앞뒤 가릴 것 없이 평소 고물금을 턱없이 후리는 장씨의 등이나 한번 치자는 심사였지만 나중에 곰곰이 생각해보니 잘한 일은 아닌 것 같았다. 그 흉물스런 장씨가 언제 자신한테 해코지를 할지 모를 일이기 때문이었다. 자신은 기껏해야 다리품이나 팔아먹는 지겟짐 양은 장수이고 그는 시장바닥에선 알아주는 유지에 속하지 않은가. 또 장씨와의 거래가 하루이틀이 아니거늘 자신의 약점을 손금처럼 들여다보고 있을 장씨였다. 뭐 그런 측면에서는 피차일반이기도 했지만 최씨는 은근히 뒤가 켕겼던 것이다.

게다가 성금네를 들쳐업고 올 때 뜻하지 않은 광경이 벌어졌었다. 인기척을 줄여서 고양이처럼 살금살금 애써 문고리를 따고 방 안으로 들어가자마자 딸깍 하고 기다리고 있었다는 듯이 불이 켜지는 거였다. 놀란 쪽은 오히려 최씨였다. 성금네가 이불을 반쯤 덮어쓴 채 자신을 오도카니 쳐다보고 있었다. 그는 가지고 간 포대를 윗목에다 풀썩 내던졌다.

— 내가 왜 왔는 줄 짐작은 허겄소?

— 이 방에 훔칠 물건이라곤 숟가락몽댕이 하나밖에 없는데 웬 밤손님일까? 그렇다고 아리랑을 한자락 뽑으며 기다릴 정든 님일 까닭도 없을것 같고 잉?

성금네는 의외로 태연했다. 최씨는 피식 웃음을 흘렸다.

— 오영감한테 자네를 억지로라도 데불려고 와부렀소.

— 흥, 웬 오지랖이 그렇게 쉰댓 자요?

— 잔말 말고 짐 싸시오, 시간 없어부리니깐.

— 큼직한 포대를 가져온 걸 보니깐 보쌈질을 허려고 작정을 오지게 한 모양인데 어디 그렇게 한번 해보시지.

최씨는 피우던 담배를 문지방에 비벼 끄고는 성금네를 홱 돌아봤다. 그때는 그의 눈이 어둠에 상당히 익어 있었다. 그는 그제서야 비로소 성금네가 얇게 비치는 잠옷 바람이라는 걸 알았다. 생침이 그의 불거진 편도선을 출렁거리게 하며 목울대를 타고 넘어갔다. 그 순간 젊은 여인네의 몸에서 풍기는 몸냄샌지 화장품 냄샌지 모를 게 코끝을 어찔하게 스치고 지나갔다. 최씨는 눈을 질끈 감고 마음을 추스렸다. 갑시다. 흥, 안 될걸. 그런 실랑이가 몇 번 오고 간 다음이었다. 무심코 성금네를 잡아끌다가 그네가 휘딱 몸을 비트는 바람에 머리 근처를 건드렸다. 그러자 뭔가가 호로록 흘러내리는 것이었다. 앗! 최씨는 목젖까지 치솟은 외마디 탄식을 가까스로 삼켰다. 그네는 완전히 배코머리였던 것이다. 가발 장수의 말이 떠올랐다.

―젊은 아낙이 콩고물 빻으러 방앗간에 갔다가 피대에 머리가 말리는 바람에 그만 홀라당 배코머리가 되었다는구려. 그러니 자연 발길하던 남자 떨어져나가고, 성이 나서 앙앙불락하는데 아주 가관입니다. 거 참 안됐수다.

핏대가 선 성금네가 최씨의 가슴팍을 물어뜯으려고 돌진했다. 또 한번 뒤치락거리다가 둘의 옷자락은 엉망이 되었다. 그리고 누가 먼저랄 것도 없이 캐시밀론 이불 위로 두 사람은 저절로 포개져갔던 것이다.

"하후 참, 그 배코머리만 아니었어도…… 징말 그것만 아니었어도……"

"뭔 배코머리가 우떻다고 저리 비 맞은 중모양 중얼거리노?"

"아, 아녀. 암것도 아닌 게로 신경쓸 것 하나도 없어부러."

가까이서 개 짖는 소리가 들렸다. 또다시 모두들 긴장을 하는 표정을 지었다. 그들의 어깨 위로 무거운 침묵이 내려앉았다. 다들 꾸부정하게 등뼈를 휘어뜨리고 있었다. 개 짖는 소리는 그치지 않았다. 곧이어 사람의 인기척 소리가 들려왔다. 최씨가 왼쪽 무릎을 규칙적으로 탈탈 털어댔다. 천장을 올려다보는 광수 애비의 목이 더욱 꺾어졌다. 박씨는 방문 쪽만 뚫어지게 쳐다봤다. 인기척은 방문 앞에서 멈췄다. 그리고 문이 덜컹 열렸다. 그와 동시에 방 안에 있는 사람들이 일제히 몸을 반쯤 일으켜 한쪽 무릎만 바닥에 대고 있었다.

"웜매, 담배연기, 너구리를 잡아도 서너 마리는 손 안 대고 잡것네잉, 켁켁."

"아니 뜬금없이 문고리를 확 잡아당기믄 어떡허라는 거여?"

"웜매 한분 올라와보라고 뚱기고 간 사람이 누구관데 누굴보고 지청구여 시방?"

최씨의 마누라 나주댁이었다. 그네의 손에는 신문지로 가린 접시가 들려 있었다.

"출출들 허지라우?"

"아, 뭐 이런 걸 다."

"굿판은 다 끝났지요? 이게 계면떡 음식이랍니까?"

"웜매, 계면떡은 믄 계면떡이어라우? 굿이 끝나지도 못혔는디."

"아직두요?"

"워리, 그런 아싸리판은 보다 츰 봤네 잉."

나주댁은 엉덩이를 문지방에 걸치고는 손짓발짓을 섞어 말했다.

"워째 츰부터 맥아더 신령님은 서양사람이어서 양주를 좋아하니 비싼 양주를 구해설랑 즐비허게 차려놓으라느니, 참말로 요상야릇해뻔졌지 뭐여라우?"

"기래서?"

"무당이 힘든께로 잠시 쉬면서 땀 좀 딜이겠다고 헌 게 그 길로 줄행랑이었어라우? 패물함을 깡그리 챙겨가지구 말이여."

"뭔 패물이당가?"

"왜 츰부터 굿판을 벌일 적부텀 쇠붙이는 부정 타기 쉬우니 모두 모아서 이불 속에다 감추라 어쩌라 하면서 잡인의 집안 출입을 금헌다 해놨으니 그걸 누가 알 도리가 있남요? 츰부터 짰어, 누군가하고 짠 게 분명헌데 알 수가 있나 뭐. 더구나 어처구니없는 건 순겡이 온 동네를 샅샅이 누비는 짬새에서도 그런 일이 벌어졌으니……"

"아 참, 양 순경은 무얼 했다든가?"

"뭘 허긴 뭘 혀? 여자 꽁댕이를 좇아댕기다 헛다릴 짚었지 뭐."

"여자 꽁댕이라니?"

"아 왜, 작은 겐짱이 살던 방에 을마 전에 이사 온 점박이 아가씨 있잖은개벼, 그 아가씨의 얼굴에 붙은 점이 가짜라는겨."

"가짜면은?"

"우린 그 속내를 잘 알 길이 있나 뭐. 그 아가씨가 원래 다리가 셋인 사람인데 일부러 여상을 지르게 허려고 가발을 쓰고 점을 박고 여자 흉내를 냈다고 헙디다. 뭔 데모를 크게 혀서 나라에서 금허는 짓을 혀다가 줄행랑을 놓고선 여장을 허고 피해다녔다는디 원 도통."

"우짠지 목소리 암질러 얼굴 바탕이 여자치고는 좀 남상지른 편이었구만 응?"

"대학상이랍니다."

"저런 쯧쯧 부모님이 있으면 을매나 속이 탈꼬."

"건 그렇고 세 사람 다 이젠 안 내려와불란지요?"

세 사람은 서로의 눈치만 살폈다. 그러나 누구도 선뜻 먼저 엉덩이를 떼려는 시늉을 하지 않았다.

"음식도 새로 왔는데 술 좀 더 해야 되지 않겠십니꺼?"

나주댁이 고개를 끄덕거리고 나가서는 아예 됫병짜리 소주를 사다 안겨주고는 나중에 오겠다며 그 길로 내려가버렸다. 세 사내는 기름기 있고 온기가 도는 안주를 보자 회가 동했는지 흔전만전 잔을 돌렸다. 그리고는 밖으로 비척비척 나와 마당가에 섰다. 달은 저만큼 구석에 밀려가 있었다. 그만큼 별빛이 밝았다.

"헹님요, 이만치 별이 헤프고 이마가 따끔거리도록 빛을 쏘아대는 밤은 지가 치른 첫날밤 이후론 첨인가 싶네요. 허긴 밤하늘 쳐다보며 살게 되질 않았었지. 헹님은 별을 몇 개꺼정 헤아려봤능교?"

광수 애비는 팔짱을 낀 채 고개를 가로저었다.

"도통 그런 적이 없다네."

"어휴, 징허게 많네, 많으이. 저것들을 어쩌크롬 다 헤아리고 자빠져 있었겠는가 자넨? 씨알머리가 먹히는 말을 물어봐야지. 근디, 참 조오타, 참말이지. 옴마 이런 생각이 퍼뜩 머리를 스쳐부리네 잉."

"뭔 생각을?"

"공장에서 새로 막 빼내온 황금빛 내 쟁개비들이 모다들 저기에 저렇게 박혀 있는 것만 같네 그려."

"저 인간은 그저 깨끗한 별을 보면서도 자기가 팔아묵을 물건하고 관련을 지으니 그만큼 마음이 검드럽고 추잡스런 장사꾼 때가 묻었다는 증표구말구."

"그려, 난 본시 그런 놈인께로. 허지만 그런 생각이 자꾸만 나부러. 저 모든 별들이 하나하나 내 지게 위에 얹혀 황금빛으로 빛나는 양은 그릇들이 되면 좋겄다는 생각 있잖은개벼. 가슴이 을매나 후들후들 떨리는 생각이여, 잉. 자네도 한분 내처럼 그렇게 생각을 먹어보도라구. 얼매나 황홀한겨? 내가 물건 하나를 팔아도 그게 시시껍절하게 파는 게 아니라구. 그래 잘 가그라이 양푼아, 냄비여, 쟁개비여, 솥이여, 국자여! 함시롱 말이여…… 그 심정을 박씨가 알는지 몰러. 별을 보고 아름답다고 헌 사람의 심정이라믄 알겄제. 난 하나하나 그렇게 떠나보낸다구. 그래, 가서 그 집 부엌에서 부디 천대받지 말고 오롯이 빛나고 있거라. 그 집 살림을 본때 있게 빛내거라 이 말이지. 아따 오랜만에 별을 본께로 맴이 갤비뼈 속에서 갈피를 못 잡고 꽤나 싸돌아댕겼쌓네 그려, 잉."

그러자 어둠 속에서 오줌줄기를 뻗고 온 둘남 아배가 최씨의 말을 듣고 있다가 느닷없이 미루나무 밑으로 달려가 발로 차고 머리를 쿵쿵 찧었다.

"야, 이눔의 새새끼들아 니들도 거그서 잠만 자지 말고 깨어나보란 말이다 별들을 힝."

놀란 광수 애비가 달려가 간신히 떨어뜨려놓자 그는 눈물이 글썽글썽한 목소리로 말했다.

"행님, 주정이 아닌기라요, 주정이. 지가 뭡니꺼? 도대체 뭡니꺼. 애비는 종이었고 지는 마 그 애비의 아들 아니었는교. 그러니 천상 머슴살이나 하고 말임더. 지가 장개는 우떠케 들었는지 압니꺼. 일륙장에 나온 장인하고 지가 내기 장기를 걸었습니더. 지는 일 년 새경을 걸고요, 장인은 딸을 걸었지요. 다행히 지가 이겼습니더. 그래서 장가라는 걸 간 놈이 저 아닝교? 누가 머슴살이 하는 놈한테 딸을 주려고 했겠습니꺼? 신방 차린 지 딱 사흘 되니깐 주인집서 사람을 보내서는 아직 둘 다 일어나지도 않은 잠자리에다 대고 박서방, 이젠 일 나와야지 하는 거 아입니꺼. 그때꺼정은 내 색시가 저그 애비가 시집을 가라 했으니깐 멋모르고 덜렁덜렁 숟가락몽댕이만 든 괴나리봇짐을 걸머진 제 뒤를 하비작하비작 따라온 거 아입니꺼? 그전엔 새경도 제대로 못 받고 고생만 쎄빠지게 했는데 마누라 거느리고 나니깐 생각이 마 달라지브는 겁니더. 에라이 한탕하고 튀자 이거죠. 아니 한탕은 무엇이 한탕인교. 내 새경 내 맘대로 쳐서 가져가는 건데 하는 마음이었다구요. 그래서 머슴 살던 주인집 안방에서 소 판 돈 챙기갖고 둘이 몸만 빠져나와 대처로 나오긴 했지만 이래 살고 있긴 허요만……"

"자네가 화툿장을 손에 잡는 버릇이 있어 그렇지, 그것만 손 떼믄 그만한 남정네가 또 어디 있으려고?"

"옛날엔 밤하늘만 떡 쳐다봐도 서로 말을 나누는 것 같았는데…… 어디에 무슨 별자리가 있고 거기에 얽힌 사연이 우떻고저떻고 하는 얘기가 다 떠오르니깐요. 별만 보믄 방향 잡는 거야 누워서 떡 묵기고요. 별똥점도 한분씩 쳐보고요. 그리 살았다 아입니꺼?"

"사람이 제 몸에서 나온 것도 싫다고 코 싸쥐고 돌아서는 똥을 치우는 게 천상 내 일인 줄 알고 사는 나 겉은 사람도 있는데 그에 비하믄 박씨나 최씨나 다들 번듯허지 뭘 그러는가?"

"듣고 보니 그렇기도 허네요 잉? 헌데 헹님은 오랜만에 별을 보고 뭔 생각이 떠오른 것이요?"

광수 애비는 입술만 쭝그리며 무슨 말을 하려다 말문이 막히는지 답답한 표정을 짓고 있었다. 그러더니 갑자기 외마디 비명처럼 소리를 내질렀다.

"별은 똥이다."

"헹님, 와 이캅니꺼! 주정하는 거 아닝교?"

"주정이믄 또 우떻나! 내는 항상 똥만 쳐다보고 사니껜. 그게 내 일이니깐. 그걸 퍼주는 대가로 돈을 받아 쌀도 팔아묵고 술도 사묵지. 그리고 남들처럼 똥을 눠버려. 맞다, 기럼 그리고 그 똥을 퍼다 둘남 아배 같은 자드락밭에 뿌리기도 하믄, 기러믄 거기서 느그 말대로 처녀아이 종아리처럼 희디흰 무도 나오고 배추도 나오고 상추도 솎아내고 말이다. 사람들은 그걸 먹고 또 똥을 싸고 난 그걸 푸고 사니, 어떤고? 이 모든 걸 내 머리 위의 별이 다 하염없이 내려다보고 거름꾼 노릇 잘허게 한단 말시. 그럼 내가 그 별을 올려다볼 때 틀림없이 이 술로 찌들고 푸르딩딩한 내 눈에도 별빛이 고봉으로 하나 가득 담길 것 아닌가 말여. 별은 밤에 이슬을 내리고 바람을 일으키고 배춧잎들이 살랑거리며 말하는 대화를 듣고 살이 찌는 소리에도, 또 물이 오르는 소리에도 귀를 기울일 것이야. 틀림없지. 그 별의 선물을 먹고 우린 똥을 눈다는 것 모르면 말이 안 되지 암. 그러니깐 별은 똥이다! 내 말이 틀렸남?"

"우와, 우째 이리 달변이 되았십니꺼? 마, 맞심더, 헹님이 별은 똥이다 캤으면 그기 맞는기라요. 보소 마, 저기 또 한 별이 글 안 해도 똥을 싸네요. 바로 저기 좀 보소. 영축없이 헹님 별인갑소."

별똥별이 기다란 꼬리를 그리며 저 너머 어느 세상의 땅으로 떨어지는 게 보였다.

"별똥이닷!"

"야, 와 아닙니꺼. 우리 인자 슬슬 동네로 내려가봐도 기얀캤심니꺼?"

"웜매, 좋은 것!"

세 사람은 누가 먼저랄 것도 없이 동네로 난, 자갈과 흙더미로 된 비탈 아래로 함성을 지르며 뛰어내려가기 시작했다.

두 장의 사진으로 남은 아버지

여기 아버지의 대조적인 모습을 극명하게 보여주는 사진이 둘 남아 있다. 하나는 아버지가 돌아가셨을 때 영정으로 쓸 사진이 없어 주민등록증의 증명사진을 떼어 확대해 만든 틀사진이다. 내가 그 틀사진을 두고 이렇게 묘사했을 때는 다분히 의도적이었다. 즉 선택적이었다는 얘기가 된다.

그 틀사진은 주민등록증에 붙어 있던 흑백 증명사진을 부랴사랴 확대하여 마련한지라 전체적으로 우중충한 느낌을 줄 뿐 아니라 윤곽마저 희미하게 어룽거려 마치 급조된 몽타주 속의 인물을 연상시켰다. 조붓한 공간 속에 갇혀 건성드뭇한 대머리를 인 채 움펑 꺼져 데꾼한 눈자위로 방 안을 내려다보고 있는 아버지는 무엇에 놀랐는지 잔뜩 겁에 질린 표정이었다. 어깨까지 한껏 곱송그리고 있어 방금 염병을 앓고 난 이 같았다.

여기서 느낄 수 있는 아버지는 세상살이에 지치고 짓눌린 삶의 표정을 지닌 사람이다. 경제적으로 거의 무능했으며 당신의 운명을 휘감아돈 그 바람의 정체가 무엇인지 알 수도 그리고 알려고 하지도 않은 자의 모습을 고스란히 담은 사진이었다. 나는 이것이 아버지의 참모습이라고 생각했던 것이다. 하지만 여기 아버지의 또다른 모습을 담은 사진이 있지 않은가. 엄밀히 말하자면 그건 사진은 아닐 것이다. 누렇게 바랜 선거벽보였으니깐. 그 안의 아버지는 유권자를 향해 환히 웃고 있었다. 그 표정은 온화했고 사명감에 차 있었으며 벗겨진 대머리는 어떤 의지에 찬 자신감의 표현인 듯싶었다. 아버지의 이 두 모습은 도무지 하나로 겹쳐질 수 없는 불가해성을 지닌 것들이었다. 곧이라도 바스러질 것만 같은 얼굴 표정과 단호한 권력의지를 지닌 표정 사이에는 손톱만큼의 연관성도 찾아볼 수 없었다. 나는 아버지의 이런 두 모습 가운데 어느 쪽을 선택해야 할까 하고 생각하면 할수록 몹시 혼돈스러웠다. 틀사진 안의 아버지는 내 기억 속에 압도적인 부분으로 살아 있는 모습이었고 벽보 안의 모습은 거의 예외적으로 스치고 지나간 한순간의 기억일 뿐이었다. 그러나 난 어느새 자꾸만 벽보 속의 아버지를 내 기억의 중심에다 꾸역꾸역 가져다놓으려고 애쓰고 있는 나를 발견해내곤 했다. 권력의지가 있었던 아버지. 물론 아버지가 그런 의지를 지니고 있던 시기는 불꽃처럼 짧았고 그리고 아무것도 이뤄진 것은 없었다. 그럼에도 불구하고 잠시 권력의 화신 역할을 했던 아버지의 모습을 턱없이 그려보려는 내 의식은 어떻게 설명될 수 있을까? 아버지는 혹시 나의 다른 모습이 아니었을까? 아버지는 아들의 거울이다라는 명제가 있듯이 싫지만 들여다보아야 할 나의 거울인 것이다. 아버지는……

아버지는 원래 차기대씨의 대역으로 급작스레 발탁이 되었다. 유권자한테서 추천도장을 받는 일에서부터 시작하여 선거관리위원회를 드나들고 하는 일을 차씨가 다 해낼 무렵 문제가 발생한 모양이었다. 그때까지만 해도 아버지는 차씨와의 알음알이 때문에 매정하게 거절을 하지 못하고 무보수로 자원봉사를 해주는 차씨의 선거운동원에 지나지 않았다. 주로 인쇄소에서 차씨가 맡긴 전단을 찾아오고 집집마다 돌리는 게 아버지의 주된 일이었다. 그리고는 은근히 감청색 솜잠바 안주머니에 사람들한테 돌리다 만 하얀 목양말 두어 켤레를 슬쩍 빼돌려 집으로 돌아오는 맛에 재미를 붙이던, 어찌 보면 한심한 운동원이었을 뿐이다.

"차씨 아저씨는 호응이 좀 있나요?"

"틀렸어, 어드러케 허우대는 있어갰구 기걸루다 버틸 요량이긴 헌데, 길치만 뭐 선거라는 게 인물로 하게 돼 있지가 않아. 처음부터 돈이 탁 틀어쥐고 설치고, 막걸리 비늣갑이 꼬실리는 게지, 돌아댕겨보믄 참으로 한심하다우. 말로는 민주선거라곤 하지만 다 쇼다, 쇼. 진짜 민주주의 헐려면 안즉 멀어서."

차씨 역시 도장을 파는 조카네 집 문간방 하나에 겨우 깃들여사는 영감탱이일 뿐이었다. 동두천에서 양갈보짓을 한다는 둘째딸이 애비가 누군지도 모르는 손녀를 떠맡긴 대가로 근근이 대주는 생활비로 끼니를 에우는 그가 대통령 선거인단 선거에 야당 입후보자로 나선다며 설레방을 놓자 동네 사람들은 모두 고개를 갸웃거렸다. 선거라면 곧 정치고, 정치라면 돈 많고 백 든든한 사람들이나 하고 자신들은 굿이나 보고 떡이나 얻어먹는 줄로만 여기고 있던 동네 사람들은 무슨 큰 변고라도 일어난 듯이 한동안 술렁거렸다.

— 젠장, 과부 꽁무니나 쫓아다닐 일이지 늙마에 뭔 주책이람.

— 그래도 참신하지 뭘 그래?

— 망둥이가 뛰니 꼴뚜기도 뛴다고 차씨가 제 주제도 모르고 저렇게 발등에도 안 차는 물에서 절버덩거리는 꼴을 보니 맥소롱이나 한 병 사먹어야지 속이 메슥거려 죽겠네.

주위의 여론은 대충 이러했다. 그러나 평소 입바른 소리를 잘하기로 소문난 차씨이기에 사람들은 한편으론 호기심 어린 눈길을 보내기도 했다.

한번은 차씨가 평소 '장수무대'를 애청하던 낡은 미제 진공관 라디오를 도둑맞자 길길이 부아를 터뜨리다 때마침 그 다음날 영문도 모르고 야경비를 받으러 온 방범대원에게 터무니없는 된경을 치고야 말았다.

"썩었어두 마 아주 고약시리 썩었다꼬. 이렇게 힘없고 가진 것 없는 불쌍한 백성의 재산권조차 살살이 보장해주지 못허는 정권이 도대체 무슨 낯을 들고 나라를 다스린다 카노. 하나를 보믄 열을 안다구, 국내 치안이 이 정돈데 으떠케 믿고 이 무도한 정권에 휴전선까지 떡허니 맡기고 발 뻗고 잘 수 있단 말인가. 마 내사 목을 따주믄 따줬지 야경비는 죽어도 몬 준다꼬."

야경비를 받으러 온 사내는 영감의 얘기는 아예 못 들은 걸로 치겠다며 뒤도 안 돌아보며 내뺐다. 유신정권의 대를 이어 권좌에 오른 장성들의 서슬이 사회 곳곳에서 서릿발을 곤두세우던 때였다. 한낱 파출소의 야경꾼으로는 도무지 감당할 수 없는 말을 쏟아놓은 차씨는 직성이 덜 풀렸는지 의기양양한 표정으로 숨죽이고 있는 동네를 한바탕 듹었다 놓았다.

전통 야당의 맥을 살리자! 평생 노동으로 잔뼈가 굵은 차기대 선생에게 한 표를!

—허허, 김선생 이번에 이 차기대 좀 도와줘야겠소. 주위에서 자꾸 권유를 해오니 사양키도 어렵고 캐서 마, 출마를 결심했심더, 이 썩은 정치현실을 뿌리뽑아야겠시다. 내가 돈이 있소, 아니믄 빽이 있소? 어렵더라도 임자처럼 뜻 있는 분이 허심탄회하게 이 사람을 돕지 않는다면 말이 되겠습니까?

아버지는 예예 하면서 두 손으로 차씨의 손을 부여잡고 굽실거렸다. 차씨를 도와주겠다고 그의 주변에 모인 면면을 살펴보면 참으로 가관이었다.

마누라가 미국에서 재봉사를 하며 부쳐주는 돈으로 술독에 빠져 지내는 오씨는 자신의 집 부엌에서 때려잡아 끓인 개장국을 한 사발 받쳐들고 혓바닥으로 입술을 잔뜩 축인 뒤 훌훌 들이 마시더니 턱을 내복 바람인 가슴에 바투붙인 채 트림을 꺽꺽 게워냈다.

—내가 보기에도 이번엔 차선생이 잡아도 아주 든든한 동아줄을 잡았시다. 툭 까놓고 말해서 누가 이런 엄동설한에 야당 후보로 나서서 구색을 맞춰준답니까? 안 그라요? 다 그만한 대가가 있어부러. 관 쪽하구두 다 야그가 돼뿌렀고. 김선생은 아무 걱정 없어부러.

조산원에 다니는 반주그레한 여편네가 못 미더워 의처증에 걸린 뒤 매일 밤 주먹질로 우려낸 밑천으로 오씨를 술친구 삼아 너나들이로 지내는 박씨가 이빨로 소주병 뚜껑을 물어뜯으며 뜨거운 입김을 아버지 얼굴에 훅훅 끼얹었다.

—누가 압니꺼? 설사 눈먼 표가 몰려 당선이라도 되는 날이면 평화통일자문위원이요, 떨어져도 마 심십육통 통장 자리는 따놓은 당상 아입니꺼? 그러믄 우야든 김선생이 벌이려고 하는 구멍가게 판

로는 신작로처럼 좍 뚤리고 마, 누가 불량식품 검사 나왔다꼬, 또 마 내부터도 외상값 띠어묵겠다꼬 지분거릴라예? 어림두 없지러. 그게 다 줄 아입니꺼, 주울.

배갯잇 박아내는 소규모 공장을 하는 학봉이 엄마를 물주로 꼬드긴 차씨는 미리 전단을 찍고 벽보에 넣을 자신의 이력과 공약 등을 작성하는 등 치밀한 선거운동 작업을 벌여나갔다. 그러나 잘 나가던 선거운동이 후보자 등록단계에 가서부터 갑자기 삐그덕거리기 시작했다. 차씨가 외부 압력을 받는다는 거였다. 처음에 기세등등하던 차씨가 눈에 띄게 풀죽어가던 어느 날 그는 아버지에게 자기 대신으로 입후보를 해달라는 부탁을 해왔다. 아버지는 너무 놀라 두 손으로 손사래를 치며 거절했지만 차씨의 권유가 하도 진지해서 한 번쯤 생각해보겠다며 한 발짝 물러섰던 것이다. 그러나 차씨는 아버지의 다음 대답을 기다리지 않고 그대로 아버지의 도장을 새겨 일방적으로 아버지를 입후보시키고 말았다. 아버지의 얼굴이 박힌 벽보 밑부분 이력란엔 큼지막한 글씨로 '노동'이라고만 씌어 있었다.

장석조씨네 집 셋방 가운데 유독 우리집만 방이 두 개인 구조였다. 물론 방 하나는 영점 칠 평쯤 되는 아주 협소한 골방이긴 했지만, 그 골방은 애초부터 아궁이에서 불길이 들지 않는 냉골이었다. 하지만 그 골방은 다른 어느 집 아랫목보다 뜨듯했다. 그것은 도전(盜電) 때문이었다. 겐짱 박씨가 남들 몰래 그 골방 밑에다 열선을 깔아줬는데 그것이 말하자면 두꺼비집을 거치지 않고 들어오는 전기였던 것이다. 아버지는 처음에 전단을 돌리다 추워지면 슬그머니 그 골방으로 숨어들었다.

—내다, 애비다.

아버지는 항상 들릴락 말락한 목소리로 속살거렸다.

"민세야, 자니? 얘, 얘 내다. 문, 문 좀 까라 야."

나는 고무공처럼 반동을 주어 빨딱 일어나면서 까내린 팬티를 추슬렀다. 그리고는 사타구니께서 손아귀에 잡혀 올라온 종이때기를 되는 대로 구겨 황황히 책장 밑구녁에 쑤셔넣었다. 다음엔 손바닥으로 벌겋게 달아오른 얼굴을 위아래로 쓰다듬으며 배꼽 아래에 힘을 주어 일부러 뚱한 표정을 빠르게 길어올렸다.

"히힝, 춥다. 아이쿠 여기가 바로 내 넋 놓을 곳이구나."

아버지는 두 손을 싹싹 비벼 코앞으로 가져가 닭똥 냄새를 맡으며 방문을 열고 들어섰다. 뒤꿈치가 너덜해진 털신을 아무렇게나 벗어버리는 바람에 낡은 책과 신문지를 넣어두는 고리짝을 맞고 제멋대로 나동그라지는 소리가 가랑이 새로 뒤따라 들어왔다. 어깨 위에 비듬처럼 이고 들어온 눈이 방 안 운김에 자글자글 녹아내렸다. 나는 아버지에게 눈길을 한번 주고는 그대로 책갈피 사이로 고개를 쑤셔박았다. 아버지는 한동안 우두커니 서서 오줌을 흠뻑 지린 사람처럼 쭈뼛쭈뼛 오금께를 어루만지더니 구덕구덕 말라버린 방걸레 옆의 둥글넙적한 전기화로 쪽으로 퍼렇게 곱은 손길을 뻗쳤다. 개폐기 옆의 콘센트 구멍을 찾아 몇 번이나 허탕을 친 끝에 코드를 꽂자 물뱀처럼 숨을 죽이고 있던 시커먼 용수철 열선이 금세라도 미궁처럼 얽히고 설킨 틈새기에서 퉁겨나올 듯 퍼덕거렸다. 그 앞에 쪼그리고 앉아 손바닥을 쫙 펴 곁불을 쬐는 자세를 잡은 아버지는 눈이 새들어가 축축해진 양말을 벗어 화로 위로 건들건들 흔들었다. 이내 김이 모락모락 피어올랐다.

"선늙은이 얼려 죽이려고 하나…… 눈까지 끝꺼정 나를 얕보고

등쌀을 붙여볼 양이야, 으잉. 민세 공부하니 기래? 바깥은 영 젬병인데 여긴 기래두 딴 세상이다 야. 구들도 운운하고. 이번 겨울은 기래두 전기쟁이 겐짱 박씨 덕 좀 봤다 야, 길찮니?"

들들들 드르르륵 끼익 덜컹. 옆방에선 하루에 색동 베갯잇 오십개를 깨물어내는 재봉틀이 어머니의 손아귀에 고삐를 잡혀 계속 헐떡헐떡 돌아가고 있었다.

그때 나는 대학을 합격해놓은 상태였지만 얼마 전에 달리는 열차에서 자살을 해버린 같은 반 친구 철기의 죽음 때문에 몹시 싱숭생숭해 있었다. 그는 좋은 친구였다.

— 우린 모두 빙점하의 쥐새끼라구.

녀석은 아마도 몇 권의 책을 읽고 염세주의자가 된 모양이었다. 애초부터 대학 갈 생각이 없던 놈이었으니 낙방한 것 때문에 자살을 할 녀석은 아니었다. 철기는 시장에서 선술집을 하는 자기 어머니 평택네의 기둥서방으로 근래에 들어앉은 고물 장수 방씨와 한바탕 대거리를 한 다음 따로 나와 자취방을 얻어 살고 있었다. 그는 최신 포르노 잡지를 구색 맞춰 구입해놓고 애들한테 장사까지 해서 제법 쏠쏠한 수입을 올리는 중이기도 했다.

그는 자기 집 옥상에 물이 담긴 사기그릇을 얼려놓고 그 안을 뚫어져라 들여다보곤 했었다. 그 그릇 안의 얼음 속에는 반 뼘짜리 은빛 붕어 한 마리가 갇혀 있었다. 배를 위로 뒤집지 않은 것으로 미루어 산 채로 언 듯했다.

"클클, 민세야, 너두 이녀석 좀 봐. 이것이 우리의 자화상이야. 빙점하의 붕어새끼."

"쓰발, 넌 정말 어쩔 수 없는 놈이구나."

"이번 겨울엔 경춘선 한번 같이 타보자. 푸른 호수를 만날 수 있을 거야. 설마 얼지는 않았겠지. 답답하지 않니?"

그 길이 철기와는 마지막 길이 되었다.

"그만, 나가야겠어."

여린 박하향이 풍겨왔다. 철기는 박하껌을 잘근잘근 씹고 있었다.

"뭐라고?"

철기는 낮게 읊조린 다음 입술을 쫑그려 기차 천장에 씹던 껌을 세우뱉고는 내가 말릴 틈도 없이 달리는 기차의 출입문을 열었다. 그리고는 놀러 나가는 아이처럼 또박또박 밖으로 걸어나갔다. 나는 나중에 철기의 유품을 정리해주면서 그의 서랍에서 무수히 많은 춘화잡지를 발견했다. 그것을 몰래 가져다가 이따금 자위행위를 할 때마다 한 장씩 뜯어내 쓰곤 했다.

"우리집이 한 달에 내는 전기세가 얼마나 되죠?"

"솔찮지. 먼젓달에는 우수리 없이 삼천원을 냈으니까. 이거, 응, 이거 말이다. 그냥 두꺼비에 달면 감당 못 한다 말이다. 택두 없다고 하더라, 삼천원 가지구는. 우리가 저 개폐기만 쓰니? 봐라, 이 전기화로도 을매나 돈을 잡아묵는데 그러니. 곱절두 한 서너 곱절을 내야 할 거다만……"

아버지는 마지막 남은 담배 한 대를 꺼내 문 다음 방문을 열고 꾸깃꾸깃 뭉친 새마을 담뱃갑을 부엌 토방머리 한구석에 아무렇게나 내팽개쳤다.

"겐짱 박씨랑 같이 다니는 뒷집 안씨가 뭔가를 알고 있는 것 같기도 허구 말이야. 그러면 그거 참 큰일 아니겠니? 그 작잔 술을 워낙 좋아하다보니 항시 맘이 놓이질 못하구서리 깜짝깜짝 가슴을 졸이잖니. 술 먹으면 개나 마찬가진데 언제 피새를 놓고 말지 뉘 알간? 맨날 그놈의 감전사고 얘기고 눈물타령이니……"

아버지는 가슴께를 치쓸며 밭은기침을 터뜨렸다.

나도 안씨가 헤프게 떠벌리는 걸 바로 며칠 전에 직접 보았다. 윗동네 제일상회로 설날 차례상에 깔 화선지를 사러 갔더니 안씨가 무슨 대회 휘장처럼 전선줄 타래를 어깨에 줄래줄래 걸친 채 가게 안 진열대에 몇몇 술꾼들과 에둘러 서서 건주정을 부리고 있었다.

"전깃줄 타는 데는 그저 서로들 형님 먼저 아우 먼저야. 왜냐구? 아, 그게 바로 까딱하다간 황천길 먼저 가는 순서거든. 농심이 저거해서가 아니지. 그런데 영철이하구 나하구 어디 그런 사이야. 내가 먼저 올라갔어야 했어, 연장자잖아. 그게 바루 의린데 말이야. 애초부터 이렇게 전봇대 밑에 까치 한 마리가 완전히 통구이가 되어 나가자빠져 있더라구. 알쪼지 뭐. 내가 올라가겠다고 그렇게 말했는데도 이놈이 부득부득 행님, 지발 그러지 마슈 하면서 기둥에 지눔 벨트를 묶고 올라가더니 새하얗게 굳어버리는 거야. 지눔이 장가든 지 몇 달이나 됐다구 말이야…… 제수씨는 뭔 낯짝으로 보구, 응? 피 한톨 없이 족 빨리고 나서야 끓는 냄비탕 속의 개구락지처럼 땅바닥에 떨어졌는데…… 놈들이 도전을 했어. 쥑일 놈덜. 전기를 훔쳐 쓰느라구 전선 피복을 마구 벗긴 거구, 그게 사람을 잡은 거야. 도전? 그게 쌔고 쌨다구. 우리 동네두 천장 확 뜯어보면 몇 집은 좋이 나온다구. 민세구나, 아부지 잘 기시지? 그래 내가 안부 전하더라구 해라."

나는 대답을 하는 둥 마는 둥 안씨의 짓무른 눈자위를 피해 허위허위 돈을 치르고는 가게를 빠져나왔다.

"즌기 훔치는 게야 메 그리 큰 죄가 되겠니? 눈에 뵈기를 허나 거저 줄타구서리 마구 돌아댕기는 게 바로 기건데 말이다. 이건 죄가 된다구 해두 고불통으로 하나두 안 될 거이지. 우리가 쓰지 않아두 누군가는 빼 쓰게 돼 있어. 그러니 켕길 게 메가? 그보다 더헌 걸 천연덕스럽게 훔치구두 입 한번 싹 씻으면 그만인 게 바루 이 세상이야."

아버지는 담배연기에 눈가를 잔뜩 우그러뜨리면서도 필터가 없는 새마을 담배를 손가락 새가 뜨끔뜨끔하도록 다 태우더니 자리에서 일어났다. 아버지는 문고리를 잡고는 그대로 똥 누는 사람처럼 엉거주춤한 자세를 잡았다.

"나이를 먹으니 왜 이리 엉치가 시려운지 모르지? 아흐, 십 년 묵은 암치질이 다 녹아내리는 것 같네. 흐흥."

아버지는 계면쩍은 웃음을 희미하게 지어 보였다. 그러더니 거슴츠레 뜬 두 눈을 스르르 감는 것이었다.

"다, 다 탔니, 모두 탔어?"

아버지는 졸다가 엉덩이께가 후끈한지 손바닥으로 몇 번 풀썩 거리며 말을 더듬었다. 그러잖아도 헝겊 타는 냄새 비슷한 누린내가 코끝을 스친다 싶어 나는 얼른 아버지의 바짓가랑이를 보았다. 천이 좀 누글누글해진 듯도 했지만 타지는 않은 것 같았다.

"아니여, 안 탔어요……"

나는 기어들어가는 목소리로 대꾸했다. 열어제친 방문 밖에는 입초리가 빳빳이 찢겨올라간 어머니가 철사처럼 억세게 뒤엉킨 머리 위로 실밥더미를 잔뜩 올려붙인 채 버티고 서 있었기 때문이었다.

"아니, 인두겁을 뒤집어쓰고 뭣들 하는 거야? 사람이 왔으면 기척이라도 하고 좀 내다볼 줄 알아야지. 웬 집 강아지가 짖냐는 심뽀하고는…… 아 뭐 해, 그래두 얼른 받지 않구설랑."

네모진 큰 쟁반 위에는 설 지난 턱찌끼로 개개풀어진 떡국 두 그릇과 숭늉 한 대접 그리고 보기만 해도 혀끝이 뾰족해질 만큼 시금털털한 동치미 보시기가 올라 있었다. 어머니가 각기증 때문에 부어오른 다리가 저린지 발목을 접질린 사람처럼 뒤뚱거리자 쟁반 위의 그릇들이 와그르르 한쪽으로 쏠렸다. 나는 뒤통수를 긁으며 몽그작몽그작 일어섰다.

하루 열세 시간씩 재봉틀 발판을 밟고 난 어머니는 다리가 통나무처럼 부어올라 밤이면 간간 신음 소리 토해내며 곁엣사람의 숙면을 방해했다. 폐경기를 험하게 보내느라 그런지 새벽녘이면 하혈한 핏덩이를 받아낸 기저귀를 요강 속에 담그곤 했다. 아침부터 실눈을 한 나는 고개를 뒤로 젖혀 뚜껑을 가만히 열어보다가도 볼그족족한 기저귀가 요강에 익사체 모양 걸떠 있는 걸 보면 얼른 오줌보를 움켜쥐고 변소로 뛰어갔다.

—각기란 다 몸 안에 울혈이 생겨서 그런 게다. 그게 인차 빠지느라니 에미가 하혈을 쏟는 게야, 아마.

아버지는 목을 길게 늘어뜨리고 앉아 기어들어가는 소리로 쭝덜댔다.

"꼭 내 이 손으로 상을 봐야지만 처먹을 생각을 해? 내가 재봉틀 돌리면서 이것 하랴 저것 하랴 몸을 세 동가리로 갈가리 나눠도 모자랄 판인데, 언제부터 그렇게 떡허니 대령해주는 밥상을 받는 고급 주둥이가 됐어 응? 어이구, 그저 공짜 전기라구 마구 써제끼는구먼. 아, 뭐 해, 그 잘난 선거운동 하러 행차 안 하시구, 허참. 망쪼가 들면 무슨 일을 못 허려고 들겠어, 같잖은 종자들. 그러잖아두 방금 최통장이 찾아왔더구먼. 통장직을 내놓겠다구 하면서 날 붙잡고는 당신더러 제발 뜨거운 양 보지 말고 일찌감치 사퇴하라면서 그짓 허지 말라고 신신당불 허더구먼. 아, 우리가 허나사나 서울 와서 당신 병나고 애들 데리고 아는 사람은 귀하지, 곤궁은 허지, 동회에서 구메구메 밀가루 포대라두 날라다주며 내 파출부 자리라도 알아본 영감이 뉘기야? 최통장 아니냐구? 날뛰더라도 누울 자리나 보구 환장을 해야 남 보기 덜 우세스럽지. 어서 처먹고 나가 눈을 쳐놓든지 연탄재를 깨부셔놓든지 하라구."

집 안에서는 이렇게 형편없이 구겨지는 아버지였지만 바깥으로는 아주 의연한 태도를 견지하고 있었다. 어떤 이들은 진정으로 남 우스갯거리가 되느니 물러서는 게 어떻겠느냐고 충고를 해왔다. 그러나 아버지는 단호하게 고개를 흔들었다. 한번 유권자와 맺어진 약속이기에 어떻든지 아퀴를 지어야 한다는 말이었다. 아버지는 만나는 사람마다 수줍은 표정으로 속삭이듯 말했다.

—기호 십이 번입니다.

내 기억으로는 아버지를 알아보는 사람을 거의 만난 적이 없었다. 혹간 아, 십이 번이요 하고 알은체를 해오는 사람들도 있었으나 거개는 차씨가 예전에 공들여 했던 선거운동 덕분에 아버지를 차씨로 오인하는 경우였다. 아버지는 정작 당신을 승낙도 없이 입후보시킨 차씨 쪽한테서도 사퇴종용을 받았다. 차씨는 처음부터 자신의 입후보를 정략적으로 이용하려 했음이 분명했다. 그러나 뭔가 거래가 이뤄질 듯한데 아버지가 저렇게 버티고 있으니 문제가 꼬였다는 것이다.

—김선생! 내가 김선생 섭해하시고 있다는 건 잘 압니다. 그러나 그렇다고 이러시면 안 돼요. 어디까지나 냉철하게 현실을 살피셔야 안 합니꺼. 제가 어디 일만 잘되면 가만히야 있겠어요? 그러지 말고 한번 잘해봅시다.

아버지가 입술을 굳게 다물고 대꾸를 않자 차씨는 더욱 험악하게 들이댔다.

—이 사람이 보자보자 하니깐. 세상 무서운 줄 모르고 말이야 응? 이봐요. 당신 주제에 어디 입후보할 능력이라도 있었겠어? 유권자 추천받고 이곳저곳 찾아댕기면서 서류 꾸미고 뭐 이런 걸 아무나 하는 줄로 아는 모양이지 흥. 중이 고기맛을 알면 절간에 빈대가 안 남아난다더니 벽보에 나붙고 어쩌고 하니깐 없던 재미가 솔솔 난다 이거지? 흥 재미나는 골에 범 나는 법이라구.

나도 어지간하면 아버지에게 그만두시죠 하고 얘기해볼까 했지만 선거운동원 하나 변변히 없이 거의 혼자서 구도의 길을 걷는 사람처럼 유인물을 돌리고 다니는 아버지를 보면 차마 그런 말이 입 밖으로 나오질 않았다. 오히려 자식 된 도리로서 발벗고 나서서 뛰어주지 못하는 게 송구하다는 생각이 들었다.

아버지가 딱 한 번 내게 도와달라는 말을 한 적이 있었으나 난 도리질을 치고 말았다. 전 아버지를 이해하기가 어려워요. 길캤디. 아버지는 오련한 눈빛으로 날 한동안 말없이 바라봤다.

—내는 한 번두 이 세상과 정직하게 맞서본 적이 없드랬다. 거제도 포로수용소에서 이북에 두 양주와 처자를 모두 두고 왔으면서도 끝내 이곳에 남겠다고 한 사람이 바로 이 비겁한 애비다. 몸뚱이가 산산이 부서지는 한이 있더래두 한 번쯤 피하지 않고 운명이라는 것

하고 말이지, 부닥쳐보는 게 필요했을지도 모르는데 말이다.

난 아버지가 이러저러한 사정으로 딱 한 번 치렀던 합동연설회장의 모습을 기억할 수 있다. 그것은 국민학교 운동장에서였다. 방학중이라 눈을 제대로 치우지 않은 탓인지 연설회장은 진흙탕이 되어 질퍽거렸다. 그런데다가 원래 인기가 없는 선거다보니 청중이 그리 많을 리도 없는 노릇이었다. 한 중간쯤 지나서 그나마 있던 몇십 명 청중 가운데 동원된 사람들이 자기들 후보자가 연단을 내려올 때마다 차례로 줄줄이 빠지고 나니 반짝 대목을 보려고 모인 즉석 커피 장수나 번데기 장수 그리고 담배로 야바위놀이를 하는 뺑뺑이꾼들이 청중보다 더 많아 보였다. 그나마 맨 마지막 차례인 아버지가 열두번째로 단상에 오를 때쯤에는 청중이 말 그대로 단 한 사람도 없었다. 학교 뒤쪽 피라미드 놀이기구 위에 올라간 어린애 몇 명만 재잘거리고 있었고 다행히 한구석에 젊은 번데기 장수가 김이 모락모락 나는 번데기가 그대로 남자 어떻게 처리해야 할지 몰라 벙거지를 쓴 채 망연히 서 있을 따름이었다.

나는 국민학교 운동장 한쪽의 가교사 입구에 몸을 반쯤 기대고 아버지를 바라보았다. 아버지가 평생 살아오면서 마이크나 한번 잡아본 적이 있었을까, 하는 의문이 머리에 떠올랐다. 내가 왜 아버지를 강제로라도 주저앉히지 못했을꼬 하는 후회가 물밀듯이 가슴으로 밀려왔다. 나는 연사 한 사람의 열변이 끝날 때마다 변소엘 다녀왔다. 후보자 한 사람이 한 번 끝날 때마다 열 사람 정도의 지지자들이 어슬렁어슬렁 빠져나갔다.

—에, 이것으로.

—아냐, 하나 남았다구!

마침내 아버지 차례가 되었다. 나는 막 눈물이 쏟아지려 했다.

—뭐? 아, 예. 마지막으로 기호 십이 번 김홍수 후보의 유세가 있겠습니다.

아버지는 단상에 가려 잘 보이지 않았다. 마이크에서는 잡음이 울려왔다. 유세가 다 끝난 걸로 친 진행요원들이 책상을 끄는 소리, 서로 소리쳐 부르는 소리, 영감님 그만 내려오세요 하며 저희들끼리 킬킬거리며 농담하는 소리 등이 한데 뒤섞여 가느다랗게 들려왔다. 대목을 놓친 젊은 번데기 장수가 갑자기 허탈하게 하늘을 보고 웃더니 공친 화풀이를 아버지에게 하려는 듯 손나발을 입가에 붙이고 야유를 하기 시작했다.

—우우우 에에에에.

아버지가 단 한마디, "여러분" 하는 말조차 제대로 끝맺지 못하고 고개를 뚝 떨군 채 연단을 내려오는 모습이 얼른 비쳤다. 나는 진흙탕밭을 가로질러 아버지에게 마구 달려가고 싶었다. 그리곤 뜀박질을 시작했다. 그러나 아버지에게가 아니었다. 나는 번데기 장수에게 달려가고 있었다.

—야, 이 씨팔!

—뭐 씨팔? 어디서 굴러온 개뼉다귀야!

나는 럭비 선수처럼 몸을 던져 그의 허리를 휘감아 쓰러뜨렸다.

—너 잘 만났다. 그러잖아도 몸이 구석구석 근질거리던 참이었는데, 어디서 비리비리한 놈이 매감을 자처하고 달겨드니 오죽이나 잘됐냐.

번데기 장수와 난 진흙탕에서 개처럼 끌어안고 뒹굴었다. 아버지가 달려오고 사람들이 뒤따라와 뜯어말리는 바람에 싸움은 좀 싱겁

게 끝났다. 그러나 그 짧은 시간에도 내 얼굴은 엉망진창으로 부풀어올랐다. 그러나 내가 하도 악을 쓰며 달려들어서 그런지 그 번데기 장수도 어지간히 맞았던 모양이었다.

개표날이 다가왔다.

나는 개표장에서 참담한 심정으로 꼬다케 밤을 새우며 아버지의 표수를 점검했다. 그리고는 새벽녘에 집으로 돌아왔다. 아버지는 모두 삼백일흔다섯 표를 얻었다. 내 골방에는 아버지가 이불을 푹 뒤집어쓰고 누워 있었다. 나는 아버지를 깨우지 않고 이불자락을 살며시 떠들친 다음 고양이처럼 기어들어갔다. 그리고 둘은 점심 무렵까지 죽은 듯이 곯아떨어졌다.

그 다음날 아버지와 난 까뀌와 풀끼알 따위를 들고 이 동네 저 동네 헤매고 다녔다. 선거벽보가 붙은 골목마다 찾아다니며 기호 십이번 포스터를 긁어내는 작업 때문이었다. 오랜만에 숙면을 취한 아버지의 눈두덩은 퉁퉁 부어 있었다. 아버지는 당신의 득표수를 알려하지 않았다. 나도 굳이 알려주고 싶지 않았다. 우리 두 부자는 중간에 호빵을 두 개씩 깨물어가며 아주 열심히 그 일을 했다.

"아버지 속이 후련하세요? 왜 두고두고 벽보가 저절로 닳아없어질 때까지 보시지 그러세요?"

"무스거 소리네? 끔찍하게스리, 말도 안 되지."

아버지는 말을 멈추고 아주 숫저운 표정을 지어 보였다. 그러더니 내게 당신 몫의 호빵을 하나 불쑥 내미는 거였다.

"여전히 알 수가 없구만, 쩝쩝, 민세야 어제 아주 좋은 꿈이래 꿨잖겠니?"

"어떤 거요?"

"귀인을 만났더랬어."

"뭐라든가요? 귀인이?"

"이곳 남쪽엔 없는 사람이야. 헤어진 지 삼십 년이 넘었지. 겨울바람 불어오는 쪽에 살아 있갔지 아마? 얼굴이 많이두 변했더구나. 근데 왜 날더러 그리로 오라고 허질 않았을까? 이쪽 인연이 다하거든 만나자고 허는 걸 보믄 이미 혼백이 다 된 사람인가 어쩐가? 죽어서나 만나자는 거겠지."

난 그 귀인이 누굴 말하는지 곧 눈치를 챌 수 있었다. 바로 아버지가 북에 두고 내려온 사람들일 터였다. 아버지는 계속 혼잣소리로 중얼거렸다.

그날 나는 벽보 벗기기 작업을 하는 순간만큼은 아버지에 대해서 뭔가를 어렴풋이나마 알 수 있을 것 같은 느낌이 들었다. 당신은 아마도 정체를 알 수 없는 블랙홀처럼 주변을 휘감아온 당신의 운명과 어떤 식으로든지 피하지 않고 정직하게 맞닥뜨려 대결하고 싶었던 건지도 몰랐다. 아울러 그런 애비의 모습을 아들인 내게 단 한 번이나마 보여주고 싶었던 것일까? 아무튼 그 대결의 끝이 아무리 참담할지라도 그것은 오로지 아버지의 몫이었다. 그래서 그런가, 나는 언제부턴가 모르게 삶이 자꾸 버거워질 때마다 그 벽보 속의 아버지를 들여다보는 버릇이 생겼다.

돼지꿈

“날이 드는 품이, 크윽 우째 빨랫말미가 시작될 낌샌데……, 메칠씩 처박아둬서 자릿내가 풀풀 동허는 속옷 나부랭이부텀 꺼억, 휘둘러 널어놔야 되겄제.”

지루한 장마가 아침나절부터 숙지근해졌다. 후줄근하게 부풀어 오른 봉창의 싸구려 창호지에 햇살이 어렵다. 옆구리께에 간장종지만한 구멍이 뚫린 런닝 바람으로 개구리처럼 엎드린 채 두 팔뚝을 엇갈리게 베고 있던 양세종씨는 마누라의 구시렁거림에 문득 샛눈을 가느다랗게 떴다. 천장을 응시하는 눈가에 어찌나 힘이 쏠렸던지 한 바퀴 반쯤은 회전하고 온 듯한 눈알이 희번덕한 흰자위를 잔뜩 거느리고 있었다.

“음머, 보소보소 야, 이 양반이 와 이래쌓노? 사십 줄도 안 된 사람이 벌써 풍을 맞아뿌린 기가 뭐가 예, 꺼억?”

상주댁은 지난밤의 숙취에 겨워 물에 만 아침 밥술도 서너 번 뜨는

둥 마는 둥 하다가 풋코를 골며 아랫목 차지를 하고 있던 남정네의 눈동자가 얄궂게 돌아가는데다 입가 근육마저 씰룩거리자 겁이 덜컥 나 어깨를 잡아흔들었다.

"이 잡것이…… 엇다!"

그러나 경풍을 일으킨 것 같았던 양씨는 자신의 어깨에 닿은 상주댁의 손길을 벌레라도 털어내는 듯이 매몰차게 뿌리쳐버렸다. 그리고는 입술을 위아래로 한껏 밀어붙여 니코틴에 절다 못해 누르께하게 변색된 잇바디를 험상궂게 드러냈다. 뜬금없이 된경을 치른 상주댁은 방바닥에 뒷손을 짚은 채 나동그라져서는 어리둥절한 표정을 지었다. 남편은 계속해서 마치 똥 마려운 사람처럼 양쪽 엉덩잇살을 위쪽으로 바짝 조여 올려붙인 채 낑낑거리고 있었다.

"답대비. 뭔 조홧속인지 알아얄 것 아녀! 벨꼴, 꺼억."

상주댁은 아침 식전부터 윗집 재호네서 아이 돌떡이라고 갱지로 싼 접시를 돌리자 다짜고짜 인절미 한 쪼가리를 덥석 집어올려 잔입에 우겨넣었던 것인데 장마통에 살짝 쉰맛이 든 때문인지 아무래도 명치끝에 더부룩하게 얹힌 모양이었다. 명치끝에 가스가 괴어 꺽꺽거리기는 하지만 속은 점점 갑갑해올랐다. 그네는 실꾸러미를 남편 등허리에다 냅다 던졌다.

양씨는 당장이라도 벌떡 일어나 자꾸만 부아를 돋우며 멋모르고 훼방질을 놓고 있는 마누라의 면상을 주먹으로 한 대 내갈겼으면 속이 후련하겠건만 처지가 그리 한가롭지는 못한 모양이었다. 자칫하면 줄 끊어진 가오리처럼 뿌연 기억의 강을 넘어 까무룩이 사라질 것만 같은 꿈 한 자락 때문이었다. 그것은 선잠 속에서 건져올린 꿈이라 그런지 물안개가 낀 것처럼 흐리마리했다. 양씨는 하마하마 사라질 듯한 그 꿈 한 자락을 놓치지 않으려고 그토록 용을 쓰고 있는 중이었다.

안 된다카이! 아, 그 끝장면이여 제발 돌아서거라마! 돌아서그래이! 그러자 뭔가 선명하게 떠오르는 장면이 있었다. 그렇다! 바로 이 장면이 맞는갑다! 양씨의 얼굴은 빠른 속도로 순두부처럼 흐물흐물 허물어지기 시작했다. 만족감이 밴 미소가 얼굴 한가득 넉넉하게 차오르고 있었다. 그러자 여태껏 미주알 안에 갇혀 오도 가도 못 하던 가스덩어리가 방구들을 꺼뜨릴 만큼 요란하게 문을 열고 뿜어져나오는 거였다. 뿌아아앙.

"옴마야, 깜짝이야. 꺼억. 내리려던 체가 다시 얹히겠네!"

"으흐흐, 하모 맞다. 도야지가 틀림없다카이 흐흥! 도야지가 아니고서야 엉덩짝이 그렇게 자알생겼을 리가 없다. 으흐흐, 이제사 알긋다, 도야지꿈이다! 도야지꿈을 꾼 거야!"

양씨는 뒤집힌 딱정벌레모양 누운 채로 양팔을 들어 만세 부르는 자세에다 두 다리는 자전거 페달을 밟는지 마구 허공을 차며 좋아 어쩔 줄 몰라했다.

"도야지꿈이라니, 자다가 봉창 뚜딜긴다는 말이 있더구마, 도무지 뭔 말하능교 희경 아배? 허파에 바람 들어갔는교?"

딴 때 같으면 맞대답한다고 벌써 종주먹을 들이밀었을지도 모를 양씨가 기분이 썩 좋은지 거적눈에다 콩팥 이상으로 눈두덩까지 부석부석한 상주댁의 얼굴을 코앞에서 쳐다보면서도 그저 희희낙락이었다.

"임자 봐라 봐라, 내사 이제 막 도야지꿈을 꾸고 일어나던 참 아니겼나? 돼지꿈을! 하마터면 그게 마, 확 없어져뿌릴라 캤는데 내사

기를 쓰며 붙잡아두었지 않나. 아참, 속 씨언한 꿈이었다구."

그런데 돼지치고는 방둥이가 참으로 침이 꼴깍 넘어가도록 아삼삼한 돼지였다. 꿈속에서도 그예 물난리가 나서 집채들이 둥둥 떠내려가는 판국이었다. 가까스로 자신의 고향집 초가지붕 위에 몸을 얹어 성난 물살에 떠내려가던 양씨는 참으로 다행이다 싶어 한숨을 돌리며 그 거대한 홍수를 하릴없이 구경중이었는데 물 속에서 분홍빛 살덩어리가 한 마리 헤엄쳐 자신의 초가지붕 위로 올라오는 거였다. 처음엔 돼지인가 딴 짐승인가 긴가민가했다. 아무튼 뒷모습만 눈에 비치는데 그 토실토실 탐스럽게 살이 오른 방둥이가 일품이라는 생각이 들었다. 나중에 생각해보니 아마도 그 방둥이 때문에 전체적으로 꿈의 기억이 생게망게해지지 않았나 싶었다. 왜냐하면 그 방둥이 뒤로 엉금엉금 다가서던 양씨는 아랫도리가 뻣뻣해지면서 양물 밑이 뻑적지근해지는 느낌을 받았던 것이다. 쭈그렁 쪽박 두 개를 엎어놓은 것 같은 마누라 엉덩이와는 상대가 되지 않았다. 오입질할 때 어디선가 많이 본 엉덩이 같기도 했다. 톡 하고 건드리면 터질 것처럼 탱탱하게 부푼 박덩이 같은 방둥이였던 것이다. 아마 상주댁이 그 순간 빨랫말미 어쩌고 하면서 절묘하게도 그를 꿈속에서 제지하지 않았다면 그 꿈은 한갓 허탈한 몽정으로 끝났을지도 몰랐다. 팬티나 축축이 적셔 그러잖아도 눅눅한 습기 때문에 빨래 말리기가 젬병인 장마철에 쓰잘데없는 빨랫감이나 하나 더 보태는 한심한 꼴이 됐을 터였다.

"난 또 뭐라꼬. 낮꿈은 어른이구 애들이구 헐 것 없이 개꿈이여 개꿈."

"이 여편네가 죽을라꼬 환장했나? 엇다 대고 함부로 골지르는 소리를 내뱉노 내뱉길, 시방."

그러잖아도 암만 꿈이라지만 짐승하고 관계를 가질 뻔한 뒤끝이 찜찜했지만 돼지꿈이라고 치부하고 나면서 큰 위안을 삼던 차라 기분이 상한 양씨가 엉덩이를 들썩이며 손이 올라갈 듯한 자세를 취하자 상주댁은 자라처럼 머리를 움츠리며 아랫입술로 윗입술을 굳게 덮었다.

양씨는 벌써부터 뭔가 큰 횡재를 한 것처럼 기분이 달뜨기 시작했다. 날씨도 오늘의 자신의 운세를 예감하는 양 그 동안 하늘이 찢어진 듯 쏟아붓던 빗줄기를 거두고 훤히 밝아오고 있지 않은가. 젠장 근데 어제는 와 그렇게도 애타던 단풍잎이 날 비켜갔노 말이다 잉! 넘이 살코기 바르고 난 뼉다귀 던져주듯 낸 개평술에 곤드레가 돼가지고는 신세가 말이 아니었구만……

노름판에서 제일 볼썽사나운 게 개평으로 내는 술에 취해 가지고 쓸데없이 언거번거해서 흰소리나 늘어놓는 처진데 양씨가 어제 똑 그짝이었다. 장마가 시작되기 전에 마누라 몰래 받아두었던 간조 봉투를 다 털리고 나니 허탈해서 남이 내는 개평술에라도 취하지 않을 도리가 없었다. 앞으로 빈 쌀독 타령을 입에 달고 바가지를 긁어댈 마누라가 눈앞에 어른거려 맥이 쑤욱 풀렸다. 마누라는 그런 법이 어디 있냐며 당장이라도 오야붕을 찾아가 밀린 품삯을 받아야겠다고 난리 굿판을 벼르고 있는 판인데, 앞으로 장마가 언제 끝날지도 모를 일이고 보면 한숨이 절로 나왔다.

"무얼 기우는 거노?"

"보믄 모르능교? 빤스, 내 빤스 아닝교?"

양씨는 모처럼 펴졌던 양미간을 살짝 구겨뜨렸다. 상주댁이 바늘

끝으로 되작거리고 있는 해진 속옷을 여봐란 듯이 코앞으로 바짝 들이미는 것은 일종의 시위였다. 봐라, 너라는 인간이 얼마나 무능한지를. 그래서 여편네라는 사람이 자신의 속옷이나 기워 입게 만드는 그런 축에 끼는 한심한 놈팡이임을 똑똑히 보란 말이다. 뭐, 그런 뜻이 담긴 항의성 행위임을 양씨가 모를 리가 없었지만 오랜만에 꾼 돼지꿈을 생각해 기분을 잡치지 않기 위해 슬그머니 일어나 겉옷을 주섬주섬 챙겨들었다.

"또 우데를 가노 말이다? 또 그래, 손꾸락지가 근질근질해졌나? 도야지꿈인가 뭔가를 꾸었으니깐 한바탕 해보러 가야 직성이 풀린다 이거구마. 내사 마 이러믄 정말 몬 산다. 가장이라는 게 아래께부터 쌀 팔아올 돈도 떨어져 외상으로 봉지 쌀을 들여다놓는 줄은 모르고 허구한 날……"

"상그러븐 소리 그만 걷어치지 않으면 콱 쥑이뿌린다 마."

"어이구, 억수로 겁나네. 내가 모를 성싶나? 벌써 의정부 오야봉한테서 누런 간쪼 봉투 타가지고서 노름방 전전하믄서 다 헤쳐버린 걸 내 모릴 줄 알았나? 내사 기왕지사 일이 이렇게 된 거 집안 분란이나마 일어나지 않게크롬 고분고분하려 했는데 또 그 손모가지에 화툿장 잡을라 카믄 더이상은 몬 참겠다. 도야지꿈은 뭐, 얼어죽을 놈의 도야지꿈이가. 다 때려치아뿔라마! 남들은 말이다, 응 저그 당신하고 아삼륙으로다 붙어다니던 둘남 아배 좀 보그라 마. 장마철인데도 우데서 일감을 찾아 돈벌이를 했는지 지낙때는 통닭을 사다가 자식새끼하며 오순도순 모여서 알토란 같은 닭다리를 뜯게 하는데 말이다 응. 근데 니는 뭐꼬?"

둘남 아배 운운하는 말을 듣는 순간 양씨는 막 건져낸 생선처럼 가슴속을 퍼드득 휘젓고 가는 강한 시새움을 느꼈다. 그의 머릿속에는 엊저녁 끗발이 올라 갈고리손으로 종이돈을 긁어모으던 둘남 아배의 헤벌쭉한 얼굴이 떠올랐다. 선무당이 사람 잡는다꼬…… 어찌된 영문이지 땡짜리까지 잡고도 노름판의 신출내기 둘남 아배한테 판판이 덜미를 잡힌 자신의 어젯밤 불운이 마누라의 푸념 속에서 더욱 아프게 다가온 것이다.

"제기랄, 내가 매화타령이 절로 나는 이땡짜리 패를 들었을 때 그 노무 자석이 삼팔광땡 들고서도 의뭉스레 죽을 듯 말 듯 설레발을 칠 줄이야 우째 짐작이나 했겠나. 손속이 나쁘면 노름의 대가가 와도 우얄끼고."

"좋다. 더도 말고 셋 실 동안 아가리 닥치지 않으면 다시는 밥숟가락 구경 몬 하게 해줄 테니깐 알아서 해라 니. 입이 있다고 암말이나 다 하면 장땡이가? 그래 잘도 알아냈다. 간쪼 봉툰 다 날아가 조져뿌렸으니 꿈도 꾸지 말그래이."

양씨가 방문 미닫이 고리를 잡는 순간 상주댁이 어디서 그런 힘이 났는지 비호처럼 몸을 날려 양씨의 한쪽 다리를 휘감아 끌어안고는 바짓가랑이에 참매미처럼 매달렸다.

"얼라, 이기 대관절 뭐 하자는 행악이꼬? 퍼뜩 못 놓겠나. 이기 미쳤나 말이다."

양씨는 눈이 휘둥그레져서 어이가 없다는 표정을 지으며 뒷말도 채 잇지 못하고는 상주댁을 노려다봤다. 아직 허리띠를 채우지 못했기 때문에 상주댁이 이렇다저렇다 암말 없이 버티자 바짓가랑이가 허벅지께까지 내려왔다.

"야야, 봐라 봐라, 지금 아가 보고 있다 마."

"……"

방 한구석에는 언제 일어났는지 딸 희경이가 일어나 앉아 부모들의 이상한 실랑이를 물끄러미 바라보고 있었다.

"사람 구실 하기는 애시당초 글러먹은 아아가 보믄 뭐가 대수롭다꼬 그러요. 묻는 말에 대답이나 하소. 그것이 참말이어라……"

"야야, 와카노? 뭐가 참말……"

"방금 꾼 도야지꿈 안 있소."

"하모 참말이제."

"그렇다믄 내 소원 한 가지가 있으니 꼭 좀 들어주소 마."

"뭔지 길게 들을 시간 없으니깐 후딱 말해보그라."

"듣다보니 그 도야지꿈은 사내아아 태몽이 틀림없는 것 같은데 그렇다믄 우리 한분 보람 있게 정성드려 해봅시다. 뜸물에도 얼라가 선다 안 캅니꺼?"

"정성드려? 무얼……"

"도야지꿈을 태몽삼아 실팍한 애기 좀 한번 받아보입시더."

"뭐라꼬? 니 지금 뭐라 캤노? 태몽? 아아를 한분 만들어보자꼬?"

"예, 바로 맞혔심더."

양씨는 엉거주춤한 상태에서 잠깐 생각에 잠겼다. 그러고는 무슨 결심이 섰는지 애원하는 눈빛으로 자신을 쳐다보고 있는 상주댁을 거칠게 밀치고 나서서는 단호히 잘라 말했다.

"그긴 안 될 말이다. 또 그렇게 되지도 않을 거고 마. 니는 저애가 저리 됐는데도 또 얼라를 보고 싶단 말가? 애 갖는 게 두렵지도 않나?"

"저것은 이미 사람 구실 하긴 다 틀려버렸는데 집안이 암만 구차

해도 젯밥 떠놓을 자석은 하나 맨들어놔야 안 할기요? 후딱 대답하소. 그것도 몬 하겠다믄 이건 도대체 뭐에 쓰자는 물건이오. 아예 오늘부터는 떼놓고 장롱 좀약 알갱이 옆에 쑤셔박고 다니든지 하소마. 절대로 난 못 놔주겠으니."

상주댁은 더 확실히 물리적 대응을 했다. 갑자기 남편의 양물을 우악스레 거머쥔 것이다. 한순간 호흡이 턱 막혀버린 양씨는 거미줄에 걸린 곤충처럼 꼼짝할 수가 없었다. 뱃속의 창자가 한쪽으로 빨려나가는 느낌이었다.

"오냐오냐, 알긋대이. 내사 다 들어줄 테니 우선 이 바짓가랑이 좀 놓고 말로 하자, 우리 말로."

"건성으로 말고 확실히 대답해뿌소."

"헉헉, 보그래이. 내 다 이짓도 용서헐 테니 이것, 이것만은 놓고 우리 신사적으로 이바구로 해결해보자구 으응? 한다 카지 안나? 정 이러믄 니 말대로 거시킬 하고 싶어도 물건이 제 꼴을 잡지 못해서 낭패 보는 수가 있다 아이가."

양씨는 거의 통사정조였다. 고개를 숙인 채 필사적으로 남편의 양물을 움켜쥔 상주댁은 말이 없었다. 그러나 곧 체념한 듯이 손아귀에서 힘을 풀었다. 양씨는 이때다 싶었는지 마누라의 볼따구니를 모질게 한 번 후려친 다음 방바닥으로 나동그라진 상주댁의 등짝에 발뒤꿈치를 찍었다. 매맞는 데는 이골이 난 듯 상주댁은 고슴도치처럼 온몸을 둘둘 말고는 신음 소리 한 번 내지르지 않고 견뎠다.

"이게 사내를 우째 알고."

양씨는 졸아붙은 양물을 푸느라 문지방 위에서 제자리뛰기를 몇 번 폴짝폴짝 해보았다. 한참을 그렇게 엎드려 있다가 고개를 반짝

드는 상주댁의 두 뺨이 축축하게 젖어 있었다. 그러나 양씨는 발등으로 상주댁 등짝을 떠박지른 다음 두 손을 탈탈 털었다. 방바닥에 널브러져 죽은 듯 기동이 없는 상주댁을 뒤로 하고 양씨는 헛기침을 두어 번 쏟은 다음 방문을 열고 나왔다. 부엌문을 열고 나서기 전에 부엌 한구석에 놓인 오강을 집어들었다. 요의(尿意)를 느끼기도 했지만 마누라 손아귀에서 놓여난 물건이 온전한가 직접 눈으로 확인하고픈 생각도 들었다. 다행히 아무 이상이 없어 보였다. 오줌보를 풀어놓자 오랜만에 기세 좋게 쏟아지는 오줌줄기 때문에 제풀에 꺼덕치는 물건을 손으로 붙잡고 겨눌 필요도 없었다. 으스스를 치고 나서 요강을 내려놓을 때 들여다본 요강 안의 오줌에는 부연 버캐 같은 게 일어 있었다.

"칫, 지년이 오줌소태로 빌빌하는 주제에 씨는 받으면 뭘 하누? 오줌이 이렇게 탁하고 걸쭉한데 그러면 종자들이 제대로 살아남을 것 같은감? 어림 반푼어치도 없지러. 여편네가 아들 갖고 싶은 욕심은 나서 괜히 게염을 부리는 게지. 우떻게 해서 꾸게 된 도야지꿈인데, 애가 설지도 말지도 모르는 태몽으로 헛되이 풀어버린단 말가. 택두 없는 일 아이가."

양씨는 고무신 밑창이 뚫어져라 땅바닥을 힘차게 쿵쿵 찧은 뒤 웬만한 여울목 뺨칠 만한 기세로 쌔액쌔액 흙탕물져 흘러가는 집 앞 개골창을 물찬 제비모양 훌쩍 뛰어넘었다.

"오늘도 춘하네 대폿집에서 모인다고 했겄다."

"이노무 기집애 와 따라나왔노?"

양씨는 어느 틈엔가 문간통 앞에 나와 오도카니 서 있는 딸애를 윽박질렀다. 아이는 별로 겁먹지 않은 표정으로 양씨를 말똥말똥 쳐다봤다.

"그런데 니 혹시 그것 오데 있는 줄 아나?"

양씨는 지푸라기를 잡는 심정이 되어 딸애에게 가당찮은 물음을 던졌다. 그리고는 곧바로 쓴웃음을 지었다. 그런데 아이가 고개를 끄덕거렸다.

"그게 뭔 줄 알고 고개를 끄덕거리나?"

아이는 다시 종작없이 고개를 가로저었다. 양씨는 딸애의 양쪽 어깨에서 손을 떼고는 벌떡 일어섰다.

"나도 한심하군. 아아가 뭘 안다꼬?"

양씨는 혹시 아이가 지 어미가 부업거리를 해서 돈을 꼬깃꼬깃 숨겨둔 데를 아는가 싶어 물어본 거였다. 딸애는 숨겨진 물건을 잘 찾아내는 능력이 있었다. 이웃에서도 혹 뭔가가 눈에 잘 안 띄면 딸애를 데려다가 찾아보게 할 정도였다. 오영감네서는 신발장 한구석 장화 속에서 가위를 찾아냈고 함경도 뚱떼이 할머니는 하마터면 깜빡하고 불을 피우려다 재로 변할 뻔했던 달러 돈뭉치를 눅눅한 아궁이 속에서 가까스로 꺼내오기도 했다.

'안주일체' 라고 씌어 있는 미닫이문을 열고 대폿집 술청에 들어서는 순간 술쉰내가 시큼하게 코앞을 가로막고 나서는 바람에 일순 숨이 컥 막혔다. 양씨는 콧방울을 연신 움씬거렸다. 춘하네 안방 문지방 밑에는 사내들이 아무렇게나 끌고 온 신발들이 억죽박죽 흩어져 있었다. 사내들은 방 안의 열기 때문인지 거개가 런닝 차림이었고 한 사람은 그것도 모자라 러닝을 가슴팍까지 말아올린 채 화투장을 만지고 있었다. 그 사이로 춘하의 콧잔등이 얼른거렸지만 그닥 반가운 손님이 아니다 싶었는지 곧바로 문지방 아래로 내려서려는 기색이 없었다. 양씨는 거푸 헛기침을 해댔다. 그제서야 마지못한 듯 춘하가 뜨악한 얼굴을 비죽 내밀었다.

"양씬가?"

"우째 사람 대하는 얼굴상이 저녁 굶긴 시어머니 상호모양 그리 떨떠름한지 모르겄어."

"언능 오소. 먼 대낮부텀 때도 안 된 저녁밥 타령을 그러크롬 함시롱 갱충쩍은 농지거리부텀 내지르요?"

그러면서 신발을 뭉그적거리며 벗는 양씨를 노골적으로 빤히 쳐다보는데 노름 밑천일랑 제대로 챙겨갖고 오느냐고 묻는 낯빛이 역력했다. 그러나 양씨는 짐짓 모른 체하며 자신이 들어왔다는 인사삼아 객쩍은 소리를 한마디 더 보탰다.

"젠장, 어젯밤에 이 자리에서 뽕빠지게 놀다 갔으니 마, 채 하루가 다 못 지났건만 왜 이리 시에미 죽은 지 삼 년 만에 와보는 안방 같은 서먹서먹한 기분이 드노, 이거?"

연탄가게 지게꾼 황씨가 얼굴을 돌리지도 않고 자기 화투짝에 온 신경을 쏟으면서도 역시 우스개로 말을 받았다.

"그놈의 시어미가 시집살이도 꽤나 되알지게 시켰던 모양이구나. 오죽했으면 죽은 시어미 대신 안방 차지를 하는데 하루 해를 넘기는 게 여삼추같이 느껴지도록 만들었을꼬."

"문자 쓰고 자빠졌네? 이녘이야말로 별거 아닌 패 가지고 괜한 시집살이 시킬 생각일랑 말고 순순히 죽지 그려."

"힝, 암만! 죽고 사는 거야 끗발에 맡기고 누구 불알이 큰가 빤스까버리든 해볼 테가?"

황씨와 맞선 하수도장이 성씨가 금세라도 지금까지 태워둔 판돈에다 곱을 걸 기세인지 담요 밑을 떠들쳐 자신이 가진 돈다발을 점검하는 척했다. 그러자 그때까지 구순구순했던 황씨도 얼굴이 붉으락푸르락해졌다.

"그만 까지."

오야붕 전씨가 은근히 권했다.

"그려. 싸움닭들모양 야수고 있어봤자 뭔 소용이여."

"까자구."

"조오치."

"난 가보! 거긴?"

"끄응, 얼릉 먹어."

"헤헤, 뭔데."

"이 사람이 먹으랄 때 식기 전에 냉큼 먹으면 될 일이지 남의 죽은 자식 불알은 구경해 뭇 허겠다는 거여?"

"그냥, 궁금해서…… 패가 뻔한데 하두 버티길래."

"쳇, 버틸 만하니깐 버텼지 뭐."

"누가 회두리여?"

"황씨가 선이니깐 저그 박씨가 회두리겠네. 근디 어이 양씨 낄 텐가? 어제 다 털렸다며. 나중에 개평술이나 좀 얻어먹고 말지 뭐. 끼려면 여그 판에다 우선 작은 거 한 장쯤 꼬나박고 들어오든지."

양씨는 안절부절못한 채 대답을 못 했다. 사실 무작정 춘하네 집으로 들이치기는 했지만 그에게 밑천이 한푼이라도 있을 리 만무였다.

"숨 좀 돌리고, 판 돌아가는 거 봐가믄서 끼어보지 뭐."

"그려. 그럼 그러든지."

'뼈형신, 판돈두 없이 노름판에 뭐 하러 기웃거리노. 쓸데없이.'

양씨는 자신의 궁짜 낀 신세를 읽은 상대방의 얼굴에 슬쩍 비끼고 간 비웃음을 대하고 나자 오기가 바짝 치받아올랐다.

'이놈들아 날 그렇게 함부로 괄시하면 큰코 다친다꼬. 이래 봬도 내가 돼지꿈을 꾸고 온 놈이여. 한번 끗발이 붙으면 에누리 없는 싹쓸이여, 싹쓸이. 그땐 내 개평술 얻어묵겠다꼬 아홉 꼬리를 흔들어도 아무 소용이 없을 테니깐 두고 보라고. 헌데…… 이거 암만 도야지꿈을 꾸었다손 치더라도 뭐 밑천이 있어야 움치고 뛰지, 나아 참. 환장하고 나자빠질 일이잖쿠.'

"숨질 사람은 빨리 숨져부러. 이번 판은 증말로다 얄짤없응게."

"공씨 뭐여? 죽을 거여, 살 거여?"

"이 판은 죽지 뭐."

양씨는 멀건한 눈으로 사내들 등짝 뒤에서 판을 넘겨다보았다. 그렇게 몇 판이 돌고 났을 때 그는 자신의 돼지꿈이 개꿈이 절대로 아니라는 확신이 생겼다. 우선 판이 훤히 눈에 들어오는 것이었다. 예전 같으면 헛짐작을 해 이만저만한 손해를 보곤 했을 경우도, 갑자기 세상살이에 눈을 뜬 사람처럼 전후사정이 일목요연하게 눈에 들어오는 거였다. 으흥, 저놈은 기껏 세륙 가지고 덤비는구먼. 이쪽은 적어도 땡땡구리 정도는 잡은 것 같다 싶으면 나중에 깔축없이 맞아떨어지는 거였다. 느닷없이 화투패 뒤를 뚫어보는 눈이 뜨였는지 조금만 용을 쓰면 단풍잎이 누구한테로 떨어지는지 감이 잡히는 듯한 느낌이 들었다.

"성씨, 더 밀어붙여!"

양씨는 은근히 성씨의 옆구리를 찌르며 훈수를 두었다.

"저쪽은 기껏해야 여덟끝이야!"

"당신이 뭘 알아! 그렇게 잘 아는 사람이 왜 다 털려 털리길."

성씨는 슬그머니 패를 내렸고 상대방은 종이돈을 긁어갔다. 양씨는 몸이 달았다.

"한 잔씩들 돌리고 허라구."

춘하네가 막걸리상을 푸짐하게 봐왔다. 그건 서비스였다. 어차피 방을 빌려준 대가로 춘하는 판돈의 일 할을 받기로 돼 있었기에 그네는 틈틈이 막걸리를 걸러다가 돼지비계를 쑹덩쑹덩 썰어서 큰 쟁반에 내왔다.

"어따, 그러잖아도 목이 컬컬하고 무릎 도가니가 결리던 판에 듣던 중 반가운 소릴세! 어이 양형도 한잔 허지 그래."

양씨가 막 잔을 받으려는 순간 춘하네가 한복 치맛말기를 추스르며 엉덩이를 실룩샐룩 흔들고 코앞으로 지나가는 바람에 그 막걸리 잔은 딴 사람 차지가 되고 말았다. 양씨는 머쓱해져서 뒤통수를 벅벅 긁었다.

"이번에 징허게 물난리가 났으니 장마 걷히면 일감이 좀 반짝하고 나겠는걸요."

"형님한테 뭐 말 들어온 것 없어요?"

오야붕 전씨가 막걸리잔을 쭉 비운 다음 옆사람에게 돌렸다.

"여차직하믄 이문동 쪽에 삼층짜리 상가건물 공사가 떨어질 것 같은데…… 아직 확정된 것은 아니고."

"아따 그럼 우린 또 헹님만 믿고 이번 장마고개만 잘 넘으면 살 길이 열리겠네요 잉. 이놈의 장마비가 사람 여럿 잡는다니깐요. 아, 쌀독이 사흘만 비어봐요. 칼 들고 안 나설 놈이 있다믄 이 열 손가락에 내 장을 지지리다. 벌써 장마가 몇 주째요? 죽갔수다, 죽갔어. 마누라 볼 낯짝도 없고. 결국 다들 그런 신세들일텐데 이런 짓이라도 해서 누군가에게 몰아줘서 한 사람이라도 사람답게 지내도록 체면치레 좀 해주는 거, 이거 보통 의미 있는 일이 아닙니다."

"칫, 꿈보다 해몽이 좋군. 그래서 지금 당신이 그 뭣이냐, 마누라 패물까지 다 긁어가지고 나온 건가?"

"어떤 시러베아들놈이 마누라 패물에 손을 대요? 제가 그렇게까지 막돼먹은 놈은 아니라구요. 나를 어떻게 보고……"

"그럼 춘하한테 잡힌 누런 목걸일랑 다 뭐고?"

"아, 이거요…… 차암, 이거…… 비밀은 꼭 지켜주셔야 합니다. 아니면 이거니까요."

연배가 젤 어린 상호는 손으로 자신의 목을 치는 시늉을 하며 그 금목걸이를 얻게 된 경위를 슬그머니 털어놓았다.

"아, 며칠 전에 저그 저 동방 쪽 왼쪽 등성이 동네에 불나가지고 거시기 집 한 채 홀라당 타버렸잖아요? 그때 내가 그 근처에서 어느 집 부뚜막 좀 손보고 있었는데 그 집 주인이 돈 많은 갈보라는 사실을 알고 있었거든요. 주인도 없는 사이에 불이 난 거잖아요. 그래서 집수리 의뢰받은 척하면서 잿더미를 싸그리 훑았죠 뭐. 그럴듯한 쇠붙이다 싶은 것은 몽조리 이빨로 깨물어보았더니 아니다다를까, 부스러기들이 좀 나오더라구요. 이거 훔친 건 아니니깐 장물은 안 되죠 뭐."

"예끼, 암만 각박한 시상이라지만 불난 집에 부주는 못 해줄망정 그래서야 쓰나."

"아 뭐 어때유? 어차피 동네 양아치 애덜이 다 들쑤셔서 훑어낼 텐데…… 내가 선수 좀 썼기로서니…… 그렇게라도 목구멍에 풀칠

두 하고 이렇게 술칠에다 괴기칠도 좀 해감서 숫증도 풀면서 이 지루한 장마철을 넘기는 놈이 상책이죠 뭐. 먹고 죽은 귀신이 때깔도 좋다는데 눈앞의 먹을 것 마다할 사람이 어디 있다구요 차암. 한가한 소리만 하시니깐 난 저 헹님만 보믄 답답해서 원……"

"그런데 헹님요? 요즘 그토록 뻔질나던 양수형님 코빼기 구경하기가 힘드니 웬일이우?"

"또 중동 한번 뜨려고 돈보따리 싸들고 브로커 꽁댕이 쫓아댕기느라 정신없대."

중동이라는 말에 모두들 화투장을 놀리던 손길들을 잠시 거둔다. 그리고는 회가 동한다는 표정들로 오야붕 전씨를 바라들 보았다. 천양수씨가 작년에 중동 현장에서 들어올 때 면세로 들여온 일제 가전제품을 보고 눈깔을 허옇게 뒤집었던 기억들이 있는 이들로서는 큰 관심사가 아닐 수 없었다. 그 동안 송금한 돈만도 오백은 될 거라는 소문에 까마득히 신분상승을 해버린 천씨에게 그들은 첨에 말도 제대로 붙여보질 못했다. 그저 그가 풀어놓는 구라를 주워섬기기에 정신이 없었던 것이다.

"누가 그려? 거기서두 여자 따묵는 놈들은 다 따묵지. 눈치 있는 놈이 절간 가서도 새우젓 얻어묵는다는 말도 못 들어봤남? 술? 술은 왜 없어? 거 짬밥들 있잖아? 그걸 말린 다음 누룩을 불려가지구다 술 담가 먹었지."

"우리 오야붕 성님은 어째 그런 구찌가 없누?"

전씨는 허리가 홱 돌아가도록 반가부좌를 틀고는 턱주가리를 어루만졌다.

"줄이 한나 생기긴 생기부렀는데 나는 이미 이 땅에 말뚝을 박은 처지고 딴 사람을 톺긴 톺아야겄는디."

"와따매, 성님 그 자리 나 주소. 평생 그 은혜 안 잊어뿔란께."

전씨는 답답하다는 눈길을 황씨에게 던졌다.

"황씨야 지게 지는 기술 빼고는 뭐가 있다고 거길 가. 거기서도 지게질 헐라고?"

"아따, 기술이야 배우고 익히믄 되는 거구요. 팔자 한분 고치봅시다."

"근디 그기 말이야. 나도 다 브로커 끼고 도는 기라, 이게 걸렸거들랑."

전씨는 왼손 엄지와 검지로 동그라미를 만들어 보였다. 그러자 모두들 고개를 끄덕이며 뜨거운 한숨을 내쉬었다.

"……!"

"자자, 뭐 하고 있당가? 패 돌리라구."

양씨는 이 사람 저 사람에게 술을 한 잔씩 골고루 쳐준 뒤 술청으로 다시 막걸리 주전자를 채우려고 일어서는 춘하네의 뒤를 바짝 쫓아나왔다.

"판도 안 벌이고 벌써 갈려우?"

"아니, 그것이 아니고 말이지 응? 춘하네……"

양씨는 술청 한구석으로 춘하네를 몰고 갔다.

"어째 어런다야 잉? 거 손목은 놓고 얘기해도 좋으련만."

"어이쿠 미안함세. 다름이 아니고 내가 자네에게 이렇게 통사정을 함세. 사실 내가 오늘은 아주 끗발이 받는 날이거든. 내 눈에 패가 훤히 다 보인다고, 그런데 이거 밑천이 없어서 끼어들지를 못하니 내 속이 을매나 타겄나 응? 그러니 밑천 좀 융통해주구료 응? 우리도 한때 좋은 날이 있었잖은가."

"노름판에서 돈 빌려주는 놈도 벵신이고 또 돈 빌렸다가 되갚은 놈도 벵신이라는 말을 양씨는 못 들어봤어라우? 좀 서운해도 서로 낯 깎이면서 벵신 될 일은 하지 맙시다 잉."

춘하네는 매몰차게 돌아섰다. 그리고는 한마디 더 쏘아붙여주었다.

"우리가 한때 좋은 날도 있었다구 했소?"

"……"

"이녘은 그런 일이 좋았을지 모르지만 내쪽 사정도 헤아려볼 줄 알아야 안 허겄소? 그게 뭣이든지 간에 내야 순 돈 바라고 헌 일이었을 텡께."

양씨가 넌지시 춘하네에게 상기시킨 지난날이란 서너 해 전쯤 의정부에서 학교건물을 짓는 공사판이 벌어졌을 때 현장에서 함바일을 거들고 있던 춘하네와 맺은 인연을 뜻했다. 간조날이면 함바집 개도 돈을 물고 다닌다고 할 정도로 경기 좋은 시절이었다. 그때그때 사정에 따라 정해지는 간조날을 어떻게 알았는지 아이들을 업고 걸린 남루한 아낙들이나 노친네들이 함바 근처를 얼찐거렸다. 그러나 양씨는 쥐도 새도 모르게 상주댁을 따돌리고 난 다음 여느 사내들처럼 다시 후끈후끈 달아오른 함바의 양철 지붕이 채 식기도 전에 함바로 모여들었다. 그러곤 걸판진 노름판으로 밤을 새웠다. 이상하게도 끗발이 세던 시절이기도 했다.

그 언젠가 아마 돼지꿈을 꾸었던 성싶었다. 양씨는 기세 좋게 살아오르는 끗발을 등에 업고 손가락을 갈고리처럼 세워 판돈을 긁어모았었다. 옆에서 술시중을 들며 그 광경을 지켜보던 춘하네의 눈초리가 묘하게 감겨 돌아갔다. 그는 개평도 아주 후하게 풀었다. 후환을 줄이기 위한 배려이기도 했다. 그날 밤 그는 손아귀에 잡히는 대로 해우채를 쥐어주고 눈이 맞은 춘하네를 샀다. 그리고는 그네의 그 호박지고 딴딴한 허벅지가 노글노글 풀어진 새벽녘까지 땀으로 번들번들해진 몸뚱이를 거칠게 뒤챘다.

"글쎄 내가 실언을 한 모양이네그려. 애가 닳다보니."

"정 그렇다믄 뭐 갖고 온 거라도 있수? 가령 상호처럼 목걸이라든가…… 잽히슈. 내 양씨니깐 특별히 일 할만 와리깡할 테니깐 그리 아슈."

춘하는 코가 빠져 멀쑥해진 양씨의 표정을 보더니 코웃음을 쳤다. 벌써 사내의 표정 한 가지만 봐도 이 사내의 주머니 사정이 어떤지 단박에 알아보는 그네였다.

"……"

"그럼 더이상 야그할 거 없시다. 난 얼른 술을 걸러야 할 텡께."

"이보게 춘하네, 내가, 내가 말일세, 도야지꿈을 아주 또렷하게 꾸었다네. 허튼 소리가 아닐세. 지금 끗발이 붙은 기분이 너무도……"

"이것 봐, 양씨! 거 육진아비처럼 부득부득 생떼를 쓰며 진대 붙지 좀 마쇼 잉. 나는 뭐 흙 파먹고 장사허요? 미친개 친 몽둥이 삼 년 우려먹는다더니 도야지꿈 거 됩세 좋아하시네. 괜히 돈 없으면 여기서 얼쩡거릴 필요없이 막걸리에다 돼지비계로 출출한 허기나 좀 끈 다음 집에 가서 마누라 궁둥짝이나 써레질하는게 상책일 게요. 그 여편네 홧병이 더 도지기 전에."

양씨는 순간 강한 살의를 느꼈다. 손아귀에 부르르 힘이 들어갔지만 얼굴에는 비굴한 웃음을 띠었다.

"나중에라도 한번 마음 좀 써주게나, 헤헤."

늦은 오후 양씨는 춘하네가 헤아려준 지폐를 아무렇게나 바지 주머니에 쑤셔넣은 다음 대폿집 문을 열고 나왔다. 하지만 그 돈은 그에게 주어진 돈이 아니었다. 그는 지금 노름꾼들의 샛거리로 시장턱으로 통닭을 사러 가는 길이었다. 통닭 한 마리에 오백원이니 이천원으로 세 마리를 사고 나면 오백원이 우수리로 남았다. 그것은 그가 심부름을 해주는 대가였다. 한 번쯤 판에 끼어들 수 있는 최소한의 돈이기도 했다. 굴욕적이긴 했지만 참을 수밖에 없었다.

"오냐, 패만 한번 돌아봐라, 돼지꿈의 위력을 본때 있게 보여주마. 옛말에 사세가 불리하믄 순임금도 독장사를 한다고 했겄다!"

양씨는 뜨끈뜨끈한 통닭을 싼 봉다리를 가슴에 품고 비를 맞으며 골목길을 오르고 있었다. 폐병쟁이 진씨네 대문 옆 추녀 밑에서 그의 딸인 희경이가 백랍인형처럼 서 있는 걸 보았다.

"이 가시내가 여기서 뭐 하고 자빠졌노?"

양씨는 퉁방울 눈을 부라리며 짐짓 윽박지르듯 말했다. 빗방울에 젖어 곱게 내려온 긴 머리 때문에 그는 딸 희경이 다른 아이처럼 보인다고 생각했다. 주머니에 두 손을 꼭 집어넣은 아이가 그를 보고 생긋 웃었다. 양씨는 딸애긴 했으나 그 웃음이 무척이나 섬뜩하게 느껴졌다.

"비 맞고 돌아다니믄 감기든다 카이. 얼릉 집에 가서 니 엄마한테 옷 좀 갈아입혀달라 해라. 또 직사하게 맞게끄럼, 쯧쯧. 아버지 어데 있냐고 물으면 모른다 카고."

"어무…… 아프…… 체, 체해서…… 가슴이……"

"허구헌 날 그놈의 쳇증, 쯧쯧."

양씨는 말 한마디 제대로 못 하는 딸애를 보매 속이 또 울컥 뒤집어졌다. 말을 잘 못 하는 건 둘째치고 이상한 행동을 할 때가 많았다.

주머니에 생쌀을 가지고 다니며 먹기도 하고 심지어는 옷소매의 실을 풀어다가 잘근잘근 씹어먹는다는 거였다. 하루 종일 보이지 않아 찾아나서보면 딴 집 뒤곁이나 헛간 같은 데 가서 처박혀 있기가 일쑤였다. 한번은 상주댁이 빨래를 하려고 옷을 벗겨보니 주머니에서 눈도 못 뜨고 죽은 쥐새끼 시체가 나왔다. 식겁한 상주댁이 그 자리에서 아이가 게거품을 물고 변을 지리도록 패주었지만 소용이 없었다. 딸 희경이가 저러하니 상주댁이 멀쩡한 사내아이를 한번 갖고 싶은 욕심을 더 내는지도 모르겠다고 양씨는 생각했다.

"……!"

딸애는 자신의 머리칼을 쓰다듬어주는 양씨를 빤히 쳐다보았다. 그러다가 불쑥 주머니에서 손을 빼내 뭔가를 내미는 거였다. 한눈에 보아도 서너 돈쯤은 족히 나갈 만큼 두툼했다. 양씨는 등골을 쩌르르 타고 내리는 기운을 느꼈다. 그리고는 본능적으로 주위를 살폈다.

"이거 어디서 났노!"

"……"

딸애는 아무 말이 없었지만 양씨는 눈동자의 흰자위가 점점 많아지는 걸 보고 그것이 상주댁이 비장하고 있던 패물이란 걸 눈치챘다. 그는 금반지가 쥐어진 손을 꼭 쥐었다. 그도 그 금반지를 어디선가 본 것 같다는 느낌이 들었다. 낯이 익은 그 금반지는 바로 그의 장모의 가운뎃손가락에 수십 년간 꽂혀 있던 거였다. 그가 왜 그걸 모를 것인가. 양씨는 장모의 손가락에서 그 금반지가 없어졌을 때 막연히 그걸 상주댁이 물려받았을 수도 있다고 생각했으나 캐묻지는 않았다. 자신의 누른벽을 익히 알고 있는 상주댁이 순순히 가르쳐줄 리도 없을 것이기 때문이다.

"아무한테도 말……"

하긴 말더듬이인 딸애가 동네방네 불고 다닐 리는 없을 터였다. 그는 통닭 봉다리에서 다리 한짝을 떼어내 딸애 손에 쥐어주었다.

"먹으라. 애비가 주는 것이니깐."

양씨에게도 순간적인 망설임은 있었다. 하지만 결국은 돼지꿈을 생각하며 마음을 다잡아먹었다. 어차피 되는 판 아닌가! 내게는 도야지꿈이 있다. 오늘이 다 가기 전에 그 보람을 보지 않으면 억울해서 어쩐단 말이냐. 이 반지는 나중에 정말 마누라에게 돌려주자. 딴돈도 처음이자 마지막으로 보태서 말이다.

장딴지에 갑자기 힘이 바짝 올라 걸음걸이가 가벼워진 양씨는 경중경중 물웅덩이를 피해 뜀박질해 나갔다. 콧잔등을 타고 흐르는 빗물이 방울져 내리는 얼굴로 통닭다리를 들고 있던 작은 여자아이는 몇 번이가 킁킁 냄새를 맡는 시늉을 하더니 닭기름 냄새가 역겨웠던지 인상을 찌푸리고는 제 아비가 가버린 골목 쪽을 향해 고깃덩이를 냅다 던져버렸다. 그러자 기다렸다는 듯이 암회색 도둑고양이 한 마리가 몸을 날려 고깃덩이를 덮쳤다.

"춘하네 나 좀 보세!"

양씨의 목소리는 자못 호기로웠다. 좀 전에 판돈 좀 빌려달라고 비대발괄 손바닥을 비비던 것과는 달리 뱃속에서 듬직하게 우러나오는 장중한 목소리였다. 춘하네와 방 안의 사내들은 영문을 몰라 서로 잠시 얼굴을 쳐다보며 눈으로만 무슨 일인가 묻는 표정들이었다.

"후딱 안 나와보고 뭐 하노 말이다!"

"뭔 일이당가? 갑자기 새수난 일이 생겨부렀는가 말씨?"

춘하네는 통닭 봉다리를 받아 일단 방 안으로 디밀어놓으면서 연신 양씨의 안색을 살폈다.

"내가 누렁이 한 마리 물고 왔으니 구경 좀 해보거라이."

"호오, 쓸 만한디…… 혹…… 임자가 따로 있는 물건은 아닐테지."

양씨는 가슴팍을 주먹으로 탕탕 쳐 보이며 춘하네를 으르딱딱 몰아붙인다.

"사람을 우째 보고 하는 말가? 그 임자가 바로 내다. 걱정 팍 붙들어매거래이. 선소리는 이제 고만 하고 우선 금부터 한번 착실하게 매겨보거래이. 흥정할 생각은 말거래이. 내사 그럴 맘도 없으니."

"듣던 중 좋소. 배춧이파리 석 장은 으떻소 잉?"

"삼만……? 좋다. 이리 도라."

"우선 방 안으로 들어가드라고. 사람들이 목 빼놓고 기다리잖소 잉."

양씨는 방 안의 시선이 일제히 자신에게 쏠리는 걸 느꼈다. 그는 부러 어깨를 쫙 펴고는 느럭느럭 몸을 움직여 방문턱에 한 발을 약간 거만스레 올려놓았다.

"으매 갑자기 판 커져번지는 소리가 들리네 잉."

판돈이 바닥난 황씨가 손을 털고 나와 양씨에게 자신의 자리를 양보해주면서 선소리를 했다.

"시간은 많응게 패는 츤츤히 돌리고."

서둘러 술상을 갈아서 마련해온 춘하네가 이번에는 양씨 옆에 무릎을 착 꿇고 앉아 막걸리를 한잔 친 다음 통통한 통닭다리 하나를 찢어 양씨 입에 들이댔다.

"자아 자, 묵고들 허더라고 잉. 다 묵고 살자고 허는 짓인데 말여."

"하모 좋다. 커어, 쩝쩝."

"돈이 좋긴 좋은 모양이네. 춘하네 아양 떠는 것 좀 보소."

춘하가 오야붕 전씨에게 눈을 하얗게 흘겼다.

"자 목들 좀 축였으면 패 좀 다시 돌려보더라고."

방 안은 양씨가 가져온 판돈 때문인지 분위기가 후끈 달아오르기 시작했다. 그러나 이번의 돼지꿈은 들어맞지 않았다. 콧잔등이 얼얼하도록 화투장에 콧기름을 발라 비벼보았지만 돼지꿈의 효험은 듣지를 않았다.

춘하네 술청에 알전구가 켜지고 어둠 속에 내리는 빗줄기가 다시 굵어지기 시작할 무렵 판은 서서히 식어가는 중이었다. 한 두 사람씩 볼일이 있다며 자리를 떴고 판돈을 다 털린 양씨는 바람벽에 등을 기댄 채 퍼더버리고 앉아 천장만 바라보고 있었다.

맨 나중에 일어난 오야붕 전씨가 양씨의 그런 몰골이 안돼 보였는지 자신의 윗주머니에서 꾸깃꾸깃한 오백원짜리 서너 장을 빼 개평으로 양씨의 윗주머니에 찔러주었다. 그러나 초점을 잃은 양씨는 그 돈을 거들떠보지도 않았다.

"아따, 이 사람이 노름판 한두 번 해보나. 아, 잃을 때도 있고 딸 때도 있는 게 이 짓거린데 이렇게 넋만 놓고 앉아 있으면 으쩌자는 건가 그래? 참으로 딱할세그려."

김씨마저 나가고 나자 술청에서 빗자루를 들고 서 있던 춘하네는 노골적으로 양씨에게 비아냥거리기 시작했다.

"뭇 혀? 언능 자리를 비켜줘야지 정리 좀 허고 내두 내일 장사 준비 좀 혈 거 야녀. 거기가 이녁 안방이라도 되는겨? 아, 내 기동서방이라도 되는 거냐구?"

양씨가 퍼더버리고 앉은 자세로 고개만 돌려 그네를 멀거니 바라보았다. 좀 전에 자신의 곁에 앉아 손수 고깃점을 발라주며 술을 쳐주고 갖은 아양을 다 떨던 춘하네의 표변한 모습을 보니 속에서 뭔가가 부글부글 끓어오르는 것 같았다.

"아깐 단속곳까지 다 벗어줄 것처럼 굴더니…… 그러지 말고 술 한잔 주게나."

양씨는 개평으로 받은 돈을 방바닥에 흩뿌리며 말했다.

"아, 귓구멍은 무담시 뚫고 다닌다야! 오늘 장사 끝나부렀다니깐 못 알아묵고 말씨. 아까지매부터 이녘 딸내미가 저렇게 들어오라 그래도 하냥 버티며 바깥에 와서 턱을 받치고 있는 줄이나 아는가 모르는가?"

빗줄기가 더 굵어지는지 춘하네의 다음 말이 들리지 않았다. 양씨는 흐느적거리며 몸을 일으켰다.

"다 꺼져. 꺼져버리라고!"

"흥, 도야지꿈 좋아하시네."

양씨는 춘하네를 노려보았다.

"뭘 봐? 이녘 딸이 손짓발짓으로 하는 모양새를 보니 양씨 마누라가 급체가 들려서 다 죽게 됐다는 것 같구먼. 언능 가볼 도리는 않고 설랑."

딸애는 양씨의 남방자락을 끌어당겼다.

"엄니…… 죽, 죽어…… 빨, 빨리……"

"니 지금 뭐라 캤노? 도야지꿈 좋아한다고?"

"그래, 개꿈이라 혔지. 애먼 금반지나 하나 보기 좋게 날려부렀잖은가?"

"이이, 쌍년이 말 다했나 니? 죽끄 싶나?"

"아니, 이 작자가 얻다 대고 욕이여 욕이. 사람 승질 건드리지마. 덕 볼 일 없을 텡께로."

춘하네는 전대를 풀어 탁자 위에 놓고는 허릿장을 질렀다. 꽈과광!

퍼런 번갯불이 스쳤다. 아이는 계속해서 흐느끼며 바짓가랑이를 잡고 늘어졌다.

"으흐흐, 내 도야지꿈! 여기에 갇혀 있구마!"

양씨는 갑자기 춘하네를 밀치고 탁자 위에 있던 두툼한 전대 주머니를 움켜잡고 밖으로 내달리기 시작했다. 너무 예상치 못한 일이라 춘하네는 어리둥절하여 소리도 지르지 못하고 있었다.

"어, 이봐 양씨. 아니 강도야!"

그러나 그 소리는 밖으로 나오자마자 빗소리에 휘감겨 사그라졌다. 양씨는 물진창인 길을 미친 듯이 달렸다. 춘하네가 몇 발짝 뛰어나가다 그만 아이고 하고는 주저앉았고 아이는 두 팔을 허우적거리며 제 아비처럼 어둠 속으로 빨려들었다.

쌍과부집

시장통 네거리에 있는 쌍과부집의 본래 이름은 은행나무집이었다. 은행나무 바로 옆에 의지간이처럼 붙어 있다고 해서 붙은 이름이었다. 그 은행나무는 여름이면 그늘이 어찌나 크게 지는지 노인네나 어린애나 할 것 없이 그 근방 사람들을 죄다 불러모으고도 남을 만큼 큰 나무였다. 바로 앞이 찻길이어서 오고 가는 차 매연에 항상 겉거죽이 굴왕신처럼 시커매져 있긴 하지만 한때는 가을이면 임자 없는 은행이 서너 가마는 족히 떨어진다는 포실한 유실수이기도 했다.

예전에는 그 나무가 당산나무 구실까지 했다고 말하는 노인네들도 있지만 지금은 그런 품격 같은 건 눈을 씻고 찾아볼래야 찾아볼 수가 없다. 몇 살이나 처먹은 나무인지도 알 도리는 없는 것이다. 가끔씩 구새가 먹어 속이 비어 병마개나 라면봉지를 잔뜩 껴안고 있는 몸통을 들여다볼 때면 거진 백 년은 넘은 성싶기도 했다. 은행은 나무이면서도 암수 딴그루 종류여서 암컷과 수컷이 따로 있다고 하는

데 이 은행은 암그루라고 알려져 있었다. 근처에 수그루가 있으면 은행열매가 열림직도 한데 육안으로 관찰이 가능한 범위 안에서 다른 은행나무는 없었다. 말 전하기 좋아하는 사람들은 원래 그 암그루 바로 옆에서 한 가지에서 갈라져 나온 것처럼 보일 정도로 감쪽같이 바짝 붙어 자라던 수그루가 있었다고 했다. 그런데 웬일인지 그 수그루에 뭔 원기가 씌었는지 가지에 목을 매 자살하는 사람이 그렇게 많았다는 것이다. 그래서 동네 사람들이 아예 밑동부터 싹둑 잘라냈다는 말이 떠돌기도 했지만 아무래도 어느 날 벼락을 맞고 나무가 재기불능으로 타버려서 보기 흉해졌기에 구청에서 잘라냈다는 말이 더 설득력 있게 들렸다.

택이 엄마가 은행나무집으로 일을 나가기 시작하면서 쌍과부집으로 이름을 갈았다는 것인데 그 동네사람이라면 누구나 아다시피 원래 주인이던 보령댁은 과부가 틀림없지만(가끔 쌍과부집에 가죽 올가미로 떠돌이개를 붙잡거나 사와가지고 돌산에서 장작불로 끄슬려 각을 떠주곤 하는 외눈박이 사내를 보령댁의 기둥서방이라고 하는 사람도 있지만 그거야 혼자 사는 여자에게는 흔히 양념으로 따라붙는 소문일 가능성이 높았다) 택이 엄마는 비록 두 해 넘게 자리보전이나 해 사내 구실을 못 하지만 어엿한 남편이 아직까지는 두 눈 시퍼렇게 뜨고 살아 있는 유부녀였다. 보령댁은 간판을 쌍과부집으로 갈아붙이고 난 뒤 손님이 더 잘 든다고 입이 함함하게 벌어진 모양이었다. 하긴 왠지 은행나무집보다는 쌍과부집이라고 하는 편이 더 목을 컬컬하게 만드는 것만은 틀림없는 사실인 듯했다. 새로운 단골들이 줄줄이 생겨났으니 말이다.

택이는 겨우 두 살배기 갓난아기여서 택이 엄마는 쌍과부집으로 출근을 할 때면 포대기에 택이를 업고 갔다. 쌍과부집에는 언제나 지글지글 끓는 뒤껻 온돌방이 있어 아이가 세상 모르고 곯아떨어지기에는 안성맞춤이었다. 쌍과부집 뒤로는 제재소였다. 때문에 겨울이면 톱밥이나 지저깨비를 무진장으로 가져다 쓸 수 있어 술청 안에 있는 막걸리독의 술이 이틀을 못 가 쉬어터질 지경이었다.

한 귀퉁이가 난파한 배처럼 깨져 어른 엄지손가락만한 진공관이 훤히 들여다보이는 라디오에서는 몇십 년 만의 폭설이 될 것 같다는 아나운서의 말이 흘러나왔다. 폭설 소식을 마지막 교신처럼 내보낸 라디오는 지글지글한 잡음에 휩싸였고 택이 엄마는 물 젖은 손으로 볼륨 꼭지를 비틀어 꺼버렸다. 술청 안은 찬물을 끼얹은 듯 고요해졌다.

초저녁부터 든 손님 셋은 아무래도 하냥 그렇게 묵새기고 앉아서 끝장들을 볼 모양이었다. 택이 엄마는 막상 곯아떨어져 고개가 한쪽으로 처진 택이를 등에 얹고 포대기까지 들쳐업었지만 갈 엄두를 내지 못하고 있었다.

"아주머니."

"술은 더 안 되겠구만요."

시들어빠진 양파 부스러기가 담긴 보시기를 앞에 두고 막걸리를 후루룩거리던 사내가 불콰한 낯짝을 번쩍 치켜들었다.

"거시기 말고…… 이 눈이 언제 그칠라나요?"

"그걸 지한테 물으면 으떡헌다요?"

종짓굽까지 올라오는 긴 검정 장화를 신은 사내는 무턱대고 고개를 끄덕거렸다. 그러더니 턱밑이 뜨뜻해지도록 더운 한숨을 푹 내쉬었다. 어디선가 여인의 가녀린 신음 소리가 들려오는 듯했다. 검정 장화는 귀를 종긋거리다가 장화 뒤꿈치로 바닥을 신경질적으로 톡톡 두드렸다.

"곧 나와버리겠네. 나 원 참, 저 미친년이 내가 한때는 산파질로 끼니를 에운 적이 있는 걸 어떻게 알구설랑 기신기신 찾아와서 엥게붙었을꼬? 차암, 이런 개갈 안 나는 일이 또 어디 있담? 이봐, 아우네 뭐 벌써 가려고 그러우. 여기 지금 아그 받을 여자가 자네허구 나허구 빼면 또 누가 있다구 그려? 좀 늦더라도 해산 바라질랑 해주고 가야 허지 않겠냐구 젠장할 것. 아 누군 죄진 게 있어서 이 지랄인가? 저 빌어묵다 거꾸러질 미친년이 이 엄동설한 폭설에서 다 죽어가게 됐다가 여기로 구메구메 기어들어와설랑 저렇게 반나절씩이나 애를 비릊고 있으니 살천스럽게 밖으로 내칠 수도 없고 말이야. 내치더라도 뜨거운 첫 국밥이나 멕이고 내쳐야 하늘의 날벼락은 면할 수 있을 거 아니냔 말야. 일수가 사나우려니깐, 젠장."

땀범벅이가 돼 번질거리는 이마빡으로 술청 한복판으로 전선이 길게 늘어진 알전구를 들이받으며 나온 보령댁은 한바탕 푸념을 늘어놓았다.

"성님도 잘 아시다시피 좀만 늦어두 난 택이 아빠한테 넙치가 되도록 얻어맞는디요. 성님도 잘 아시믄서. 이 눈발을 헤치며 집꺼정 갈 생각만 해도 까마득허긴 헌데…… 더 늦다간 아예 날 새거든 가게 될지도 뉘 아남유?"

"여기 이렇게 두 눈 시퍼렇게 뜬 증인들이 수두룩한데 뭔 걱정이여 잉? 그 잡것이 여편네를 잡아묵지 못해서 환장을 헌 놈이니깐 손버릇이 그렇지…… 그러길래 뭐 하러 붙어 있어, 붙어 있길? 불알 밑에다 조청을 발라놨나."

택이 엄마는 짙은 화장기를 뚫고 비치는 눈두덩께의 퍼런 멍자국을 한 손으로 가리고 엉덩이께로 늘어진 포대기를 추스르며 짐짓 성난 체한다.

"성님이 자꾸 택이 아빠를 숭보고 나오믄 해산바라지고 뭐고 이 길루다 돌아갈랍니더."

"하이구, 알았어. 저년이 저렇게 되우 애를 비릇는 걸 보니 곧 고추건 조개건 가부간에 아퀴를 지을 모양이니 어여 저 난로 위에 바께스로 물 한나 가득 올려놓고 미역 푼 솥에다가도 아궁지에 불 확 좀 질러부리라구 잉?"

판자때기로 얼기설기 엮은 술청 안은 폭설이 내리는 밖과는 달리 포근했다. 벌겋게 달아오른 톱밥난로 위의 누런 양동이에서는 수증기가 적당하게 피어올랐고 저마다 탁자를 따로 차고 앉은 사내들은 말이 없었다. 술청 안에는 세 명의 사내가 있었다. 좀 전에 택이 엄마에게 막걸리를 더 청하려다 지청구를 먹은 검정 장화말고 키가 훤칠하고 곱슬머리에다 구레나룻을 텁수룩하게 기른 사내가 두부를 쑹덩쑹덩 썰어놓은 스텐 그릇을 앞에 두고 새끼손가락으로 막걸리 사발을 휘젓고 있었고 문간 쪽에는 왼쪽 눈이 찌그러진 짝눈이 다리를 둥개로 앉아 눈발이 사납게 긁어대는 비닐봉창 밖을 하염없이 바라보고 있었다.

"그래 그래, 잘헌다. 머리가 좀 나왔다, 조금만 힘을 주면 되겄다. 이 독한 것아."

뒤로 꺾어져 들어간 안채에서는 보령댁이 악쓰는 소리가 들렸다. 검정 장화가 기웃기웃 일어나더니 택이 엄마 눈치를 할금할금 보며 술항아리 곁으로 다가가 도마를 제쳐놓더니 빨간 바가지로 자신의 주전자에 막걸리를 퍼 담았다. 택이 엄마는 딴청을 피우며 난로 곁에 앉아 양동이 몸통을 어루만지고 있었다.

"잘 생각해서 맘 굳게 묵으란 말여, 이것아. 눈 딱 감고 신발 갈아 신어야지. 그러잖으면 니 신세 니가 조지게 된다 이거여. 구만 리 같은 인생을 생각해봐. 이제 서른 문턱에도 못 가본 년이 으떻게 살겨? 해삼처럼 흐물흐물한 좆 빨면서 그 창창한 세월을 견뎌낼 것 같은 감? 어림도 읎지러. 너는 허구헌 날 애 타령 하지만 애 두셋 달리고도 고자 서방하고는 못 사는 거지."

"성님도 차암…… 지금은 택이 아빠가 이렇게 사람이 못쓰게 변해부렀지만 첨부터 그런 건 증말 아니었어라. 사람이 을매나 헌걸차고 좋았다구요. 지금도 인물은 변함없잖아요? 저랑 한번 눈 맞춘 이후로는 매일같이 지가 일하는 식당 앞 전봇대에 비스듬히 기대 절 기다려줬지유. 일부러 천식 든 것처럼 서툰 휘파람을 쐐액쐐액 불면서 말이죠. 구릿빛처럼 익은 단단한 가슴팍을 확 열어젖히고 기다리는 모습을 보고 같이 일하던 애덜이 을매나 절 부러워했다구요. 힘은 또 을매나 장사였는지 양쪽 어깨에 시멘트를 두 봉씩이나 짊어메고도 삼, 사층짜리 꼭대기까지는 나는 듯 오르더라구요."

"미친년이 따로 없지. 다들 첨엔 그렇게 사내한테 미쳐가는 거란다."

"그렇게 얘기하믄 내가 후회할 줄 알지유? 어림두 없어라. 좋은 건 좋은 거였으니깐. 그 사람이 지금 어떻든 제게 신혼의 그 달디단 맛을 보여준 사람 아니겠어라? 그러면 됐지요 또 뭘 바라겠어요?"

"그런 놈이 걸핏하면 지 여편네 몸뚱어리에 가죽 허릿바로 칭칭 구렝이 자국을 내고 생살을 한두 군데도 아니고 눈뜨고 못 보게 지져뻔진단 말여?"

"지가 잘못한 거였어유. 지 딴엔 그이가 공사판에서 허리를 작신 다쳐서 아랫도리를 못 쓰는 줄 너무나 잘 알면서 지가 먼저 그이를 쏘삭거렸어요. 제 딴엔 정성들여서 한다고 한 것인데 그이 눈에는 그게 거슬렸나보더라구요. 그것이 샛서방 맛을 보고 들어왔나, 하믄서 흠씬 두들겨팼고 난 아주 속 씨언해하면서 맞았다고요. 증말로 맞는 게 그리 속 씨언한 것인 줄 그때 츰 알았다니깐요. 그이나 나나 불쌍하게 된 인생들인데요 뭘."

"그러니깐 가능성 있는 한쪽이라도 구제를 받아야 헐 것 아녀?"

"구제요?"

"그려 썩, 아주 써억 멀리 달아나버리란 말여. 그렇게 말귀를 못 알아들어? 아, 근식 아범이 왜 그렇게 몸이 달아서 여길 드나들겠어? 그만하면 원체 생활력은 있는 사람인게로."

택이 엄마는 오한을 느끼는지 몸을 부르르 떨었다. 고개를 번쩍 들었을 때 누군가 앞을 가리고 있다는 걸 알았다. 짝눈이었다.

"난롯불이 다 사위어가는데 톱밥 좀 더 끌어다 쓸깝쇼?"

"그러지요 뭐…… 저그 뒤꼍에……"

짝눈이가 막 택이 엄마가 손가락 끝으로 가리킨 쪽으로 가려고 몸을 돌리는 순간 불쑥 보령댁이 앞을 가로막았다. 그러더니 짝눈의 가슴팍을 두 손으로 거칠게 밀어젖혔다. 그네의 손에는 피로 범벅이 된 낡은 수건이 들려 있었다. 갑자기 가슴팍을 떼밀린 짝눈은 눈을 휘둥그레 뜨고는 엉거주춤 서 있었고 술청 안의 사람들은 일제히 그네에게 눈길을 모았다.

"어, 어떻게 됐십니꺼?"

검정 장화가 엉덩짝을 의자에서 떼며 물었다. 그러나 보령댁은 대꾸를 하지 않았다. 그러고는 택이 엄마에게 다가섰다.

"이거 깨딱 잘못허다간 큰일나게 생겨부렀네 차암. 갑자기 순조롭게 잘 열리던 자궁문이 뭔 까탈인지 뻿뻿하게 잠겨뿔고 가만히 본게로 애기집 안의 태아가 자위를 놀려서 이러케 휘까닥 몸통을 돌려뿌렀네 잉. 손꾸락지나 발꾸락지부텀 나오면 큰 낭팰세그려. 거저 삼신할멈만 믿을 수밖엔."

검정 장화가 털퍼덕 자리에 주저앉았다.

"그러면 이거 큰일 아입니꺼?"

곱슬머리가 처음으로 참예를 했다.

"콩점이 저 미친년이 애를 밴 것부텀 사단은 벌어진 거였지 뭘 그래? 어떤 놈이 좆대가리를 잘못 꼬나가지고설랑…… 그저 그런 놈은 서캐 훑듯이 해가지고라도 찾아내서는 그 잘난 씨주머니를 뱀 아구리에 다 확 집어넣어서 뜨거운 양을 본때 있게 빼주어야 만천하에 질서가 잡히지 이거 원."

보령댁은 흥분하여 허릿장을 지른 채 주먹을 허공으로 내질렀다. 그러다가 뒤채에서 찢어지는 듯한 비명 소리가 들려오자 고개를 힐끗 돌려본 다음 짝눈에게 몇 가지 지시를 했다.

콩점이는 몇 년 전부터 혈혈단신으로 이 동네에 터를 잡은 실성한 삼십대 초반의 여인이었다. 자기의 이름이 뭔지 어디서 살다 왔는지 등등 아무것도 아는 게 없었다. 왼쪽 볼따구니에 콩알만한 사마귀점이 붙어 있어 사람들이 콩점이고 불렀다. 돌산 공터에 있는 물역가게 옆에 기름 먹인 루핑 쪼가리와 퍼런 포장하고 판자때기를 엮어서 만든 허름한 까대기집에서 냄비 두 개하고 숟가락몽댕이 하나가 전

부인 살림을 꾸렸다. 남의 집 허드렛일도 좀 도와주고 고물도 주워 팔기도 하고 봉투도 붙여 팔아서 굶주림만 간신히 면해온 생활을 하고 있었다. 그러나 워낙 육덕이 푸짐하고 살성이 희어서 그런지 그네가 계절 가릴 것 없이 허술한 옷차림으로 나다닐 때면 은근히 음흉한 눈초리로 눈요기를 바치는 남정네도 꽤나 있었다.

"쯧쯧 궁둥짝이 여문 걸 보믄 아이도 한둘쯤은 낳아본 것 같은데 말야. 어쩌다 저렇게 실성을 해가지고 낯선 땅을 전전하는 신세가 됐는지 알 수가 없는 노릇이야."

동네 나이든 할머니들은 그네의 뒷모습을 감상하고는 혀끝을 내둘렀다. 콩점이가 아이를 배 입덧을 한다는 사실이 알려졌을 때 어느 작잔지 인두겁을 쓰고는 차마 있을 수 없는 패륜을 저질렀다고 온 동네가 한소끔 뽀그르르 달아오른 적이 있었지만 죽 떠먹은 자리요, 배 지나간 자리라 아무도 내가 그 씨를 뿌린 장본인이요 하고 나서지 않아 흐지부지되고 말았다. 동네 부녀회에서 몇몇이 사과 봉다리를 들고 찾아갔더니 핼쑥한 얼굴을 한 콩점이는 자두가 먹고 싶다고 했다.

"자두는 아직 철이 아니잖은감?"

"옳아. 이 미친것도 사람이라고 신 것을 밝히는 모양이구먼."

궁여지책 끝에 아이들이 산이나 들로 쏘다니며 따온 며느리배꼽 이파리와 말싱아 줄기를 모아주었더니 그렇게 달게 씹어 먹을 수가 없었다.

그게 초여름의 일이었으니 어언 몸풀 때가 된 거였다. 그래도 평소에 식은 밥덩이나마 주근주근 챙겨주고 말부조라도 따스하게 해주는 보령댁이 살갑게 느껴졌던지 그날 아침 추레한 외투를 걸치고 기미가 잔뜩 앉은 부숭부숭한 얼굴로 부엌을 기웃거리는 콩점이를 보령댁은 차마 밀어낼 수가 없었던 것이다.

"이봐, 근식 아범 아무래도 안 되겠어. 일은 황차 벌써 크게 벌어진 판이니 이래저래 누구든 어느 한쪽은 버려야 할지도 모르니깐 자네가 내 옆에서 날 좀 도와 힘 좀 써줘야겠네."

"아무렴요. 경사가 될지 궂은 일이 될지는 모르지만 도와드려얍죠."

근식 아범이라고 불린 짝눈은 팔소매를 씩씩하게 걷어올리며 붙임성 있게 대답했다.

"우선 뜨거운 물을 대야에 한가득 담아서 내오고, 그리고 부엌에서 사기그릇 하나 엎어놓고 잘 바수어서 사금파리를 날카로운 걸로 만든 다음 뜨거운 물에 헹궈서 가져오라구."

"사금파린 왜요?"

"글쎄 시키면 시키는 대로 해, 뭘 자르든 생살을 뜯든 다 소용 닿는 데가 있을 테니깐. 택이 어멈은 애 마루방에다 풀러놓고 얼른 따라오라구."

근식 아범은 겅중거리며 댓바람에 부엌으로 뛰어들었다. 그는 첫 아들 근식이를 손수 받았던 기억을 떠올리며 왠지 자신감이 있어 어깨에 힘이 들어갔다. 그는 자신이 보령댁에게 지목을 받은 것에 대해서 약간은 의기양양해하는 표정임이 역력했다.

근식 아범이 이 동네에 다시 나타난 것은 불과 보름 전 일이었다. 큰집에서 풀려나오는 길로 내처 달려왔던 것이다. 그는 화물차 운전기사였다. 삼 년 전에 감방에 들어갈 때 아들 근식이는 세 살배기였다. 아내에게 안겨 고사리손을 흔들어주는 아들의 배웅을 받으며 어떨 땐 지방 장거리를 뛰고 새벽녘에 후줄근하게 들어와도 피곤한 줄을 몰랐다. 그는 자신이 마흔 줄에 턱걸이를 해서야 가까스로 떡두꺼비 같은 아들을 낳아준 젊은 아내를 정말 사랑했다. 설사 술집에서 만났다고 해도 그런 옛날 일은 이미 문제랄 것도 없었다. 이렇게 살을 맞부비며 사는 지금이 중요한 것 아닌가 하고 생각했다. 살림을 시작한 아내에게서 술집 아가씨 시절 냄새는 싹 가셔 있었다. 게다가 옴쭉달싹 못 하게 애까지 낳아 꿰찬 처지 아닌가.

좋은 시절이었다. 적어도 살림을 차릴 때까지도 몰랐던 처남이라는 작자가 불쑥 나타나기 전까지는 말이다. 기생오라비처럼 흰 손을 내밀었을 때 맘에 들진 않았지만 아내를 생각해서 기꺼이 팔을 흔들어주었다. 그런데 그 처남이 무면허로 교통사고를 냈다고 했다. 앞길이 창창한 청년이 일생을 막 조지려는 순간이 닥쳤다는 것이다. 근식 아범은 그때 이미 폭력전과로 별을 세 개씩이나 단 상태였다. 다 순전히 재건대 시절에 단 것이었다. 운전기술 배우고 좋은 사람 만나 취직까지 하고 알토란 같은 자식을 보고 살다보니 내게 언제 재건대 시절이 있었는가 싶을 정도였다.

아내는 식음을 전폐하며 울고 불고 난리가 아니었다. 근식 아범은 그때 이를 악물고 재건대를 다시 시작하는 심정으로 결단을 내렸다. 사랑하는 아내를 위해서 모든 걸 훌훌 다 털어버리고 처남 대신 옥살이를 해주기로 맘먹은 거였다. 아내는 정말 감지덕지였다. 그 처남이 아내의 정부라는 걸 안 것은 감방 안에서였다. 처음 일 년간은 뻔질나게 면회를 오던 아내의 발길이 뚝 끊겼다. 한참 나중에야 면회를 와준 동네 사람이 그 소식을 전했다. 밤봇짐을 쌌단께로. 썩을 연놈들이 달랑. 근식이는요? 갸도 츰엔 어찌 됐는지 아무도 몰렀어.

그러다가 이리저리 알아본께로 저그 어느 구호기관으로 넘어가서 발써 입양되어뿌랐대. 어딘데요? 그건 비밀이라는디. 죽어도 안 갤쳐준다고 허니껜. 근식 아범은 감방 벽에 머리를 찧으며 울부짖었다. 이게 혹시 꿈은 아닌가. 꿈이걸랑, 당장에 깨거라!

사발의 밑바닥이 이마빡 위로 훌렁 넘어가도록 뒤집고 목울대가 미어져라 단숨에 잔을 비운 검정 장화가 소리도 요란하게 탁자 위에 잔을 내려놓았다.

"커어, 노형 거 담배 한 대 좀 있으면 빌려주슈."

곱슬머리는 몸을 돌려 호주머니를 뒤지면서 상대방에게 매운 눈씨를 먹였다. 담배를 한 개비 받아쥐는 검정 장화의 손끝이 떨렸다. 또 악쓰는 소리가 들렸다. 방금 들어간 사내의 용쓰는 소리도 들려왔다. 갑자기 담배를 받아들던 사내가 담배를 분질러뜨렸다.

"이크, 미안하우, 한 개비만 더 신셀 지슈."

"수전증인가……"

"근데 혹시 저그 겐짱, 작은 겐짱 박씨가 아니우?"

"사람 잘못 봤시다."

사내는 탁자 위의 낡은 등산모자를 집어 깊숙이 눌러썼다. 작은 겐짱 박씨가 아니냐는 말에 잠시 대야물을 비우러 나왔던 택이 엄마가 고개를 힐끗 돌려 바라봤다가 갸우뚱거리며 눈길을 거두었다. 등산모를 눌러쓴 사내는 자리에서 일어나 난로 앞으로 가서는 화구를 열고 톱밥을 듬뿍듬뿍 집어넣었다. 잠시 매캐한 연기내음이 나더니 이내 기세 좋은 불길 때문에 연통이 불그스름하게 달아오랐다. 화구를 닫지 않고 붙은 채 난로 앞에 있는 사내가 입을 가리고 연달아 밭은기침을 했다. 폐가 약한 모양이었다.

"매우면 문 좀 빠개놓지 그러슈?"

검정 장화가 안색을 살피며 말했지만 사내는 듣고 있는 것 같지가 않았다. 사내의 얼굴이 벌겋게 달아올랐다.

작은 겐짱은 사람들이 자신을 몰라봐주길 바랐다. 사람들의 기억 속에서 완전히 사라져 있었으면 싶었다. 그는 자신이 왜 이곳에 다시 찾아왔는지 되묻는 중이었다. 고향도 아니고 그리운 사람이 살고 있는 데도 아니고 말이다. 형수와의 불륜이 싹튼 곳이 아니던가. 그는 화구 쪽으로 몸을 약간 기울였다. 그러자 숨이 가빠왔다. 아폴로 극장 뒤의 그림 친구 자취방에서 술에 젖어 지내던 그는 형수 역시 형한테 반병신이 되도록 두들겨맞고 집을 나간 사실을 알았다. 그는 형 몰래 장석조네 집에 숨어들어 형수의 색동저고리를 걷어갖고는 그 길로 흑산도로 내려갔다. 형수가 그곳에 있을 것이란 직감이 들었기 때문이었다. 역시 형수는 그곳에 내려와서 다시 논다니 생활을 시작하고 있었다.

형수는 영판 다른 사람이 되어 있었다. 아니 본래의 모습을 되찾은 건지도 몰랐다.

"암만 츤하디츤한 계집이지만 형제와 돌림빵으로 붙어먹는 법은 츤하에 없당게. 하늘이 다 알아본다고 혔는디 말여, 깔깔. 그래 그래 본들 작히나 좋으랴. 이 밤이 다 가기 전에, 정분이 식기 전에 부나비처럼 놀아보자구."

형수는 자신을 더이상 시동생으로 대하려 하지 않았다. 작은 겐짱도 자포자기 심정이어서 그랬는지 굳이 형수와 시동생이라는 관계를 고집하지 않았다. 섬에서는 그저 도회지에서 기화(형수가 그곳에서 이미 기화로 통하고 있었다)가 물고 들어온 기둥서방쯤으로 여겼다. 작은 겐짱은 머지않아 형이 그 섬으로 찾아들 것이란 사실도 알고 있었다.

어느 날 작은 겐짱을 닮은 사내가 지치고 초라한 행색으로 낚시꾼들의 틈바구니에 섞여 섬을 찾아들었다. 그날 작은 겐짱은 하루 종일 바닷가에 나가 끼룩거리는 갈매기 소리를 안주 삼아 술병을 비우고 있었다. 바닷바위 군데군데 도회지의 낚시꾼들이 진을 치고 앉아 있었다. 별안간 낚시꾼들이 술렁거리기 시작했다. 그는 소리나는 쪽으로 고개를 돌렸다. 그 까마득한 용머리 바위위에서 두 사람이 일직선을 그으며 추락하는 모습을 무덤덤하게 지켜보았다. 그는 자신이 앞으로 독한 놈이 될지도 모른다는 생각이 들었다.

형수는 이곳에서 살 때 순대집을 내면서부터 특히 보령댁하고 친했었다. 그래서 아마 당시 은행나무집을 곧잘 들락거렸는지도 몰랐다. 폭설 속에 뒤덮여버린 동네에서 유일하게 쌍과부집의 굴뚝에서만 연기가 모락모락 피어올랐다. 무작정 들어가고 싶은 생각이 들었다. 쌍과부집이라면 보령댁이 어디 딴 데로 이사를 갔단 말인가. 다행히 그네는 쌍과부 중의 엄지과부가 되어 그 집을 지키고 있었다. 그네가 자신을 알아보는지 몰라보는지는 분간하기 어려웠다.

"환쟁이슈?"

그네는 그가 들고 들어온 큼직한 가방 속에서 비어져나온 화판을 가리키며 물었다. 겐짱 박씨는 뒤를 한번 돌아다봤을 뿐 대꾸를 하지 않았다.

"술값은 내가 낼 테니 그림 좀 한 장 그려주슈."

검정 장화는 계속 횡설수설이었다. 그것은 아마도 여인의 비명소리가 빈번해지면서부터였던 듯싶었다. 암만 집적거려도 아무런 대꾸도 없자 그도 이젠 지친 모양이었다. 아예 고개를 벽 쪽으로 돌리고 앉고서도 면벽수도를 하는 중처럼 침묵 속으로 빠져들어가는 모양이었다.

여인의 찢어질 듯한 비명 소리는 간헐적으로 지속되다가 어느 순간부터 잦아들기 시작했다. 근식 아범이 어두운 표정을 지으며 나왔다.

"고춥니까?"

근식 아범은 곱슬머리가 묻는 말에 대답 대신 고개를 절레절레 흔들었다.

"그리믄…… 여아?"

근식 아범은 핏물이 가득한 대야를 비우고 난로 위의 양동이에서 더운물을 퍼담고는 다시 돌아섰다. 그러면서 한마디 내뱉었다.

"산모를 살리기 위해선 하는 수 없이 아이를……"

이젠 눈보라까지 동반했는지 문틈 새로 눈발이 쑤시고 들어왔다. 한번 벽을 향해 돌아선 사내는 꿈쩍할 줄 몰랐다. 이마를 벽에 기댄 채였다. 그러나 자고 있는 것 같지는 않았다. 폭설의 무게를 이기지 못한 은행나무의 썩은 나뭇가지들이 이따금씩 와드득 소리를 내며 부러질 때마다 머리를 흔들며 무슨 어린아이의 옹알이 같은 잠꼬대를 한바탕 퍼내곤 하였다.

이윽고 피땀범벅이가 된 세 사람이 한꺼번에 몰려나왔다. 하나같이 얼굴이 발그레 상기돼 있었다.

"근식 아범이 꽤나 애썼시다."

이마 위의 땀을 어깨로 훔치며 보령댁이 말했다. 근식 아범은 멋쩍은 미소를 지어 보였다. 그의 팔뚝에는 두터운 종이상자가 실려 있었다.

"건 내비두지 뭘. 당장 처리허기도 뭇허구설랑, 택이 엄마가 너무 늦어부렀네. 언능 서둘르지. 내한테 우선 막걸리나 한 사발 돌리고. 아니 다들 목이나 축여야지. 다신 못 헐 노릇일세."

보령댁이 그때까지 죽은 듯 자고 있던 택이를 마루방에서 겨드랑이를 껴안고 나오자 택이 엄마가 널름 받아안았다. 그네의 얼굴에는 근심이 잔뜩 끼었다.

"집에까지 혼자 뭇 가겄다, 아무래두, 눈보라꺼정 치는 모양이지?"

"그래두 안 가믄 큰 사단 벌어지쥬. 이미 벌어논 매도 솔찮을 텐디…… 웬 눈보라꺼정……"

"전후 사정을 알아듣게끄롬 말하믄 지두 인간인데 알아듣겄제?"

"……"

"맞아죽을 때 죽더라도 당장 으뜧게 간다구. 거기가 비탈루다 오리 길은 족히 되겄구먼. 엔간하믄 자구 가든지."

택이 엄마가 울상을 지었다. 그때 겐짱 박씨가 탁자 위에 종이 돈 한 장을 놓고 불룩한 가방을 들고 일어서 나가려 했다.

"어이, 박씨……? 허참, 내가 뭐이가 씌었나. 말이 다 헛나가고. 거 손님 이 날씨에 갈 수 있겄소 잉? 엔간하면 마루방 같은 게 비었으니 잘 데 없으면 하룻밤 유하소. 내 숙박비는 받은 걸로 헐 테니."

"고맙시다만 일없시다."

"그럼 잘 가쇼 잉. 또 볼지 모르겄소."

돌아선 작은 겐짱 박씨가 희미한 미소를 지었다. 그때 택이가 잠에서 깨어나려는지 칭얼거리며 눈을 깜박거리기 시작했다. 그러자 그때까지 가뭇없이 서 있던 근식 아범이 애를 번쩍 받아들었다.

"어어……?"

"괜찮으시다믄 지가 집 근방까지 애를 업구 데려다주지요."

택이 어멈이 몸을 약간 비켜 섰다. 보령댁이 가만히 지켜보다가 너스레를 떨고 나왔다.

"거 잘됐네. 잘되았어. 모자가 이 눈보라를 뚫고 가다간 뭔 일 날지 모른다니깐. 그런데 저 인사는 왜 저러고 있는 게야. 술값이나 제대로 셈하고 저렇게 퍼다 처먹었는지 모르겠군. 이봐 쌍용 아범!"

보령댁은 사내의 어깨를 세우 잡아흔들었다. 그러자 사내는 힘없이 모로 폭 쓰러져 탁자 위 김치 보시기 위에 이마를 짓찧었다.

"뭔 일이당가. 암만 홀아비라지만 이런 궂은 날에 집구석에 들어가 방구들 신세나 질 요량은 않고 이기 뭐람? 어이 쌍용 아범."

그러나 사내는 기척이 없었다.

"성님, 피났어요!"

택이 엄마가 손으로 입을 틀어막으며 울부짖었다. 보령댁은 황급히 사내의 고개를 뒤로 젖혀보았다. 사내는 입 한가득히 피를 물고 있었다. 아마도 혀를 깨물고 있었던 모양이었다. 보령댁은 사내의 가슴속으로 손을 집어넣었다. 다행히 박동은 뛰고 있었는지 안도의 한숨을 내쉬는 모습이 역력했다.

"젠장 하마터면 송장을 둘씩이나 칠 뻔했구먼."

"시상에나……"

보령댁은 쌍용 아범의 얼굴을 측은하다는 듯 내려다보았다.

"내 다 짐작하고 있긴 허지. 이 화상이 왜 이렇게 허둥지둥 여길 와서 낮술부텀 퍼묵다가 쎄빠닥을 빼물고 지랄인가를. 그려 니놈이었제? 콩점이 건드린 놈이 니놈이었제. 그런 게로 속이 애잔혀서 이 모양 이 꼴로 지금 나자빠져 있는 게지. 그 정도라면 니놈은 인두겁 뒤집어쓴 값은 제일 싸구려긴 허지만서두 하긴 한 셈이지. 다들 불쌍한 처지들인께로."

근식 아범은 아이를 업은 다음 자신의 파카색 반코트를 뒤집어씌웠다. 그리고는 앞소매를 목 앞으로 끌어당겨 바짝 졸라맸다. 택이 엄마는 머플러를 턱밑으로 둘러 매듭을 지었다. 얼핏 보기에는 단단히 무장하고 외출을 하는 내외들 같았다.

그들이 문을 열고 밖으로 한 발짝 떼려는 순간 눈보라가 그들의 숨을 막았다.

"허헉."

앞장을 섰던 근식 아범이 뒤를 돌아봤다. 택이 엄마는 손으로 입을 가린 채 눈길을 피하지 않고 마주 보았다.

"길은 근식 아범두 잘 알지? 서로 앞서거니뒤서거니 잘들 가라구. 알았지? 알았지?"

보령댁은 알았지를 두 번이나 다짐 두듯 명토 박아 말했다. 그러나 그들은 정작 어디로 가야 할지 모르는 사람들처럼 문 밖에서 한동안 우두망찰 서 있었다. 택이 엄마는 바람 때문인지 앞은 바라보지도 않고 근식 아범의 푹푹 빠지는 코르덴 바지의 종아리께만 쳐다보며 묵묵히 걷기 시작했다. 그런데 왠지 느꺼운 마음이 북받쳐올라왔다. 이 길을 따라 어디곤 하냥 가고 싶다는 생각이 들었다. 근식 아범은 자꾸만 뒤를 돌아보며 추우면 자기한테 얘기하라고 했다.

욕쟁이 함경도 아즈망

이른 아침부터 마당 한복판에 난장이 선 것처럼 시끌벅적했다. 아니나다를까 목청으로 따지자면 시장판에 단련됐는지라 둘째 가라면 서러울 뚱떼이 홍남댁이다. 마당 한귀퉁이에 어빡자빡 쌓아둔 총각무 김칫단을 둘러싸고 둘남 아배 박씨와 야물딱스럽기로는 인수시장판에서 호가 난 또순이 홍남댁이 다시는 얼굴을 보지 않을 사람들처럼 험한 고함에다 삿대질까지 섞어가며 실랑이를 해대는 바람에 도마뱀처럼 잠꼬리가 잘려나간 사람들이 하나둘씩 문 밖으로 고개를 비죽이 내밀고 나왔다.

"하따, 아지매요. 모처럼 만의 노는 날에 거 잠 좀 한번 째지게 잡시다, 잠 좀. 식전 아침부터 뭔 일이어라우?"

양은 장수 최씨가 귀밑까지 찢어지는 하품을 주먹으로 막으며 투덜거렸다.

"이거 보라우 최씨. 거저 잠자다 어마지두에 염라대왕 앞으로 불려간 조상 귀신이래도 씌었음? 눈가로 비어져나온 술지게미나 얼른 닦으라우. 칠칠치 못하게스리. 그러고도 그 입으로 번한 이팝이 배지껏 잘도 들어가니 이 대한민국이 좋긴 좋은 공화국이래 틀림없어? 안 그렇네? 언제 또다시 뜨거운 양을 보게 될지덜 모르니 정신들 쎄게 차리라우."

홍남댁의 입심에 밀린 최씨는 머쓱한 얼굴이 되어 변소 문고리를 잡고 늘어지면서 한마디를 더 하고야 만다.

"아즈마이도 차암, 이승에서 다 못 잔 잠은 저승 가서두 다 벌충하고야 만다지 않우?"

"거 잠투정이래믄 내 앞에서 입두 벙끗 말라우. 여섯시하구두 반나마 시계바늘이 휘어진 마당에 뭐 그리 식어빠진 소리를 하네 헹."

허리께에 모서리가 닳아 허연 올이 내비치는 직사각형의 카키색 전대를 질끈 동여맨 홍남댁은 코방귀를 팡팡 뀌며 둥덩산만한 배를 위압적으로 홍정 상대인 둘남 아배에게 불쑥 내둘렀다. 박씨는 자신의 등뒤에서 시굴시굴 웃고 있지만 은근히 더이상 물러서지 말라고 당고추처럼 매서운 눈씨를 먹이고 있는 둘남네를 힐끗 훔쳐보며 여간 난처해하지 않았다. 어쨌거나 홍정은 잠시 소강 상태로 들어간 모양이었다.

그때까지 라면상자를 뜯은 골판지를 발채 대신에 얹은 지게를 여태껏 등짝에 붙이고 있던 박씨는 느럭느럭 멜빵끈을 어깨에서 털어냈다. 지게의 윗세장에 작대기의 알구지를 단단히 먹여 비스듬히 세운 박씨는 두 손을 탈탈 턴 다음 새벽이슬에 젖은 바짓부리를 건성으로 터는 시늉을 했다. 종짓굽까지 걷어올린 바짓부리 아래로는 젖은 흙부스러기와 물기 때문에 뒤엉켜 붙은 종아리털이 보였다. 고무신 코를 발가락 끝에 걸고 신발 안의 흙을 털어내는 박씨에게 아침잠이 없어 눈망울이 초롱초롱한 폐병쟁이 진씨가 말을 건넸다.

"새벽같이도 지어 날랐구만."

"오랜만에 해보는 지게질이어선지 어깻죽지가 좀은 뻑뻑하더라마."

"그래두 새벽잠 죽이며 설친 보람은 있겠시다. 츰엔 돌산 너덜겅자락에 밭 간다길래 거 무슨 초라니 방정인가 했더구만…… 쩝쩝."

진씨는 부러운 듯 묵직한 눈길을 던졌다.

"조오치, 그 뻑뻑한 멜빵 심이사…… 게다가 어쨌든 내 맘대로 갈아논 옹근 내 밭 아닌감. 안 겪어본 사람은 아매도 모를기다. 무청을 숨겨둔 첩년 머리채 휘어잡듯 한 손에 거머쥐고 확 뽑아제끼는데 우떤 거는 한분에 안 되는 것도 수두룩하더라. 두 손으로 헛심 쓰다가 밭두덕에 엉덩방아도 찧고…… 한분 묵어나 볼래 을매나 물이 달게 찼는지?"

박씨는 제 집 씀씀이로 갈무리해놓은 채소 무더기 가운데 무 하나를 쑥 뽑아 이파리를 잡아비틀어 잘라낸 뒤 허벅지에 대고 슥슥 흙기를 닦아 호주머니칼로 순식간에 껍질을 벗겨내어 진씨에게 내밀었다.

"우적우적 쩝쩝. 아암, 똥물이 잘 배었나? 달긴 설탕무처럼 달고나."

"아주마이도 맛 좀 보실래요? 한분 이 열무단을 들어보기나 하이소 마. 을매나 실팍하고 옴팡집니꺼 그래. 한 단에 백환씩 해뿌랍시다 마. 척 보기에도 마, 상품 중의 상품 아닝교?"

"이런 답답한 화상하고는. 내레 이거이 상품인 줄 몰라서 그러는

기 아니야. 둘남 아배래 여름 내내 어드러케 공을 들였는가는 뻔히 이웃에서 다 지켜보지 않았음둥? 이파리두 굴타리 한 군데 먹은 데 없이 성하구 윤기 반지르르하게 돌구 말이야, 기래서 팔십환까지 쳐 주는 게야. 절대루다 내레 야바위꾼처럼 막 후려대는 게 아니라니까."

꾸깃꾸깃한 신문지 한 쪼가리를 부벼대며 설사 맞은 사람처럼 꽁지가 뺏뺏해서 변소로 치닫던 광수 애비가 그 경황에서도 한마디 거들고 나선다.

"거 웬만하면 십환씩덜 양보들 해서리 구십환에 좋게들 결말짓지들 그러슈. 홍정이 길어봤자 뭔 좋은 끝을 보겠다고들 그러슈."

"거 광수 애비는 남의 다 돼가는 홍정에 홍글방망이놀며 코 빠뜨리지나 말고 말이오. 암만 자신이 치는 벤소라지만 널빤지에다 물찌똥 좀 질거놓지 않을 궁리나 하구래. 뒷사람 질겁할 생각은 잊고 꿈에도 없수?"

웬 호랑말코 같은 인물이 간섭을 하고 나서느냐는 아니꼬운 기색이 역력한 홍남댁이 변죽을 올렸다.

"올개는 채소가 흉작이라며?"

좀 전에 면박을 당한 양은 장수 최씨가 은근히 둘남 아배를 추어주는 소리를 한다.

"어림없는 소리잰쿠. 내 앞에서리 배부른 홍정은 앙이 통함매. 앵념이나 병충해를 입어서 글러먹었지 배추하고 무 따위는 흔전만전일세."

또순이 아즈망이 허연 맹수 이빨처럼 완강한 전대의 지퍼를 드르륵 걸어잠그며 대꾸하자 둘남 아배의 얼굴에 동요하는 기색이 역력했다.

"팔십환에 합서 마. 하지만 아침 홍정에 잠 깨고 나온 사람들도 여럿이고 허니 아지매가 손 좀 써서 막걸리 좀 큰 주전자로 서너 되 받아서 홍정 구경한 사람들 입치레 좀 시켜주소 마."

"헤잉, 이것도 홍정이라고…… 좋수다, 까짓것 이문은 박할 것 같아도 포실한 물건이래 받아서 팔게 됐으니 기분 좀 냅세다. 둘, 니얏, 야수, 야들……"

"헤아릴 것도 없심더 마. 거저 딱 백 단으로 묶어서 쟁여놨으니, 한 단이래도 외수가 있다믄 나중에라도 열 곱으로 갚을 테니 그리 알고 셈이나 퍼뜩 치르소 마."

"믿지. 내레 그럼 가설라므네…… 팔천환하구 에또, 가설라므네…… 옛소 오백환 더 있소. 막걸리 예닐곱 되 값은 족하리우."

마당 안에서는 곧바로 막걸리판이 벌어졌다. 어느 집 보시기인지 새로 담근 열무김치가 나오고 사내들은 쪼그려뜨리고 앉아 두 손가락으로 김치를 낼름낼름 집어 연신 우걱우걱 입 안으로 옮겨놓았다.

"박씨가 부지런하긴 부지런해. 손재주랑 눈썰미도 있고."

공술을 얻어먹게 됐는데 또 공치사가 안 따를 수가 없다. 둘남 아배 박씨는 김칫국물이 묻은 손으로 뒤통수를 긁었다.

"뭐가예? 시골에서 하두 땅뙈기에 포한이 져 살다 대처에 나와보니 그때 그 습성이 뼈에 사무쳐서 그런지 마누라 정분 난 꼴은 참아두 손바닥만한 자투리땅이래두 거저 노는 꼴을 못 보고 맙니더예."

"천상 농투성인데 말여. 목구멍이 포도청이라 도시로 기어올라왔구먼."

"식전인데 진지들 안 자슈?"

부엌문을 빼초롬히 열고 이렇게 남정네를 닦달하는 여인들의 목소리에도 별로 힘이 들어가 있질 않았다.

"아침 식전 술이 있는 걸 보고도 입에 안 대면 오복이 달아난디여."

"암만!"

그 앞을 홍남댁이 지나가는데 전대도 풀고 옷차림도 깨끗한 게 장사를 나가려는 사람의 품이 아니었다.

"아지매요, 오늘 장사는 안 할 모양갑소? 물건까지 떼어놓고."

"오늘은 안 해."

"하모 말라꼬 김칫단은 홍정을 해서 딜여놨능교?"

"아, 오늘만 날은 아니잖습? 내일도 있고 또 모레도 있고."

"근데 어딜 갑서? 한잔 드시지 않을라우?"

"머리 고데 좀 허러 갔다올 테니 잠자코 있수."

홍남댁이 고데를 하러 간다는 말을 듣자 사람들은 저마다 서로의 얼굴을 살피기에 여념이 없다.

"뭐, 고데? 지금 고데라고 했어라?"

"긍게, 그런갑네 잉?"

"뭔 일 난 게 아이가."

또순이 아즈망이 갑자기 인심이 푹해진 이유는 한참 뒤에나 밝혀졌다. 그 사람이 오는 날이라는 거였다.

"그 사람이라니 누구 말이오?"

광수 애비가 순전히 누이동생인 옥자가 주근주근 물어다주는 달러 부스러기에 기생충처럼 얹혀사는 차돌이 외삼촌 성호를 붙잡고 물어봤다.

"아 왜, 차돌이 아버지라는 사람 말예요."

"으응, 닉슨? 그럼 자네 매제가 되는갑네?"

싸구려 포마드를 발라선지 자고 난 머리가 유난히 까치 둥우리처럼 어수선한 성호는 귀찮다는 듯이 대답하고는 이발소에 가는 길이라며 바삐 자리를 떴다.

동네에서는 차돌이를 닉슨이라는 별명으로 불렀다. 생긴 게 닉슨을 약간 닮아서 그랬는지도 몰랐다.

"젠장, 올 때마다 상호가 바뀌니 누가 진짜 그애 애빈 줄 알아?"

"아, 달라? 다르다니?"

"애비가 매번 바뀐다는 말여?"

"음머, 고게 또 믄 소리당가? 하냥 고 큼직한 코에다 금발머리에다 움펑 파인 눈두덩하며 뭐가 다르당가?"

"이런 청맹과니들하고설랑, 쯧쯧."

"시방 누구보고 눈뜬장님이라는 거여 잉? 내가 말을 안 혀서 그렇제 면도날눈이여. 내가 재강아지처럼 시멘트 가루밥 먹음시롱 살지만 내 흙손 연장을 한 도라꾸로 실어다논 데다 뒤섞어놔봐. 그래도 눈감고라도 처억허니 찾아내는 눈썰미여, 내 눈이. 함부로 청맹과니니 어쩌니 짓까불지 말라구."

"아, 그러니깐 눈뜬장님이잖구? 그렇게 눈썰미가 좋다는 사람이 왜 사람 바뀐 줄은 몰라봐? 젓가락 바뀐 줄은 알아도 마누라 바뀐 줄은 모르는 헛똑똑이가 다 있다더니 여기들이 바로 그 짝이구먼."

"아, 증거를 대봐, 증거를. 사람이 바뀌었다는 거?"

"거 쉽지."

"쉬워?"

"암, 왜 오는 친구들마다 저그 똥두간에 들어갔다가는 거 뭣이냐, 오, 오 마이 갓, 삐리삐리 떼레블! 어쩌구 함시롱 오만상을 다 찌푸리고 일두 제대로 못 보고 나오는 거 말여? 똑같은 친구라면 그런 멍청한 일을 되풀이허겠는가? 그런 광경을 어찌나 많이 봤는지 그 꼬부랑 말을 이 일자무식한 내가 다 따라허게 돼뿌렀네그려. 오 마이 갓, 삐리삐리 떼레블."

"거 뭔 말이여? 떼레블이라니?"

"벤소가 하냥 지저분한께로 벤소 임자더러 때려줄 놈이라는 거겠지?"

"애걔?"

"저 이태째 재수허는 권집 큰아덜 정호가 그라는데 지독허다는 뜻이래나 어쨌대나!"

"……!"

"아, 그래두 또순이 아지매는 다 똑같은 사람이라고 부득부득 우기잖소? 서천 쇠가 웃을 일이지. 암만 양코잽이지만 우리가 그것 하나 못 알아볼까, 그러나 차암."

"그려, 말 듣고 봄시롱 이해가 될 듯도 허네. 아, 딸 옥자 그것이 저그 동두천인가 어딘가에 있는 기지촌에서 양공주 노릇 하는 것만도 남세스러운데 매번 그 아이노꼬의 애비라고 데리고 오는 작자까지 다르니 또순이 아지매가 을매나 속이 타고 면구스럽겄소? 그러니깐 저번 다르고 이번 달라도 무조건 들떼놓고 같은 사람이라고 시치미부터 떼곤 했을 거요 아마. 아지매도 우리가 안 속아넘어가는 걸 인자 다 알아뿌릴 거구마."

종아리께가 저린지 양은 장수 최씨가 종짓굽을 짚고 일어섰다.

"에이 똑같으면 어떻고 다르면 또 어떠요? 우리야 슬슬 구경이나 하고 있다가 코쟁이가 남겨두고 가는 미제 맛이나 보믄 그만이지 뭐."

"하긴 그 어느 씬지도 모를 아이노꼬가 뭐 별거라고 껌뻑 죽는 자기 손주 닉슨한테도 시장통에서 주워온 시래기나 삶아 먹이며 키우는 저 깍쟁이 또순 아지매가 희한하게도 그 양코쟁이 물건에 대해서는 별로 꿍심이 없는 모양이더라구요. 돌아가는 그 길로 다 삼이웃에게 헤쳐서 노놔주니 말예요."

"그러니깐 자고로 먹은 자는 말이 없다는 거 아뇨?"

"말이 없다니?"

"그렇게 얻어들 먹으니깐 저번엔 찰리가 와서 사탕을 던져주든 이번엔 거 머시냐, 브라운이 와서 깡통을 던져주든 무슨 신경을 쓰느냐 이 말일세. 예로부터 거저 미제라면 코 묻은 사탕 한 알 안 빨아먹고 큰 사람이 누가 있는가 잉?"

홍남댁은 물을 두 양동이나 변소간에 퍼부으며 물청소를 했다. 그러잖아도 남정네들이 깔기는 오줌 때문에 변소가 찬다며 널빤지 뒤쪽에 꿀꿀이 죽통으로나 씀직한 통을 놓고 오줌은 따로 받아내게 하던 장석조댁인지라 이 광경을 보고 눈살을 찌푸렸지만 날이 날인지라 속으로 묵새기고 넘어가는 표정이었다. 차돌이 외삼촌이 갖다준 미제 다리미가 알게 모르게 효험을 발휘하고 있는 건지도 몰랐다.

그리고 공동수도 앞의 공동빨래터 겸 하수구에도 밥풀 찌꺼기하나 남지 않도록 일일이 훑어냈다. 아침나절에 둘남 아배한테 홍정을 붙여서 맏아논 김칫단은 곧이어 사람들이 김장을 마치면 김칫독들을 묻을 자리에 성채처럼 가지런히 쌓아올려져 있었다. 그것은 너무도 정교하고 정성 들여 포개져 있었기에 바라보는 사람들은 차마 그것이 상품으로 팔릴 것 같은 생각이 들지 않았다. 누구에겐가 위세를 과시하려는 것 같았다.

홍남댁이 손님을 맞이하는 마지막 관문은 언제나 그렇듯 그네의 손자인 차돌이를 발가벗겨 공동수도 앞의 빨래판 위에 세운 다음 호되게 때를 벗기는 거였다. 뜰 안에는 일시에 어린아이의 비명이 낭자하게 울려퍼졌다.

"어이쿠 할무이 좀 살살 문질러요!"

"이누무 자석이 지금 뭐라고 쥐치고 있는기야."

"아파 죽겠대두요!"

"이렇게 문대는 이 할미 팔은 거저 성헌 것 같네? 네놈보다 갑절은 더 아프고 힘들다이. 하지만 참아야 한다, 아암. 니는 오늘 바로 니 애비를 따라서리 아무메리까로 가야 하니까니. 내 말 알아듣고 있네? 아, 무, 메, 리, 까."

"할무닌 맨날 가지두 않는 아메리까 타령이야. 맨날 고짓말이나 허구. 난 이젠 아메리까고 뭐고 다 싫다. 꼬부랑말도 못 허는데 히잉. 옴니가 온다고 해도 한나도 안 반갑고 히잉. 할무이가 자꾸 등 떠밀어대니깐 싫어도 참는 게지."

"이노무 자석이래!"

홍남댁은 찬물을 한가득 받아놓은 양푼을 들어 손주에게 끼얹은 다음 어깨를 움츠린 손주의 등짝을 매몰차게 후려쳤다.

"니가 이 땅에서 제대로 사람대접 받으며 살 수 있을 것 같음? 절대 그렇게 앙이 된다이. 이 할미 말이 하나 그른 데 없다이. 이 할미도 이젠 늙어간다이. 니 살길이 바로 아무메리까로 가는 데 있음을 왜 모른다고 잡아뗌둥?"

말을 마친 홍남댁은 커다란 수건으로 손자국이 퍼렇게 난 손주의 등짝을 감싸주었다. 그리고는 구석구석 찬찬히 닦아주기 시작했다.

"양코 말을 못 하네? 기렇겠지. 겁내지 말라우. 이것만 허믄 돼. 자 이 할미 좀 따라 허라우. 아에무 엉그리. 옳지, 그렇지. 이 소리만 쵀치면 굶어 죽지는 않을 게야. 댕뀨나 오께이는 안 배워도 다 알지, 그지? 그럼 된기야. 딴 말은 알 필요도 없으니께니. 그때 가서 알아도 늦는 법이래 없어. 다 사람 사는 곳이지 뭐."

그네는 취학 연령이 지나고도 남은 차돌이가 학교도 다니지 못하는 게 여간 마음에 걸리는 게 아니었다. 어딜 가든지 아이노꼬란 놀림이 따라다녀서 그런지 아이는 항상 주눅이 들어 있었다.

"니네 엄마가 양갈보라며!"

"아이노꼬 불알 한번 만져보자! 양코잽이들은 다 말좆이라는데."

"해태 크림 방귀 누가 꼈을까, 니가 꼈다 내가 꼈다 싸우지 말고. 구리구리구리 빈대떡, 하고 아이노꼬! 헤헤."

"니 할미가 니 엄니로 돼 있다믄서!"

차돌이가 제 어미의 호적에 못 오르고 홍남댁의 호적에 아들로 올라 있다는 걸 귀동냥으로 안 짓궂은 아이들이 놀리는 소리였다.

하루는 아이가 저녁도 굶고 밤이 이슥해서야 들어왔는데 거의 엉금엉금 기다시피 하면서 부엌 문턱을 넘는 거였다.

"아니, 이기이 무슨 일임둥?"

아이의 눈은 겁에 질려 흰자위가 희번덕거렸고 말문이 트이질 않았다. 홍남댁은 얼른 짚이는 게 있어 아이를 엎드리게 하고는 바짓가랑이를 까내렸다. 그리고는 전등을 들이댔다. 아이 엉덩이 괄약근

께는 엉망이 되어 있었다. 항문께는 살이 헐어 핏자국까지 비쳐 있었다.

"언 놈이야! 날래 말하라우! 언 놈이 이런 몹쓸 짓을 니에게 했는지. 기억나지 않음?"

누군가가 아이를 상대로 비역질을 몹시 해댄 게 분명했다. 그네는 아이를 세차게 흔들며 캐물었지만 허사였다. 아이에게 구리무(밀크로션)를 듬뿍 발라준 다음 머리를 껴안은 또순 아즈망은 가만히 물었다.

"너 아무메리까에 가지 않으련?"

"……"

"괜찮아. 솔직히 말해두 돼. 거기 가믄 너랑 비스꾸리한 사람 천지지. 이곳처럼 누리끼리한 사람 일색이어서리 대번에 표나는 일은 없디. 좋지? 아암, 기리고 맨 쵸꼬레뜨랑 비스께뜨랑 지천이구. 뜨신 밥에 고운 옷에 핵교도 잘 다닐 수 있고 말이야. 그곳이 바루 아무메리까야."

"예…… 가고 싶어요, 할무이하고요. 엄마 구박하는 외삼촌은 빼고."

아이는 졸린 눈동자를 끔뻑이며 버릇처럼 홍남댁의 비위를 맞췄다.

"허허, 이 할무인 빼도 되지만 외삼촌두 끼워줘야지 안 그래? 아이구 내 새끼야."

홍남댁이 변소 물청소를 하며 호들갑을 떨 때는 곧이라도 들이닥칠 것 같았던 차돌이 엄마와 아빠 일행은 얼마 전에 모습을 드러낸 남산탑의 뾰족한 위쪽으로 점심해가 기우듬하게 걸치는 한낮이 다 되도록 오지 않았다. 아침에 홍정을 벌여 쌓아놓은 무 잔뿌리에 맺힌

흙부스러기가 햇볕에 말라 고스러지자 홍남댁은 물뿌리개로 물방울을 뿌려놓았다. 그러기를 세 번, 마르고 적시고 했을 때 그 두 사람을 처음 봤다는 말이 들렸다.

"인수국민핵교 정거장에서 내가 홀라당 봐부렀다니께요."

시장을 봐오던 나주댁이 장바구니를 부엌 안으로 던져놓자마자 마당을 가로질러 홍남댁에게 와서는 첫소식을 전했다. 홍남댁은 무덤덤하다는 듯이 부삽을 들고 하던 부엌 청소일에서 부러 손을 떼지 않았다.

"올 사람은 오겠디 뭐. 성호야 니 매제가 올 모양인데 마중이나 나가봐야 되지 않음?"

"근디……"

나주댁이 문턱까지 뭉그적거리며 같이 에둘러싼 사람들을 둘러보며 말문을 열다가 말자 홍남댁은 갑자기 고개를 홱 돌리며 그네를 쏘아봤다.

"근디, 뭐가 어쨌음둥?"

"아, 아니어라우. 곧 알게 될 것잉게."

그러고는 뒤돌아섰다. 곁에서 첫소식을 전하던 나주댁을 지켜보던 사람들 가운데 성금 어메가 불쑥 나서서 무엇을 숨기고 있냐고 캐물었다.

"뭐시여?"

"도대체 뭐꼬?"

"옥자 그년이 저번처럼 또 요란하게 채리고 왔나? 그렇다믄 난 요분엔 미제 귀걸이 하나 얻어봤으믄 좋겠네, 헤헤."

"창시 빠진 여편네 같으니라구."

나주댁은 모욕을 당한 사람처럼 얼굴이 벌게져서 귀결이 운운한 사람을 쏘아봤다.

"옥자 고 계집이 옆에 차고 온 남정네가 말여, 바로 시커먼 셰빠도 닮은 껌둥이란게, 고릴라 겉은 껌둥이. 알아묵어?"

"음머, 뭐라꼬? 껌둥이?"

사람들은 서로의 얼굴들을 쳐다보며 고개를 갸우뚱거렸다.

"그라믄 차돌이가 원래 깜둥이 씨였단 말가? 근데 우찌 피부가 저리 허옇노?"

"그게 아니겄제. 껌둥이헌테서 워째 흰둥이가 나오겄나? 보나 안 보나 옥자 그년이 이젠 흰둥이헌테 지쳤으니깐 차차 껌둥이헌테 붙어묵는 거겠지. 내사 마 그 집채만한 껌둥이가 핵교 옆 담벼락에 붙어서 풀빵을 조근조근 소 여물 묵듯 되새김질하드끼 씹어쌓는 걸 보니 가심이 막 두근두근거리더라. 손끝이 뭉툭한 게 소도둑 손보다 큰 손아귀에 코딱지만한 풀빵을 쥐고는 나 보고 씨익 웃는데 그 옥시풀 문 이빨처럼 흰 잇바디라니! 사람이 아니더만. 징그런 짐승을 보는 것 같아서 굵은 소금 겉은 왕소름이 막 돋고, 옥자 고게 고 옆에 매미처럼 붙어 있는 걸 보니 내 차암……"

"근디 풀빵을? 깜둥이할라 양코잽이 쪽 인사 아닌가베?"

"출출헌게 아뭇꺼나 우겨넣는 거겠지. 또 풀빵이 갸네 께끼(케이크)마냥 달보드레헌 맛이 있긴 있잖남?"

"아무튼 자존심 센 홍남댁이 큰 우세당하게 됐구만."

홍남댁이 부엌문을 왈카당 닫는 소리가 들렸다. 그러자 성금 어메는 뒤가 켕기는지 자라목을 하고는 얼른 사람들 속으로 몸을 섞었다. 그러고도 얼마가 지났을까. 이번에는 두 사람이 진선미 미장원에 있다는 소식이 날아들었다.

"하이, 어쩌구 하면서 남자가 글쎄 여자들 미장원엘 다 들어오더라니깐. 츰이야, 츰. 미국놈들은 다 그런가?"

"우리가 겉보기에는 미국인들은 다 불쌍놈 같지만 걔네들도 층하가 있다네. 가문도 따지고."

"아무나 보고 입을 쩍쩍 맞추는 것들 사이에 뭔 개구멍 가문이여?"

"그러매. 옥자 갸도 미장원 안에서 입을 그 깜둥이랑 천연덕스럽게 맞췄잖아. 이마 근처긴 했지만."

"어머어머, 어쩜 징글맞어라."

"그걸 보고 고데기 잡고 있던 선아 엄마가 따따부따 해대니깐 어깨를 이렇게 추어올리는 시늉을 하더니 나가서 기다리는 폼이더라구."

"그건 너무헌 거야. 아, 우리들끼리 모여서는 지 서방 남 서방 가릴 것 없이 별 이야기까지 시시콜콜히 늘어놓으면서 말이야, 그 정도 가지고 막 닦아세워서 내쫓은 건 옳지 않다구."

"이 여편네가 왜 갑자기 오지랖이 열두 폭이 됐어? 말하고 직접 남들이 보는 행동하고 같냐구, 같아?"

"틀릴 건 또 뭐야? 거긴 그쪽 풍속 따르는 게지 뭐."

"이러다 쌈 나겠다. 그만들 둬."

조금 있으려니 그 흑인이 춘하네 선술집 앞 평상에서 막걸리를 마시고 있다는 말이 들렸다. 역시 장석조씨의 막내 영철이가 제일 재발랐다. 영철이는 어느새 손에 시커먼 초콜릿을 들고 빠는 바람에 입시울이 온통 범벅 먹은 고양이 낯짝처럼 돼가지고 있었다.

"이름이 마이클이라는데? 깜온, 깜온 하더니 그래서 내가 쪼꼴리 했더니 이걸 줬다. 잉잉, 안 돼. 너두 먹고 싶으면 언능 가봐. 아주 맘씨 좋은 아저씨야. 달라는 대로 다 주는걸."

홍남댁은 문간까지 와서 자랑하는 영철이 말에 쏠려 당나귀 귀처럼 솔깃해진 차돌이를 홱 돌려세웠다.

"이 못난 간나 새끼를 봤나 잉."

홍남댁이 어지간해서 간나 새끼라고 하는 법은 없었다. 그만큼 마음을 다잡아먹고 차돌이를 닦달하려는 기세였다. 하지만 어린 차돌이의 눈빛은 이미 흐리하게 죽어 있었다.

"히힝."

"죽구 싶네? 아임매? 자 약속합세. 이 할멈이 반드시 사다줄 것이니깐 그따우 추잡한 것이래 발겨먹을 생각은 하지 맙서. 알았음둥?"

"헤잉."

차돌이는 몸을 배배 꼬며 투정을 내었고 홍남댁은 아이의 볼따구니를 꼬잡아뜯어 방 안으로 끌어들였다. 그리고는 솜이불을 내려 뒤집어쓴 다음 차돌이의 이마에 자신의 까칠한 이마를 부벼댔다.

"이 빌어처먹을 종간나가 미쳤나? 정말 미쳤다이. 어디 인종이 없어서 검둥이를 물고 들어와 온 동네를 이렇게 버르집어놓으면서 이 에밀 우세시켜놓고는 뭘 우쩌자는 것입매. 그러케 이 에미에게 민주를 대고 싶으면 남 모르게도 다 썽풀이를 허는 수가 있는 거 아임매. 내가 너무 오래 산 거 아임매? 이 불쌍한 놈이래 어드메 입양이라도 보내버리고, 목을 매든지 해야지 얼굴이 뜨뜻해서리…… 어이구."

그 광경을 지켜보던 아들 성호가 벌떡 일어나 비아냥거렸다.

"엄니가 옥자를 요조숙녀로 키운 것도 아니건만 뭐가 그리 서럽단 말이야요? 어차피 몸 팔아서 먹고사는 신세에 흰둥이건 검둥이건 그게 무슨 상관이 있어요? 흰둥이를 물고 있으면 양갈보가 갈보님이 된답디까?"

"에라이 천하에 인간 말종, 때려 죽일 놈아, 이놈아 니놈이 동생이 그 고생을 하며 뼛골이 빠져라 벌어온 돈을 이날 입때꺼정 방구들에 앉아서 다 알겨먹고 나서도 그런 말을 줴칠 수 있어? 천벌을 받을 놈 같으니라구! 내 앞에서 어서 썩 꺼지라우!"

홍남댁은 분노에 겨워 턱을 불불 까불었다. 성호는 잠바때기를 확 낚아채더니 그대로 횡허케 방문을 열고 나갔다.

종이배 같은 모자를 거꾸로 뒤집어쓴 흑인 상사 마이클이 푸짐하게 뿌린 초콜릿, 과자, 사탕 부스러기의 효험은 컸다. 우선 아이들이 희희낙락하는 모습을 본 어른들은 그와 옥자에게 가졌던 알지 못할 적대감을 조금은 누그러뜨릴 수 있었다.

"어이, 거 깜상 이리 좀 와! 히힉."

춘하네 술집 평상에 종아리를 걷고 나와 앉아 낮술을 마시던 사내들이 그를 허랑한 손짓으로 불렀을 때 그는 손을 앞으로 부여잡은 아주 공손한 모습으로 다가와 사람들을 당황하게 했다.

"태퀀도, 불코기, 아조씨들, 쌀랑해요, 캄사합니다."

마이클은 자신이 알고 있는 한국말은 다 쏟아내며 고개를 꾸벅거렸다. 술김에 그를 손짓으로 부른 광수 애비는 당황하여 얼굴이 벌게졌다. 그리고는 불쑥 악수를 청한 마이클의 커다란 손에 서리하다 들킨 어린애처럼 손을 맡기고 흔들어대는 대로 고갯짓을 끄덕거렸다.

"곤씨 꼬부랑말 좀 허지 않나?"

"그려. 옛날 미군부대에 차출돼 카추사인가 뭔가 하면서 빠다 냄새깨나 맡지 않았냐구?"

"제무시나 걸레로 열심히 닦았지, 말은 뭐……"

픽업을 몰다 어느 개골창에 꼬나박고는 벌써 반 년째 허송세월을 하며 밥을 축내고 있는 공씨는 군대생활을 미군부대에서 한 탓인지 영어 몇 마디쯤은 지껄인다고 소문이 난 터였다. 공씨는 몸을 뒤로 젖히며 두 손을 들입다 흔들어댔다.

"예끼 그래두 서당개 삼 년에 거시기를 헌다던데 빠다 냄새를 석 삼 년이나 맡았으면 꼬부랑말로 옹알이 정도는 할 줄 알아야 도리지."

"그럼 암말들이나 붙여보더라구. 혹간 가다 가물에 콩 나듯 알아듣는 말이 나올지도 모르니깐두루."

"한번 매달아야겠다고 물어봐봐."

"뭘?"

"뭐긴. 지놈이 우리 옥자를 데려가겠다구 이런 콧구멍만한 곳을 땀 삐질삐질 흘리며 찾아왔으면 이곳 풍습에 맞춰야지, 아 안 그러냐구? 장가가려면 한번 매달려야지 별수 있냐구?"

"그려 공씨가 한번 말을 넣어봐."

공씨는 손짓발짓 해가며 뭔가 열심히 설명했지만 마이클은 고개만 갸웃거렸다. 공씨는 손발을 높이 쳐든 채 풍뎅이처럼 벌렁 누워 작대기로 발바닥을 찰싹찰싹 때리는 시늉을 해 보였다. 마이클은 심각한 표정을 지었다. 그러나 공씨의 말귀를 도통 알아먹은 것 같지는 않았다.

"말귀를 영 못 알아먹는 모양이네그려."

"공씨가 말을 제대로 못 넣은 것 아녀?"

공씨가 자존심이 상했는지 자리에서 벌떡 일어나 술상을 엎을듯한 자세로 화를 벌컥 냈다.

"그럼 황씨가 잘 좀 알아듣게 씨부렁거리지 그러쇼?"

"어이쿠 알았네, 알았어. 고정하게나."

갑자기 술판의 분위기가 꼬이자 마이클은 뭔가 큰 결심을 한 얼굴로 공씨에게 제의를 했다.

"뭐래?"

사람들이 다 공씨를 향해 목을 길게 늘여뜨렸다.

"젠장, 자기도 뭔진 모르지만 정 부탁이라면 한 사람 앞에 한 대씩 다섯 대만 맞아주겠다는군."

"뭐라고?"

사람들은 입을 벌린 채 구두를 가지런히 놓고 양말까지 벗어들고는 평상 위로 오르는 마이클을 멍하니 바라봤다. 평상 한귀퉁이가 갑자기 기웃하는 듯한 것은 물론, 평상 위에 올라선 마이클은 몸집이 더 커 보여 몹시 위압적이었다. 누구 하나 나서서 내가 매달겠다고 하는 사람이 없었다.

"되았구먼. 우리가 뭐 처가 마을의 터줏대감들도 아닌데 함부로 매질을 헐 수 있을랑가? 다 친해보자고 허는 수작들이었지 뭐, 아 안 들 그러?"

"하모, 하모."

"맞는 말일세."

다시 평상에 두툼한 엉덩이를 붙이고 앉은 마이클은 광수 애비가 내미는 막걸리 잔을 주저없이 받아서는 꼬레안 위스키라며 꿀꺽꿀꺽 마셨다. 그리고는 억지로 목젖에 묻은 술방울을 털어내는 시늉을 하며 커어, 했지만 그 바람에 사레가 들려 고개를 두 다리 사이로 쑤셔넣고 한동안 켁켁거렸다. 사내들은 한바탕 너털웃음들을 터뜨렸고 그 통에 마이클과 동네 사람들 사이의 눈에 보이지 않는 벽은 급속히 허물어졌다.

"이봐, 성호, 자네 매제 마이클이 여기 있네. 마중 나왔는가?"

(……)
아 워너 홀 유어 핸드
아 워너 홀 유어 해앤드
(……)

종점 근처에 있는 단골 당구장으로 출근을 하던 성호는 팝송을 중얼거리며 남방의 앞가슴 단추를 한껏 열어젖힌 채 지나가고 있었다. 그러더니 마이클 앞에 우뚝 서서는 아니꼬운 눈짓을 잔뜩 꼬나물고는 그를 경멸스레 내려다봤다. 마이클은 미국인 특유의 어깨짓을 으쓱해 보이며 어릿광대 같은 우스꽝스러운 표정을 지었다.

"인사라도 나누지 그래…… 알구 보면 가까운 사인데."

대답 대신 성호는 고개를 돌려 씹던 껌을 탁 뱉은 다음 또다시 팝송을 중얼거리며 지나쳐 갔다.

(……)
아 워너 홀 유어 핸드
아 워너 홀 유어 해인드
(……)

"곧 재대해서 고향 간다고 그러는 거 같지…… 서른하구두…… 유 에잇! 예스…… 여덟이라는구먼. 집들이 하두 게딱지 같아서 장난감 나라에 온 기분이라네, 제기럴. 자기도 사실은 그런 곳에서 자랐다고 허는군."

"미국에서도 산동네가 있는감?"

"암만! 어딜 가도 못사는 사람은 있게 마련 아니겠냐구, 젠장. 그래두 임마 너 거시기, 그래 마이클인지 마이크인지 임마. 그래두 너 겉은 꺼매도 속은 니 이빨모양 흰가부다. 산동네 사람들이라고 차별두지 않는 걸 보니 말이야. 홍남댁 딸 그 옥자년이 아무캐나 돌아먹는 것 같더니만 그래두 사람 보는 눈은 있었는갑네."

홍남댁은 옥자와 마이클이 뒤에 구름처럼 사람들을 달고 왔지만 좀체 부엌문을 열려 하지 않았다.

"어문니, 어문니, 홧스 렁 위드 유?"

마이클은 벌어진 문 틈으로 두터운 입술을 구겨넣고는 뭐라고 씨월거렸다. 옥자는 이미 그럴 줄 알았다는 듯 거의 체념한 표정을 짓고 우두망찰 서 있었다.

"옥자야, 게 있냐?"

아무런 대꾸를 않던 홍남댁이 어렵게 입을 열었다. 옥자는 반색을 하며 문 앞으로 다가섰다.

"예, 엄니 맘 좀 돌리세요. 이러시면 서로 속만 더 상하잖아요."

"하나 물어볼 것이 있어……"

"……!"

"이 차돌이를 아무메리까로 데려갈 테냐, 말 테냐? 양난산에 뚝

부러지게 말을 해봅서!"

"엄니, 이번에 이 사람하고 제가 나갈 때 차돌이는 같이 갈 수 없어요. 아시다시피 차돌이는 엄니 호적에 올라 있잖아요? 하지만 우리가 프로미즈한 게 있어요."

"프, 로미, 즈라니? 포기했다는 말입네?"

"그거이 아니고, 반대로 약속했다는 말예요."

옥자는 마이클을 보고 새끼손가락을 거는 시늉을 했다. 그러자 그도 고개를 연방 끄덕이며 예스, 아이 윌 프로미즈를 연발했다.

"가서 제가 편지 띄우고 사람 사서 보낼 테니 차돌이 호적 정리해서 미국으로 보내세요. 정말이에요."

"이 에밀 속이려고 입에 발린 말 하려거든 지금 걷어치우라우!"

"아니라니깐요. 제가 새끼까지 버릴 만큼 그렇게 모진 년인 줄 아세요. 제가 왜 훤칠한 흰둥이를 다 마다했는데요, 마이클만 절 이해해주고 또 약속을 했단 말예요."

"에밀 버린 년이 새낀들 못 버리갔나 힝……"

"……"

"거 이름이 뭐랬지? 무슨 서방이네?"

하면서 부엌문이 덜컹 열렸다. 뒤에 섰던 누군가 가벼운 휘파람을 불었다.

"마이클 콜린이니깐……"

"그러면 우리나라 식으로 따져서 마서방이라고 부르면 되겠군 그래. 마…… 서방. 천방지축 마골피라더니 우리 식으로 따지믄 양반 씨는 아닌갑네, 헤헤."

"예끼, 농 말게나."

"헤이 마이클, 유."

옥자는 팔꿈치로 마이클을 툭 건들며 대답하라는 시늉을 했다.

"예스 마미?"

"그래 마서방이라고 해두지. 아무튼 예까지 오느라 고생했으니 시원한 냉수나 한 사발 얻어마시고 가게나."

그때 마이클이 이상한 표정을 지었다. 양 볼따구니가 부풀어오르더니 양미간에 내 천자가 그려졌다. 그러더니 아랫배를 움켜쥐었다.

"오우 웨어 캔 아이 워시 마이 핸드?"

"뭐라 카는 거고?"

"변소, 변소, 저…… 저, 끄……"

귀를 쫑긋거리며 말귀를 알아들은 공씨가 손가락으로 마당 끝을 가리켰다. 아마 아까 춘하네 집 앞에서 꼴깍꼴깍 받아마신 막걸리가 속에서 잘 받지 않았던 모양이었다.

그 순간 사람들 사이에서는 긴장된 분위가 흘렀다. 그 동안 옥자의 손을 잡고 왔다가 결국 변소 문턱을 넘지 못하고 오만상을 찌푸리며 도망치듯 빠져나갔던 양코잽이들을 봐왔기 때문이었다.

"쯧쯧……"

홍남댁이 혀를 차며 끌탕을 했다. 사람들은 마이클이 변소문을 열자마자 비명에 가까운 감탄사를 연발하며 오만상을 찡그린 얼굴로 뒷걸음질을 칠 거라고 생각했다. 하지만 변소문을 열고 들어간 마이클은 한동안 나오지 않았다. 짓궂은 조무래기들은 변소 뒤쪽으로 달려가 밑으로 블록 하나쯤 크기로 뚫린 구멍으로 고개를 들이밀고 와서는 뿌지작뿌지작, 흉내를 내며 희희덕거렸다.

한참 뒤에 마이클은 장난스럽게 흰자위를 까 보이며 고의춤을 여미고 나왔다. 얼굴 표정은 사람들의 예상과는 달리 거의 찡그려지지 않았다. 다만 벌렁코를 만들어 몇 번 익살스럽게 큼큼거리고 이마빡에 굵은 힘줄이 서너 개 지렁이처럼 꿈틀거렸을 뿐이었다. 그가 키들키들 웃자 사람들도 와르르 따라 웃었다. 마이클이 와우, 하면서 고개를 좌우로 흔들자 더 큰 소리로 따라 웃었다.

"아무메리까에도 저런 종자가 사누만?"

홍남댁은 뭔지 모르게 홍감에 겨운 얼굴이 되어 차돌이를 끌어안으며 등짝을 토닥거렸다. 그네는 누군가가 열무 김칫단에 다가가 아무렇게나 알이 굵은 무가 달린 걸 잡아뽑고는 호주머니칼로 다듬어 마이클에게 내밀어도 전혀 개의찮는 얼굴이었다.

"배탈엔 무가 좋지."

그 눈치를 보고 있던 조무래기들이 너나 할 것 없이 단내가 풀풀 나는 입가심을 하기 위해 슬금슬금 채소더미로 다가서고 있었다. 홍남댁은 일부러 못 본 척하며 미덥다는 얼굴로 마이클의 등을 떼밀어 자신의 부엌 문턱을 넘게 했다. 보다 못한 둘남 아배가 아이들을 내쫓고는 포장마차에 쓰는 비닐을 덮어씌웠다.

"내레 까짓것 삐루 한 상자 내겠으니, 목들 축이라우!"

홍남댁의 목소리에 힘이 다부지게 들어가 있었다.

빵

허옇게 회칠이 된 이층짜리 동사무소 건물을 오른쪽으로 끼고 도는 샛골목을 따라가면 굳게 잠긴 둔중한 철제 대문이 나왔다. 녹이 슬어 암갈색을 띤 그 철제 대문은 동사무소에서 운영하는 창고의 출입구였다. 한때는 삼십 명이 넘던 여공들을 받아들이고 토해내던 어엿한 방직공장의 정문 노릇을 하던 그 대문이 거느린 철조망 쳐진 담벼락은 휘우듬하게 굽어 끝이 보이지 않았다. 담벼락 밑에는 엇비슷하게 기울여 박아논 빨간 벽돌들이 군데군데 무너져내린 화단이 둘러쳐져 있었다. 잡초들이 무성한 그 화단에는 듬성듬성 아이들 키만큼 자란 해바라기들이 서넛씩 무리져 서서 졸린 사람들처럼 끼룩끼룩 고개를 흔뎅거렸다.

질금거리던 장마가 끝나고 시작된 무더위라 몹시도 후텁지근했다. 그늘이 넉넉히 진 담벼락 밑 화단에 돌림병이 돈 것처럼 널브러져 있는 사람들의 수효는 얼추 오십 명에 가까웠다.

"형, 어제의 용사들이 다시 모이긴 했는데……"

물이 바랜 예비군복 바지를 허벅지까지 감아올린 권대용 씨가 하품을 질기게 베문 끝에 중얼거렸다. 담벼락에 개구락지처럼 벌렁 누워 머리를 기댄 그의 목덜미는 거의 직각으로 꺾여 있었다. 무더위가 남녀노소 간에 서로 내외를 하거나 예의를 차릴 만한 기력을 앗아가버렸다. 사내들은 거개가 셔츠 앞단추를 풀거나 숫제 웃통을 벗어젖혔고 여자들도 나이든 축들은 치맛말기를 허벅지 위까지 껑충 걷어올렸다.

"이 개아덜놈들이 어젠 썩은 밀가루를 풀어 사람 속을 확 뒤집어 놓더니만 오늘은 왜 이렇게 불러다놓고 벌써 몇 시간째 허송세월을 시키는 거야? 오늘도 어제처럼 그 모양으로 개수작질을 허려는 낌새만 비쳤단 봐라 내사 마 그냥 콱."

노름 좋아하는 양세종씨가 화단에서 돌멩이를 집어들어 전깃줄 위에 앉아 쉬고 있던 애먼 참새들을 겨냥해 던지며 결기를 돋우었다.

"마누라 궁둥이나 철썩철썩 두들겨주며 얻어먹는 건데 썩은 밀가루라도 감지덕지지 뭘 그래. 조바심 낼 것 없다구. 저 창고 안에 있는 밀가루 포대가 어디 가겠어? 여자와 빠스 그리고 배급은 기다리면 오게 돼 있다는 말도 못 들어봤나 저 친군."

권대용씨가 반질반질하게 닦은 해병대 군화를 자기 앞으로 썩 끌어당기며 비아냥거렸다. 양세종씨가 자신의 마누라가 꼬박꼬박 나와 뛴 대가로 얻은 취로사업 전표를 가로채 가지고 밀가루를 타러 나온 걸 은근히 비꼬는 말이었다. 양씨는 권씨를 향해 눈을 부라리다가 권씨가 그토록 애지중지하는 군화 근처에다 가래침을 칵 뱉는 걸로 대꾸했다. 권씨는 화들짝 놀란 기색으로 자기의 군화를 애완동

물처럼 곰살궂게 끌어안았다.

"젠장 엇다 대고 송장 썩은 가래덩어리를 내뱉어, 내뱉길? 뱁새 같은 눈깔을 번연히 뜨고도 뵈는 게 없나보지."

"나 송장 되려면 안즉 멀었고 니보고 송장 치워달란 말 안 혈란다 이 자슥아, 낄낄."

권대용씨는 자신이 해병대 시절 신었던 군화를 가끔씩 신고 나왔다. 그런 날은 기분이 썩 좋거나 나쁘거나 둘 중의 하나였다. 이상하게도 그 군화를 신으면 당시의 기질이 되돌아오는 모양이었다. 만용에 가까운 객기를 부리며 거리를 활갯짓하며 걸어다니거나 누군가에게 땡깡을 부릴 때면 항상 군화를 신고 있었다.

양씨와 권씨 두 사람은 노름판의 한 방 친구였다. 이미 두 사람 사이에는 밀가루 포대를 타면 춘하네 방을 빌려 한판 또 근사하게 벌이기로 암묵중에 약속이 된 거나 다름이 없었다.

"세종아, 거 부채 그림 좋다. 이리 한번 줘봐라."

권씨가 부채질을 하다 말고 자신의 부채를 유심히 바라봤다. 가족계획협의회에서 홍보용으로 나눠준 부채였다. 마누라가 보건소에 공짜로 진찰을 받으러 갔다가 공연히 비누쪼가리 몇 장에 홀려 교육을 자청해 받고 온다는 게 바로 가족계획의 필요성을 홍보하는 교육이었다.

"뭐야? 나보고 결국은 옛날 궁중 내시들모양 거시기를 불깐 수퇘지맨치로 거세해버리라는 얘긴데, 기껏 듣고 왔다는 교육이 고따위 것이냐? 으떤 싸가지 없는 여편네가 갤쳐준 거고? 저거 남편부터 씨 없는 수박통으로 만들고 나온 뒤 고따위 택두 없는 소릴 지껄이라고 해라 마."

부채에는 남편이 베개를 끌어안고 방으로 들어가고 잠자리에 누운 부인은 콘돔을 들고 다가오는 남편을 상상하면서 마냥 행복한 표정으로 남편을 기다리는 그림이 그려져 있었다.

"그림 좋고마 와?"

"누가 아니래냐."

권씨가 촘촘히 자신의 군화끈을 조이는데 창고 정문이 빼꼼히 열렸다. 어깨에 호루라기가 매달린 제복을 입은 경비가 눈썹 아래로 모자를 질끈 내려쓴 채 허릿장을 지르며 나와 섰다. 그의 곁에는 시커먼 셰퍼드 한 마리가 혓바닥을 길게 늘어뜨린 채 뒷다리에 힘을 주고 서 있었다. 한눈에 보아도 영양 상태가 좋은지 털에 윤기가 번드르르하게 돌았다.

천천히 자신의 어깨를 쓰다듬은 경비는 호루라기를 입으로 가져가 앙칼진 파열음을 뿜어냈다. 그러자 염병이 든 사람들처럼 늘어져 있던 사람들이 전기충격이라도 받은 양 여기저기서 벌떡벌떡 일어나 정문 앞으로 몰려드는 바람에 먼지 북새통이 일어나 바로 옆사람을 분간하기도 어려울 지경이었다.

그러는 사이에도 다리를 어깨 너비보다 서너 뼘은 더 넓게 벌리고 선 경비 노태식씨는 미동도 하지 않았다. 그 앞에 어느새 질서정연한 두 줄을 이룬 사람들의 얼굴에는 곧이어 밀가루 배급이 이뤄지나 보다 하는 희망에 화색이 돌았다.

"아이구, 이제사 나눠주실 모양입죠?"

"이번에는 온전한 밀가루가 나오지요?"

사람들은 노씨에게 존칭어를 써가며 이것저것 물어봤지만 그는 외눈 하나 꿈쩍하지 않았다. 그리고는 행동이 제일 느려터져 아직까지 화단에서 엉덩이를 떼지 못하고 미적거리던 감자바위 성낙도씨에게 손가락을 까댁까댁 흔들었다.

"당신 이리 좀 오소."

"예에? 저 말입니까?"

성씨가 손가락으로 권총을 만들어 자신의 가슴팍을 찔렀다.

"여기 이렇게 줄들을 딱 섰건만, 왜 따로 부르고 야단이래야? 공평하게 줄 선 대로 불러서 줘야지."

누군가 대열 속에서 투덜거렸다.

"그게 아녀. 혼내킬려고 그려는 뽄새 아닌가베."

성낙도씨는 약간은 겁먹은 표정으로 경비에게 다가섰다.

"거기 당신말고 누가 있다고 그래!"

"무슨 일인데 그렇게 성깔을 욱대기고 그런답디까? 나 참……"

성씨는 자신의 말을 채 끝맺기도 전에 정강이를 끌어안고 땅바닥에 나뒹굴었다. 경비에게 조인트를 얻어맞은 것이다.

"이 화단이 당신 집 안방이야? 왜 그 안반짝 같은 엉덩이로 깔고 뭉개고 가래침 뱉고 돌팔매질까지 하는 거야 이거 응? 한번 맛 좀 볼테여?"

셰퍼드가 곧이라도 달려들 것처럼 으르렁거렸다. 겁먹은 성씨가 정강이를 끌어안은 채 뒷걸음질을 치며 손사래를 쳤다.

"아 그러니깐 내가 그런 것이……"

경비는 성씨의 변명은 들을 필요가 없다는 듯 홱 뒤돌아서 대문 안으로 들어가버렸다. 일어섰던 사람들은 서로의 얼굴만 쳐다보며 어안이벙벙한 표정들을 지었다. 그중에서 제일 젊은 축에 끼는 상호가 얼른 달려가 성씨를 부축해 일으켰다.

"아저씨, 이게 웬 봉변이세요?"

"허허 참, 그러게 말이세. 나이도 내보담은 한 서넛 아래일 것 같은 놈이 패악스럽기는……"

구레나룻이 허연 길노인이 다가왔다.

"예부터 대감댁 권세보다도 그 아랫것들의 행악질이 더 못됐다고 허더구만, 쯧쯧."

"영감님, 이게 아무래도 돼먹질 않은 것들의 떠세가 아닙니꺼? 어제는 썩은 밀가루를 나눠주질 않나, 오늘은 이 땡볕 아래 나이 든 어른들하고 아주머니들을 죄다 불러다놓고는 몇 시간째 이게 도대체 무슨 꿍꿍잇속인지 알 수가 있어야 말이죠."

"칼 쥔 놈과 칼자루 쥔 놈의 처지가 엄연히 다른데 기다려야지 별 수 있남."

부아를 삭이지 못해 얼굴이 벌겋게 달아오른 상호는 뒤돌아서서 자신의 실팍한 앙가슴을 주먹으로 서너 차례 두들겼다.

"다들 지쳤으니 그럼 자네가 한번 저 창고지기나 동서기들한테 내막이나 좀 공손히 알아보든지……"

"지가요?"

상호는 은근히 자신이 나서주었으면 하고 바라는 사람들의 눈초리를 의식했다.

"지가 젤로 젊으니깐 한번 물어나보죠, 예."

상호는 사실 자신의 취로사업을 나온 게 아니었다. 딸자식이라고 고아원에서 업으로 데려다 기른 경애가 끝내 이태 전에 나몰라라 하고는 떠나버린 뒤 늘그막까지 생선 도붓장수 노릇을 하다 풍을 맞고 자리보전을 한 밀양댁을 대신해서 취로사업을 뛰어주고 밀가루 배급까지 받아주기 위해 나온 것이다.

상호는 삼 년 전에 월남에서 현지 제대를 하고 돌아온 스물다섯 살의 떠꺼머리 총각이었다. 얼굴 전체가 온통 부삽으로 떠낸 자리 같은 곰보인데다 거무튀튀한 것과는 달리 마음씨는 비단결같이 고왔다. 그는 월남에서 막 돌아왔을 당시 얼굴이 반반한 경애에게 홀딱 반하고 말았다. 그네에게서 솔솔 풍기는 박하 향기가 젊은 그의 속을 왈카닥 뒤집어놓았다. 그러나 경애는 이미 시내 미장원을 다니면서 닳고 닳은 계집애였던 것이다. 경애도 자신에게 넋을 빼앗긴 상호의 애간장 타는 냄새를 맡지 못했을 리가 없었다. 하지만 훨훨 타거라. 경애는 흰 목덜미로, 연분홍빛 원피스로 치렁치렁한 참머릿결을 휘날리며 자기 때문에 숯덩이처럼 훨훨 타는 총각의 가슴을 즐겼다. 그러다가 한번은 동네 꼬마가 들고 온 상호의 애타는 연서를 평소처럼 휴지통에 홱 집어던졌다가 무슨 생각이 뇌리를 스쳤는지 다시 꺼내 들었다.

달이 뜨거든 돌산 우물가.

무슨 유행가의 한 자락처럼 끼적거린 한 줄의 글을 믿고 상호는 몇 날 며칠을 돌산 우물가를 헤매고 다녔는지 몰랐다. 그렇게 험상궂고 우락부락한 몸집의 사내였지만 상호는 월남에서 달빛 공포증을 얻어가지고 돌아왔다. 하지만 그는 경애 생각에 그 해묵은 공포와 싸우며 우물가를 맴돌다가 인기척 비슷한 소리라도 귓가를 스치면 본능적으로 풀숲으로 몸을 던져 사방을 두리번거렸다.

베트콩 애들은 이상하게도 달빛이 쏟아지는 밤만을 골라 기습을 해왔다. 신일병 졸지 마라, 졸음은 곧 죽음이다. 고참들한테 귀에 못이 박이도록 들은 말이지만 죽음의 공포에 직면해서 그토록 졸음이 올 수 있다는 사실에 스스로도 놀랐다. 어쩌면 그러한 공포의 도가니에서 달아나고 싶다는 도피심리 때문인지도 몰랐다. 야간수색에 나선 그의 소대가 적성마을로 보이는 한 동네에 들어갔다. 물론 아녀자와 늙은이들뿐이었지만 그냥 지나칠 수는 없었다. 지도상에서 없애버렷. 물 좋은 똥까이가 몇 있는데요. 알아서들 적당히 돌림빵으로 요리하고 없애버려. 신일병 네 차례다. 옛 알겠습니다…… 자, 척후병을 따라서 신속히 철수하라. 저, 안의 여자는 어떡하죠? 그걸 말이라고 묻나! 네가 젤 마지막이니 뒤처리를 하고 나왔어야지. 뒤처리요? 그래 자 받아라. 고참은 안전핀을 뽑은 고구마(수류탄)를 상호의 손에 쥐어주었다. 이걸……? 그래 시간 없다. 상호는 수류탄을 문턱 위로 데그르르 굴려놓고는 뒤돌아서 눈을 질끈 감고 뛰다가 돌부리에 채어 넘어졌다.

그때 누군가가 상호의 등뒤에 뭉툭한 물건을 갖다댔다. 소총인가 아니면 권총인가. 상호는 머리칼이 쭈뼛하게 서는 걸 느꼈다. 상호는 두 손을 머리 위로 올리는 시늉을 하는 척하며 얼른 몸을 숙여 뒷다리로 상대방의 딴죽을 걸어 중심을 잃게 만들었다. 상대방은 뜻밖에도 쉽게 무너졌다.

—아얏!

상대방의 인중을 노리며 정권을 내리꽂으려고 몸을 돌려 솟구친 상호의 눈에는 경애의 말쑥한 얼굴이 들어왔다.

—아, 아니 경애씨가 어떻게……

—그럼 상호씬 나를 기다린 게 아녜옷!

—마, 맞지요. 쪽지에 적힌 대로 오늘 밤이 벌써 며칠짼디요.

—그런데 이런 무례한 사람 대접이 어디 있단 말예욧!

—지가 너무 긴장해서 사람을 잘못 알아봤는갑네요. 어서 일어나소.

상호의 손을 잡고 짐짓 일어나는 시늉을 하던 경애는 갑자기 손아귀에 힘을 주어 상호를 자기 쪽으로 끌어당겼다. 그 바람에 상호는 박하 향내 속으로 팍 파묻혀 들어갔고 결국은 열흘도 채 못 가서 그 박하 향내 속에다 자신이 월남에서 한살림 밑천은 될 정도로 차곡차곡 모아온 재물을 통틀어 꼬나박았다. 경애가 미용실을 함께 차리고 나서 동거라도 시작하자는 말을 믿고 따른 것인데 그것은 나중에 알려진 대로 멀쩡한 거짓말이었던 것이다. 상호는 그 충격으로 며칠 뜬구름을 밟는 것처럼 허둥지둥 지냈으나 금방 제정신으로 돌아와 너털웃음을 지었다. 그리고는 저보다는 이십 년 공들인 의붓딸을 잃은 밀양댁이 더 충격을 받았을 거라며 찾아가 위로를 하는 의젓함마저 보여주었다.

시원섭섭하다면 이런 경우를 두고 하는 말일까. 상호는 왠지 모르게 자신을 가위 눌러온 달빛 공포증도 뒤가 켕기던 전쟁에 대한 끔찍한 기억마저도 경애가 가져간 듯한 느낌이 든 것이다. 하룻밤 해웃값치고는 좀 과하긴 했지만 그만하면 뭐……

"됐긴 뭐가 됐다 카노."

정문 앞으로 다가서는 상호를 철수 엄마가 가로막고 참으라고 말리자 사람들이 한마디씩 내질렀다.

"그랴, 이젠 따질 건 따질 줄도 알아야지. 그러잖으면 없는 사람은 완전히 장기판의 졸로 알고 어제처럼 또 썩은 밀가루나 노놔줄지 누가 또 알겠남?"

"설마?"

"설마가 사람 잡는단 말도 못 들어봤어? 고분고분해서 사정봐줄 놈들 같으면 애초부텀 썩은 밀가루를 어떻게 하늘이 무서워서 사람 먹으라고 내놓는단 말여."

상호가 문 앞에 서서 숨을 몇 번 고른 다음 탕탕탕 두들겼다. 너무나 둔중해 사람이 두들겨서는 꿈쩍도 하지 않을 것 같은 대문이 휘청휘청 흔들렸다. 사람들이 너나없이 침을 꼴깍 삼키는 소리가 들릴 만도 했다.

"어 거, 참 속 씨언허다. 삼 년 묵은 체증이 다 내려가는 소리가 바로 저 소리네그려."

"쓰발, 내 주먹이 다 근질근질허네 쌍."

잠시 후 대문 왼쪽에 문패만하게 뚫린 감시구가 덜컹 열렸다. 그 안으로 눈썹 위까지 모자챙을 지그시 눌러쓴 그 경비가 얼굴을 내밀었다.

"지금 뭣들 허는 짓거리여!"

상호는 일부러 대문 앞에 몸을 바짝 붙였다. 감시구는 그의 목부위에 왔다.

"뭣 좀 물어볼랍니다."

"뭣 좀 물어보는 놈의 자세가 이렇게 풀 먹인 모시모양 뻣뻣혀? 알아서들 허라구. 내가 나가는 날에는 몇 놈쯤은 결딴나는 수가 있어."

경비의 으름장이 오히려 상호의 비윗장을 긁은 모양이었다. 상호는 발로 다시 한번 대문을 걷어찼다. 그 바람에 찔끔한 경비의 얼굴이 감시구에서 사라졌다가 다시 나타났다. 상호가 워낙 무대뽀로 나오는데다가 엄장 또한 대문 한짝은 가릴 만큼 컸으니 경비 스스로도 함부로 밖에 나서서 성질을 건드렸다가는 무슨 낭패를 볼지 모르겠다는 생각이 든 모양이었다.

"물어볼 거라는 게 대체 뭐여? 후딱 물어보고 얼른 꺼지라구."

"배급은 언제 주는겨? 은제꺼정 이 땡볕 아래다 사람들을 기합 주듯 세워놓고 이 지랄을 헐 거냐구? 당신은 에미 애비도 없소? 없는 사람들이 먹고살겠다고 버둥거리며 취로사업을 뛰고 밀가루 포대를 이고 지고 갈 희망에 가슴이 부풀어 이렇게 나왔는데도 이렇게 문전박대를 허는 인심이 세상이 어디 있어라?"

"아따 이 사람아 딱도 허네. 그걸 왜 내게 물어? 나도 상부의 지시가 있어야 문을 따든지 우쩌든지 움직이는 거지."

경비의 말투는 한결 누그러져 있었다.

"그 오뉴월에 얼어죽을 상부가 도대체 누군겨?"

"이 사람아 보믄 몰라? 아 당신 뒤로 벌써 오는구먼."

상호는 얼른 뒤를 돌아다보았다. 어느새 사람들이 두 쪽으로 갈라져 길을 내준 한가운데로 동사무소 곽서기와 방망이를 엉덩이께로 말좆처럼 늘어뜨린 방범 최만술씨가 들어서고 있었다. 그 뒤로는 장석조씨가 입을 굳게 다문 채 고개를 연신 끄덕끄덕 흔들며 따라 들어왔다.

무슨 생각을 하면서 오는 길인지 곽서기는 상호의 가슴팍에 거의 얼굴이 맞부닥칠 정도가 돼서야 놀라는 얼굴 표정을 지으며 고개를 들어 상호를 쳐다봤다. 곽서기는 콧잔등으로 흘러내린 금테 안경을 추켜올리며 콧등을 찡등그렸다.

"뭐야?"

그러나 상호는 입을 떼지 않았다. 다만 딱 버티고 서서 눈을 내리

깔고 곽서기를 내려다보고 있을 따름이었다.

"곽서기님, 저희들이 참, 이 엄청난 땡볕에 나와서 말이지유, 거진 반나절을 줄나래비를 서며 기다렸는데 종무소식이어서 그걸 알고 싶어서 그렇습니다요."

"뭘?"

"왜 있잖습니까? 밀가루 포대요."

"밀가루?"

"예에."

"그걸 누가 오늘 준다고 했지?"

"다들 통장을 통해 듣고서 모였는뎁쇼? 통장이 동회서 듣고 온 거라니깐 거짓부리는 아닐 테고요. 지 말이 틀립니까요?"

곽서기는 긍정인지 부정인지 모를 고갯짓을 끄덕끄덕했다.

"곽서기님이 오셨응게 이제 일은 다 풀린 게라우? 그지라우?"

곽서기가 안경 너머로 눈을 치뜨며 지분지분 말시비를 걸어오는 딸기코 오병세씨를 쏘아보았다. 그러더니 갑자기 옆구리에 있던 서류뭉치를 냅다 땅바닥에 패대이치는 것이었다. 사람들은 땅바닥에 아무렇게나 어질러진 서류종이들과 곽서기의 얼굴을 번갈아 쳐다보며 질린 표정들을 지었다.

"정 그렇게 못 미더우면 당신이 내일부텀 내 자리에 앉아 다 해처먹으라구. 이거 더러워서 공무원 생활 못 해먹겠네 응? 개나 소나 다 달라붙어서 찍짜를 붙이고 우습게 알고 덤벼드니 세상이 거꾸로 돌아가도 한참 거꾸로 돌아간 거지 씨팔……"

곽서기는 상소리를 마구 입에 주워담았다.

"곽서기님을 괴롭히려는 게 아니라, 사람들이 더위에 너무 시달리다보니 조금이라도 빨리 밀가루 포대를 이고 집에 돌아가 풀떼죽이라도 끓이면서 식구들하고 저녁 끼니나 에울까 싶어 조바심을 좀 낸 거니 이해를 하시지요."

길노인이 땅바닥에 흩어진 서류를 주섬주섬 챙기며 곽서기를 구슬렀다.

"이 사람들이 도무지 관청을 어떻게 알고 그러는 게야! 관청일이라는 게 뭐 짱깨미뽕 해서 이뤄지는 건 줄들 아쇼? 천만에. 다 때가 있고 지켜야 할 형식이 있고 위아래의 상명하복이 아구가 맞아야 되는 거여. 내가 서류에다 아무렇게나 펜대를 긁는다고 되는 일이 아니란 말이오. 서류 하나 맞추는 게 얼마나 신경 쓰이는 일인 줄도 모르면서……"

길노인이 속없는 사람처럼 좋은 낯빛을 잃지 않으며 맞장구를 쳐주었다.

"그런 줄도 조금씩은 다 알지만서두, 우리들 생각에는 제가끔 손에 일한 날만큼 탄 전표들을 쥐고 있으니깐 그 표 수대로 킬로수를 셈해서 포대를 노놔주면 될 일인 듯싶고 서류 맞추는 일일랑 나중에 해도……"

"영감님이 지금 법대로를 찾으시는 모양인데, 이거 이러지 맙시다들. 나도 법대로 하면 편해요. 대리로 취로사업 나온 사람은 법대로 자르고 어영부영 일한 건 반나절 품만 쳐주고 일부러 취로사업자 인원수를 딴 데보다 많이 따와서 괜한 인심 쓸 필요도 없고. 아, 영세민이나 요구호자가 아니면 취로사업으로 불러다 쓸 이유도 없잖겠수?"

곽서기의 은근한 협박이었다. 그는 취로사업에 관한 한은 전권을 쥐고 있는 인물인 만큼 한번 그의 눈 밖에 나면 그걸로 끝이었다.

"……"

곽서기는 자기의 할말만 하고는 뒤돌아서 경비의 깍듯한 인사를 받으며 대문 안으로 들어섰다. 방범과 장석조씨가 그의 뒤를 바짝 쫓아 들어갔다.

"장석조씨가 언제부텀 저렇게 곽서기하고 아삼륙으로다 붙어지내기 시작했디야?"

"뭘 함께 빨아처묵을 건덕지가 생긴 모양이제 뭘."

그러자 그 말을 기다리고나 있었다는 듯 닫히려는 대문을 밀치고 다시 나온 장석조씨가 만면에 웃음을 띤 채 나와서 길노인과 둘남아배를 불러세웠다.

"이 더위에 얼마나 고생들이 많은가 응? 내가 약소하지만 막걸리 추렴은 시켜줄 테니 한 잔씩들 쭉 들이켜고 기분들 좀 푸소 마."

장석조씨는 양복 안주머니에서 지갑을 꺼내 새로 나온 오백원짜리 종이돈을 서너 장 집히는 대로 꺼내주었다. 둘러선 사람들의 눈길이 일제히 빳빳한 종이돈에 머물렀다.

"그럼 난 쪼께 바빠서 이만 들어가보겠네 응. 그러소 마, 한 잔씩들 들이켜고 쫀득쫀득한 두부로 목구멍에 낀 먼지 답쌔기를 쓸어내면 세상이 훤해질 거구만."

돈을 받아쥔 둘남 아배가 얼른 길노인에게 건네주었다.

"다들 얘긴 잘 들었을 테니, 거기 누구 서넛쯤 붙어서 막걸리 두어 말하고 두부도 한 반 판쯤 떼러 갔다오면 쓰겄는데."

"두부에다 김치보쌈이 또 최곤디."

"김친 우리집에 새로 담근 게 한 단지 있는데 까짓것 내가 큰맘묵고 싸비스 기똥차게 해뿌리지 뭐."

철수 엄마가 홍이 난 얼굴로 밉지 않은 참예를 하고 나섰다.

술판이 차려지고 스텐 주발로 막걸리가 한 순배씩 돌았다.

"사실은 어제 내가 한번 나서서 확 뒤집어엎어뿔라다 말았구먼. 이제사 해뿌리는 야그지만."

"건 왜?"

"왜라니? 몰라서 묻는교? 시상 천지에 썩은 밀가루를 사람 묵으라꼬 주는 놈덜이 다 있능교? 사람의 인두겁을 뒤집어쓰고서는 하늘이 무서바서라도 그런 짓은 못 할기구마."

둘남 아배가 허공에다 종주먹을 휘두르며 언성을 높였다.

"그것도 마치 자기네 고방에서 인심 쓰듯 퍼주는 것처럼 을매나 우세가 쩌렁헌지 정말 아니꼬워서 눈뜨고 못 볼 지경이긴 혔어."

"천장이 뚫려 비가 새서 그랬나, 왜 밀가루가 푸시시 썩어뿌렸을까?"

"말이 나온 김에 하는 소린데 하여튼 그 썩은 밀가루까지도 오늘 아조 보상을 받아부러야 옳다니깐."

고물 장수 고영만씨가 은근히 운을 떼었다.

"소린 맞는 소린데, 어려울 거야. 오늘이라도 온전히 성한 놈으로 다 쳐서 받으면 그것으로 땡이지 뭐."

쌍용 아범이 뜨뜻미지근한 소리를 붙였다.

"쌍용 아범 같은 사람이 있으니깐 일이 되려다가도 틀어지는 거야. 한참 얘기가 잘 나오려는 판에 왜 뜸베질이야, 뜸베질이."

쌍용 아범은 눈을 동그랗게 뜨고 철수 엄마가 가져온 열무김치를 손가락으로 집어올리며 이마에 주름살을 늘렸다.

"뜸베질을 누가 한다꼬 그래쌓노 젠장."

"썩은 밀가루 보상도 받지 말자며? 우리가 짐승이야? 집에서 키우는 가축들도 썩은 밀가루는 멕이지 않을 텐데 말여."

"하믄, 이참에 따질 건 따지고 들어가야 한다카이."

해병대 권씨가 빈 막걸리통을 통째로 들어 거꾸로 기울이다가 한 주발이 채 못 채워지자 푸념을 늘어놓는다.

"어따 어떤 술독에서 기어나온 구신들이 다 빨아묵어버렸는가 응?"

"막걸리 두 말 가지고 여기 입 달린 장정만 해도 기십 명이고 아주마이들도 한 잔씩은 다 하실 줄 아는데 누구 코에 붙이겠어. 적당히 입가심만 해라 이거지 뭐."

"입맛만 베려부렀네 고마."

샛골목에서 와그르르 쏟아져나온 아이들이 입에 저마다 엿가락들을 하나씩 물고 지나갔다.

"야, 느그덜 그 엿가락들이 어데서 났노? 갑자기 군돈이 생겼나?"

"이놈들아 어른들 안주감으로 남기고 가는 놈이 우째 한 놈도 없냐?"

쌍용 아범이 엉덩이를 들썩거리며 일어서는 시늉을 해 보였지만 아이들은 그런 으름장에는 관심이 없었다. 아이들은 다들 허리께에 신발주머니 같은 시커먼 봉다리들을 하나씩 두르고 있었다.

"애들이 다들 각설이로 나서기로 작정들을 혔나? 저 허리참에 덜렁이는 것들이 모다 무엇에 쓰자는 거여?"

"이 사람 아직 물정을 잘 모르는구먼. 아 저것 때문에 요즘 아이들 주머니 사정이 우리 노는 어른들보다 두둑하다 이거 아냐?"

고영만씨가 아는 체를 한다.

"왜?"

"저게 고철 줍는 봉다리거든. 애들이 학교에서 돌아오자마자 저 봉다리들을 차고는 이러저리 들쑤시고 다니며 고철을 수집한다네. 그래서 일부는 학교에 갖다주고 일부는 고물상에 넘겨 저렇게 단내가 풀풀 나도록 단것들을 줄창 입에 물고 다니는 걸세."

"고철이 그렇게 수입이 좋나?"

"이 사람이, 요즘 고철이 천세가 나는 걸 몰랐나? 그러니 장석조씨가 요즘 어깨에 힘 주고 다닐 만하지. 아, 이 근방의 고철부스러기는 다들 장석조씨 고물상으로 모이잖은감?"

"건 왜?"

"아니 왜 이렇게 왜짜가 많이 붙나, 자넨? 삼포왜란 때 쪽바리의 종자가 껴들었남?"

"예끼 말조심허세. 암만 허물없는 사이라지만 조상을 들먹거리면 주먹다짐이라도 마달 수 없으니깐두루."

성낙도씨가 술김에 발끈한다.

"신주치레할 사당도 없는 족보면서 무슨 조상에 대한 충성심이 그리 깊어, 젠장."

여태 구린 입 한번 안 떼고 있던 상이군인 연성만씨가 목발을 한쪽 어깨에 기대놓은 채 두부김치를 우적우적 씹으며 웃는 낯으로 끼어들었다. 그는 왼다리가 잘려나간 상이군인이었다. 취로사업 나와서 남들처럼 삽자루는 못 잡을망정 필체가 좋아서 출석을 점검하고 전표를 끊어주는 사무를 맡아 당당히 한 사람 몫을 거뜬히 해내었다. 보통 여느 상이군인들은 떼나 쓰며 돌아다니면서 민폐를 끼치는 경우가 많았고 취로사업만 해도 자기 몫의 전표만 나중에 나와 따로 챙겨가는 경우가 허다했지만 연씨는 그런 일을 아주 치욕으로 알았다.

"아, 나도 보시다시피 불구자가 됐지만 병신 꼴값 한다는 말이 달리 나옵니까? 다 그런 짓들을 허며 돌아다니니깐두루 듣는 말들이지요. 몸이 성치 않게 된 것이 뭐 애국심이나 충성심이 남보다 뛰어나서 그랬던 건 아니잖습니까? 어쩌다 운이 안 닿아서 그런 걸 가지고 성한 사람들한테 자꾸 등쌀을 붙이고 다니면 스스로만 더 불쌍한 인생이 되는 거죠. 내가 무슨 어렵고 높은 철학이 있어서 그런 게 아니란 말입니다. 스스로 올바른 주견 가지고 사람다운 짓 하며 살자니 의당 생각이 그렇게 잡힌 거지요."

언젠가는 장석조네서 집수리를 할 때 오른팔이 잘려 대신 갈고리를 단 상이군인이 와서 술하고 돈을 내놓으라며 번득이는 갈고리 팔을 허공에 마구 휘둘러대고 떼를 부리자 연씨가 나서서 다독거려 돌려보낸 적이 있었다.

"형씨, 보소. 나도 보시다시피 이렇게 상이용사요. 어디 출신이시오?"

"연천이오만."

"연천이오? 연천이면 나도 좀은 아우다. 수용연대서 처음 배속받은 데가 그곳이었소. 거기도 전투가 치열했던 곳이긴 했소다만. 우리가 총대 메고 전쟁에 나섰을 때 후방에 있는 국민들의 안전과 생명을 보호하기 위해서였는데 그렇게 싸운 덕분에 우리는 다쳐서 불구가 되었지만 그 대신 후방의 국민들은 이렇게 나라를 잃지 않고 살게 되지 않았소. 우리가 전투를 한 목적이 달성된 것인데 왜 비굴하게 그들에게 당신들 때문에 불구가 됐으니 이것 내놔라 저것 내놔라 하는 구차한 손을 벌린단 말이오? 얼마나 떳떳하지 못한 생각이오? 형씨, 우리 그때 총대 메고 싸우던 시절의 기백으로 되돌아가 남은 수족이나마 성한 사람들보다 갑절로 더 움직이면서 장하게 살아봅시다."

그러면 엔간한 사람은 행패를 멈추고 머쓱한 표정으로 돌아서게 마련이었다.

"맞아요. 상이군인도 후방에서 얼쩡거리다가 그랬거나 변변한 전투 한번 치르지 못하고 임자 없는 오발탄에 다친 사람들이 더 행패라우. 진짜 악으로 깡으로 싸우다 그리 된 사람은 그러지 않는데 말이요."

주변에서 이렇게 입방아를 찧으면 점잖게 일갈을 해두는 것도 잊지 않았다.

"몸 다친 놈만 서럽게 만드는 사회 분위기가 있으니깐 그런 깐도 생각해주어얍죠."

성씨는 자꾸 조상을 물고 늘어지는 고영만씨가 거슬리는 모양이었다.

"좋은 말로 헐 때 그만두라니깐!"

"그만두라니깐 걷어치우겠네만, 애들이 왜 죽자사자 고철을 모으러 다니는 까닭을 설명해줌세. 이게 다 세상물정이라는건데 자넨 집안에서 구들목 호령은 잘도 한다고 소문은 났지만 문지방만 넘으면 심봉사가 되는 모양일세그려."

"사설이 길어."

"일언이폐지하고,"

"들은 풍월을 못 써먹으면 몸살나는 저 주둥이를 누가 한번 다리

미로 문대줄 사람은 없나 원."

"그러니깐두루 지금 미국 애덜이 확 틀어버렸거든."

"양코잽이 애덜이 확 트는 것하고 애들이 고철을 줍는 것하고 뭔 상관인데?"

"그러니깐 좀더 들어봐."

"그래서 옛말에 돌아먹은 무식이 앉은 유식을 이긴다는 말이있어."

"미국의 그 어떤 싸가지 없는 놈이더냐, 가설라므네 맞는지 모르겄네, 장관이라든디. 쁘레데리꾸 덴뜨라는 불상놈이 있는데 말하자면 미국이라는 나라에서 팔고 사는 장사 물리를 훤히 꿰찬 놈이 분명해. 그놈이 뭔가 각국에 회람을 돌렸는데 내용인즉슨 이러저러한 물건은 자기 나라에서도 부족헌게로 더이상 못 팔겠다 이거지."

"미국에서도 물자가 부족헐 때가 다 있남?"

"재화라는 게 원래 돌고 도는 게 아니여."

"그래도 그렇지, 우리 한국 같은 작은 나라한테 엿 좀 멕이려고 그러는 수작같이 보이는구만. 쇳가루 좀더 내놔라 허는 꿍꿍이 아녀?"

"그럴지도 모르지. 아무튼 거 무시기냐, 가축먹이 콩기름 쇠기름 서껀 거 뭐시더라 옥수수 등을 비롯해 금수 조처라는 걸 내렸는데 거기에 고철도 껴들어간 거라."

"아, 그래서 요즘 비누가 고렇게 품귀를 빚었구먼. 난 또 왜라구."

"아 그렇지. 미국서 들여오는 굳은기름으로 비누를 뭉치거든. 근데 그 줄이 끊어질 판이니 사람들이 너도나도 사재기를 허려고 들판이니 귀해질 수밖에."

"그래도 그렇지 고철이 모자르다고 핵교 댕기는 애덜한테까지 넝

마주이처럼 고철을 주우러 다니라면 도무지 교육을 허자는 건지, 우떡허자는 노릇인지 쯧쯧."

"아이들이 더 좋아하던데 뭐. 선생님한테 칭찬 듣고 용돈 생기고, 누이 좋고 매부 좋고라는 옛말이 있잖아."

"근데 그게 말짱 도루묵이더라구. 내가 들은 야근데, 아이들이 학교에서 하도 채근을 허니깐 궁리 끝에 철로를 뜯어가질 않나 공공시설물을 야금야금 헐어가질 않나 아주 골치를 썩이는 데도 허다하다고 하더구먼."

"거 그렇게 되면 아랫돌 빼다 웃돌 고이는 한심한 꼴이 되겠구먼."

"누가 아니래나."

"아참, 근데 거 미국 애덜이 안 팔겠다는 물건 중에 혹 밀가루 같은 건 없던가?"

"밀가루면 밀가루지 밀가루 같은 게 뭐야?"

"아무튼지."

"아직 그런 소식은 내 들은 바가 없지만 누가 아나 뭐. 불쑥 안 팔겠다고 나설지. 그리 되면 죽어나는 건 우리네들이지. 밀가루는 물론이고 쌀값은 덩달아 또 오죽 오르겠나."

"이 지경이 되도록 정부에선 도대체 뭘 하고 있었던 거야?"

"하긴 미국을 상대로 뭘 해? 거저 손가락이나 빨고 천장이나 흘기고 있을 테지."

"내가 일 년 열두 달 가야, 샤쓰 한번 제대로 빨아입고 사는 처지가 아니니깐 비누니 뭐니 품귀를 빗든 곱절이 오르든 상관없겠지만 밀가루마저 저 모양으로 들먹거린다면 영 개갈 안 나는 일이 돼부리겠는걸."

"누가 아니래나. 아무래도 어제 썩은 밀가루가 나돌고 오늘도 이렇게 저치들이 똥 싸고 밑 안 닦은 놈들처럼 미적거리는 품이 좀 수상해."

"하여튼 창고 안은 그들먹한게 맘 놔부러도 괜찮겄제."

"이런 창고 하나 밤새 말아먹기는 우스운 노릇 아닌감?"

이 무렵 철대문 안에서는 곽서기와 장석조 씨가 목소리를 죽여가며 다투는 소리가 간간이 담장을 넘고 있었다.

"보소. 장사장, 이 일을 어떻게 처리헐려고 내게 일언반구 상의도 없이 이백 포나 되는 밀가루를 하룻밤새 다 빼돌린단 말이오."

장석조씨는 뒷짐을 진 채 아무 대꾸가 없다.

"말 좀, 지발 말 좀 해보시구려. 이거 원 답답해서. 노씨 물 좀 한 컵 갖다주소."

장석조씨가 느럭느럭 입을 떼었다.

"언제는 내가 곽서기님한테 일일이 다 보고를 하고 차떼기를 혔소? 나중에 이익금만 삼칠제로 분빠이하면 그만이었잖소?"

"아, 지금 그걸 말이라고 허요? 미국에서 우리나라에 대해 요긴한 물품들이 속속 금수 조처에 걸려서 배에 실리지를 못하는 지경이잖소. 상부에서는 하루가 멀다 하고 창고 점검을 하겠다고 난리를 치는 마당인데 한가하게 삼칠제 얘기나 꺼내게 됐냔 말이오!"

곽서기가 분기탱천해할수록 장석조씨는 더 능글한 태도가 돼갔다. 그는 자신의 두터운 입술 위로 검지손가락을 펴 조용히 포개놓았다.

"쉬잇. 지금 저 대문 밖에는 당장 밀가루 포대를 내놓으라는 사람들이 오륙십 명이나 득시글거리는데 곽서기님의 음성이 너무 큽니

다그려. 그 목소리가 담장을 넘는 날이면 저 대문이 뜯기고 담장으로 아낙들의 돌멩이가 날아드는 건 시간 문제일 텐데 우리가 목숨이 하나지 둘이어라?"

자신의 아랫입술을 지그시 깨문 곽서기는 턱을 바르르 떨었다. 그제서야 장사장의 음모에 걸려든 자신을 깨달은 것이다. 지금 시중에서는 한 포에 천이백원 하던 밀가루값이 거의 두 배로 껑충 뛰어올라 이천원선에 육박해 있었다. 미국이 일전에 발표한 농산물 통제법에 밀가루 항목은 들어 있지 않았지만 사람들의 불안심리가 부풀어 올랐다. 거기다 중간상인들의 농간이 뒤따르자 밀가루값이 순식간에 폭등현상을 보인 것이다. 너도 나도 사재기에 나선 결과였다.

그 동안 곽서기는 취로사업자의 수를 대장보다 늘리거나 유령인물을 내세워 전표를 더 확보해두었다. 그리고 정량을 속이기도 하고 어제처럼 반품 처리해야 할 불량품을 슬그머니 풀기도 했다. 그것이 나중에는 다 돈이 되어 그의 호주머니를 부풀려주었다. 물론 그래서 모은 밀가루나 관급품들은 장사장이 알아서 처리해주고 삼칠제로 쪼개 그의 몫을 전달해주었다.

하지만 이번은 사정이 달랐다. 까댁 잘못하다간 모가지가 달아나는 데 그치지 않고 콩밥을 오랫동안 먹을지도 모를 아주 급박한 상황이 된 것이다. 그전에 흥분한 영세민들한테 몰매를 맞아 세상을 하직해야 할 신세가 될지도 모를 판이었다. 그는 하는 수 없이 장사장의 바짓가랑이에 매달리는 수밖에 없음을 알았다.

"장사장님, 사람 목숨 한번 살려줍시다."

곽서기는 아예 땅바닥에 무릎을 팍 꺾고 앉아 장석조씨를 올려다보았다. 그러자 장석조씨는 짐짓 놀라는 표정을 지으며 곽서기를 부축하는 시늉을 했다.

"아니, 곽서기님이 이러시믄 어떡허십니까 그려. 체통이 있죠."

"체통이고 뭐고 간에 빨리 오늘중으로 저 창고에서 빠져나간 밀가루 이백 포대를 채워주십시오. 오늘 밤에라도 당장 감찰이 나올지 모른단 말입니다. 저 밖에서 훙성거리는 사람들 생각도 해주시고요."

장씨는 부러 자신의 가슴을 팡팡 쳤다.

"이런 답답한 경우가 있나. 아, 지가 지금 곽서기님을 골탕 멕일라고 그러는 짓거리가 아니라는데두 자꾸 이해가 부족허셔서 절보고 딱한 말씀만 허시니 나 이거 참…… 그 물건은 어젯밤 이 창고에서 실려나간 직방으로 지가 아는 제분업자헌테 포당 천오백원을 받고 팔아넘겼다니깐요. 거지부리가 아니라는 사실은 지가 이렇게 삼칠제 원칙에 따라서 곽서기님헌테 드릴 봉투를 가져온 걸 보시믄 다 아실 것 아닙니꺼. 우린 현금 박치기가 아니면 일절 상대를 안 허는 성질인 줄 그쪽에서도 잘 아는지 은행에서 방금 꺼낸 듯한 오백원짜리 지폐로 미리 준비를 좌악 허고 있다가 건넵디다. 여그 곽서기님 몫으로 지도 그 빳빳한 종이돈을 에누리 없이 챙겨불고 왔다 아닙니꺼. 모다 구만원입니다그려."

곽서기는 장석조씨가 건네주는 흰 봉투는 거들떠보지도 않으면서 큰 결심을 한 듯 천천히 입을 열었다.

"그렇담 좋습니다. 장사장님이 정 이렇게 나온다면 그 밀가루를 다시 사들여 창고를 채우죠. 돈은 그대로 다 돌려드릴 테니."

"우째 이리 답답허실까? 그쪽에선 한 포당 이천원을 쳐줘도 어림도 없다 할깁니더. 왜냐면 지금 밀가루 자체가 품귀 아닙니꺼, 품귀? 한 이천오백원쯤 준다 카믄 몰라두예."

곽서기의 눈에서는 증오의 빛이 뿜어져나왔다.

"내가 지금껏 장사장한테 물어다준 물건이 얼만데……"

"곽서기가 그렇게 말하믄 내도 섭하제. 주로 영세민들 등친 그 알량한 물건들 갖다가 팔아서 꼬박꼬박 현찰 박치기로 갖다바친 게 누꼬? 정말 섭하대이."

"알았소. 이천오백원에라도 빨리 오늘중으로 교섭을 해주세요. 돈이야 내가 어떻게 융통해보겠소만. 우선은 저 바깥에 몰려 있는 사람들헌테 다문 몇 킬로씩이라도 봉다리에 채워줄 양이나마 마련했으면 싶소."

"어제도 일부는 썩은 밀가루를 가져갔다고 야단법석을 떨고 벼르고 있는 사람이 한둘이 아닐 텐데 또 수 부린다꼬 훌닦아세울 기세든가 보든데 아까 참에는 내가 막걸리깨나 풀어서 간신히 우째우째 임시로 분위기를 틀어막기는 했지만 뭔가 심상치 않으니깐 전화라두 파출소장과 통화를 해두는 게 좋을 성싶소이다."

"도대체 누가 오늘 밀가루를 나눠준다고 소문을 냈소?"

"사람들 말로는 최통장 야그를 듣고 왔다고 허더이만 최통장은 자기 입으로 딱 부러지게 말한 적이 없다고 허더이다. 사람들이 하도 썩은 밀가루 때문에 부아가 올라서 대구 삿대질을 해쌓으니깐 내일은 관에서도 실수 없이 처리해주지 않겠느냐고 말한 게 그리 된 모양이긴 허요만."

곽서기는 어제 변질된 밀가루 포대가 그대로 배급되는 걸 알면서두 말리지 못한 자신의 실수가 새삼 뼈저리게 다가왔다. 까짓 몇 포대쯤이야 유야무야 넘어가겠지 생각했던 게 큰 오산이었음이 드러난 것이다. 그때 미리 세 포대씩 사람들에게 다 나눠만 줬어도 능구렁이 회쳐먹을 장석조씨한테 이런 일은 안 당했을지도 몰랐다. 괜히 창고가 썰렁 비는 게 싫어서 우선 반 포씩만 나눠주라고 했던 것인데 그것이 뜻밖의 화근을 부른 것이었다.

"일이 보통으로 커진 게 아니군."

곽서기는 혼잣소리를 흘렸다.

"설마 사람들헌티 맞아 죽기야 허겄는가?"

"파출소에 계신 우리 김순경님한텐 지가 진작에 일러두었으니 염려는 팍 붙들어매두어도 좋을 것이오 잉."

옆에 서 있던 방범 최만술씨가 자신의 존재를 각인시킬 기회다 싶었던지 끼어들었다.

"그렇담 아까 경비 말을 들어보니깐 몇 사람이 선동도 하고 창고 대문에다 대고 발길질도 하고 그런 모양인데 김순경이라도 보내서 몇 명 본보기로 끌고 가든지 해야 되는 거 아닌감? 경찰들도 그저 먹을 때뿐이지 돌아서면 입만 싹 씻으니 원."

곽서기는 불안한 기색을 감추지 못했다. 그러자 최만술씨가 자기의 허리께에 늘어진 방망이를 만지작거리며 말했다.

"두 형님의 안전은 이 최만술이가 책임지고 맡고 있으니 걱정을 말더라고요 잉."

그러나 곽서기와 장사장은 최만술씨가 미덥지 못하다는 눈길을 던졌다.

"한 포에 이천오백원이면 되실어올 수 있다는 말은 틀림이 없는 게죠?"

곽서기는 장석조씨에게 명토를 박아 똑박또박 물었다. 장사장은 말없이 고개만 끄덕여 보였다. 곽서기는 경비에게 손짓을 해서 창고 열쇠를 가져오게 했다.

"노형, 창고 안에 불 좀 켜주소."

곽서기는 텅텅 빈 창고 안에 홀로 들어섰다. 한구석에는 여남은 포대의 밀가루가 억죽박죽 쌓여 있었다. 그는 밀가루 포대위에 서류철을 올려놓고는 그 위에 앉았다. 담뱃갑에서 은하수를 한 개비 뽑고 나니 껍데기만 남았다. 곽서기는 담뱃갑을 손아귀에서 꾸깃꾸깃 뭉친 다음 창고 문 앞으로 내던졌다.

곰탱이 같은 장사장한테 내가 뒤통수를 얻어맞다니!

곽서기는 질끈 사리문 이빨 틈새로 담배연기를 뿜어냈다. 자기가 시키는 대로 이 창고 안에서 물품을 쏠락쏠락 빼내서 처분한 다음 꼬박꼬박 현금을 건네주는 심부름이나 잘할 줄 알았던 장사장이 이런 머리를 쓸 줄은 꿈에도 생각지 못한 일이었다. 절묘한 타이밍이었다. 밀가루가 품귀 현상을 빚기 시작한다. 관에서는 관수품 수급 관리를 강화하는 판에 취로사업용 밀가루 포대가 이백 포가 새로 입고된다. 다음날이면 취로사업을 한 영세민들이 몰려와 밀가루를 내놓으라고 오복 조르듯 할 게 뻔한데 야음을 틈타 밀가루를 빼돌려 나를 궁지에 몰아넣은 장사장의 술수가 괘씸하기 짝이 없었으나 지금 당장에는 아무 손을 쓸 수가 없는 처지였다. 자신의 목숨이 장사장의 손아귀에 매여 있음을 생각하니 한숨밖에 나오질 않았다.

"형님, 어째 부릴라고 어젯밤 지가 자꾸만 그래도 되겄느냐고 다짐을 받았는데도 아무 일 없을 테니 염려 말라고 험시롱 밀가루를 다 빼내갔시우?"

경비 노태식씨가 은근히 장석조씨 곁에 다가와 말을 붙였다.

"시끄럽다. 니는 가만히 굿이나 보고 떡이나 묵으라마. 똥줄 타는 놈은 내가 아니고 저 창고 안에 든 생쥐고마. 내가 그만큼 돈 심부름 해줬으면 집 한 채 값은 넘었을 테고 그 정도면 됐다. 나도 이제 손이 커지고 이 동네에서 판수가 익었으니 이제 고마 동서기 뒤치다꺼리 혀주는 데는 신물이 났다 아이가. 곽서기하고는 이제 팍 막살을 놓고 좀 물이 큰 데서 놀아야지."

"물이 큰 데라뇨?"

"아, 니는 그럼 내가 동사무소 같은 옹달샘에서 놀다가 죽을 붕어 새끼인 줄 알았는가베?"

"아, 아니 그건 아니지만요 형님. 어데 비빌 언덕이 있어야지요."

"하모, 비빌 언덕도 없이 내가 이러지 싶나? 치아뿌리라 마. 니는 내 말이나 직수굿이 잘 듣고 있으면 쏠쏠히 떨어지는 떡고물이 녹록찮을 테니 그렇게만 알아라 마."

장석조씨는 곽서기와 조용히 결별할 수도 있었으나 그럴 경우에는 두고두고 곽서기가 자신의 일에 딴죽을 걸고 들어올 것만 같아 한번 본때를 보여주자는 심산이었다. 나도 일을 틀면 얼마든지 틀 수 있다는 경고의 의미를 지닌 것이기도 했다.

"지가 고물상을 허고 있기는 허지만 저만큼 이 동네에서 현금 박치기를 헐 수 있는 사람이 흔치는 않을 겝니다."

장씨는 중국집 이층 다락방에서 만난 구청 이주임에게 신문지로 똘똘 싼 돈뭉치를 내밀며 상대방의 손을 두 주먹으로 와락 감쌌다.

"박소장이 소개한 분이니 어련하시겠습니까만, 아시다시피 이건 목숨 걸어놓고 하는 장사니만큼 보안을 철저히 지켜주시고 일절 기록은 남기지 마셔야 합니다. 다치더라도 절대 상대방을 불지는 않도록 협시다."

"여부가 있겠습니까."

수법은 똑같았다. 장석조씨는 동사무소의 곽서기 대신 구청의 이 주임과 거래를 트기로 작정했다. 거래 품목이 밀가루 등 식료품에서 철근, 시멘트, 합성수지관 등 건축자재로 바뀌었을 따름이었다.

창고 안이 텅 비어 나눠줄 밀가루가 없다는 소문이 확 돌자 사람들은 갑자기 흥분하기 시작했다.

"누가 그래? 어떤 가랑이를 쫙 찢어 죽일 놈이 그 따위 말을 해?"

"누가 말했는지가 뭐가 중요하다고 호들갑이야! 창고가 비었다잖아."

"제기랄! 빈 창고 앞에서 우릴 이렇게 기다리게 해놓았다는 거야? 야, 거 대문 앞엘 철통같이 지키라우. 곽서기랑 다들 아직도 저 안에 있을 테니깐 독 안에 든 쥐나 마찬가지 아니갔어? 정말 하늘 무서운지 모르는 종자들이 여기에 있구먼."

"똥을 퍼다 아가리에 퍼부을 개아덜놈들 같으니라구 원!"

"만약 그게 사실이라면……"

"사실이고 자시고 따질 게 뭐가 있어? 저기 창고 경비란 놈한테 점심 도시락을 날라다준 그놈 여편네 입에서 나온 말이라는데."

"그럼 어제 우리가 창고 안에서 본 그 밀가루 포대는 어디로 간겨? 밀가루가 아니라 시멘트 포대였나 그럼?"

"싱거빠진 소릴랑 하지덜 말아."

곽서기는 대문 앞쪽을 초조하게 서성거렸다. 그러더니 장석조씨 옆으로 다가와 무슨 수가 없겠냐고 물어왔다.

"원래 못사는 사람들이라는 게 와 하는 성질들이 있어서 뭉쳐놓으면 하늘이라도 갈아치울 듯하지만 개중에서 큰소리치는 사람 몇만 입막음을 해놓으면 또 들쥐들모양 뿔뿔이 흩어지는 게 그들이거든요. 내 생각에는 그래서 말인데 저그 창고 안에 남은 여남은 포대를 풀어서 지금 밖에서 제일 큰 목소리를 내는 몇 놈에게 먹이는 거요. 그놈들 입만 틀어막으면 일은 얼추 마무리한 게나 다름없을 테니 말이오."

곽서기의 얼굴이 조금은 환히 밝아졌다.

"그, 그렇다면 장사장께서 나가셔서 몇 사람 좀 찍어오시지 그러시오. 제발 덕분에 내 등짝의 식은땀이나 좀 들여보내게요. 그렇게라도 해서 대충 시간 좀 끈 다음 빼내갔던, 아니 거래를 했던 밀가루 포대가 다시 들어오면 그 즉시로 문제는 완전히 풀리는 것 아니겠소?"

"고것이 글씨, 장담할 수가……"

"장사장님만 믿소."

곽서기는 장석조씨의 두툼한 허리께를 두 손으로 밀어 대문 쪽으로 보냈다. 장석조씨가 대문 밖으로 얼굴을 비치자 사람들이 와그르르 몰려들었다.

"어이, 장사장님 거 창고 안에 우리한테 줄 밀가루가 텅텅 비어부렀다는데 고것이 참말이어라? 속씨언히 말이라도 혀주소."

"말이 뭔 필요 있능교? 직접 밀고 들어가서 우리 손으로 창고문을 따보면 알 수 있는 거 아닝교? 우리 것 우리가 눈으로 보고 또 가져오겠다는데 그것이 불법도 아닐 테고……"

장석조씨는 두 손을 번쩍 들어 일단 사람들이 중구난방으로 퍼붓는 질문공세를 차단한 다음 천천히 입을 열었다.

"이 사람들이 왜들 이리 소란들이여! 느긋이 참고들 기다릴 줄을 모르고 말이여."

"아니, 지금 참게 생겼어라? 앉은 자리에서 생사람 간을 쏙 빼묵을라는 개아덜놈들이 있는 판국에 말이어라?"

"보소보소. 지금 안에서들 열심히 서류를 맞추고 있으니깐 곧 창고 문이 열릴 모양인데 왜들 성마르게 이 짓거리들이오. 지금 관청을 상대로 해서 무얼 어떻게 해보겠다는 건가 도대체들 잉? 다시는 관청 문턱들 안 밟고 살 자신들하며 국량이랑 다 서 있단 말이여, 무엇이여 도대체?"

고물 장수 고영만씨가 허릿장을 지르고 나선다.

"근데 왜 관에서 하는 일이 다 이 모양으로 개갈이 안 난답디여? 어제는 썩어빠진 밀가루를 풀질 않나, 오늘은 벌써 지금 몇 시간째여 땡볕에 늙은이하고 아낙들이고 간에 말여. 증말 이러고도 되는 것이여. 사람 우습게 알아도 분수가 있는 벱이지."

"그러니깐 내 말들을 잘 들어봐 좀. 거기 고씨허고 권씨, 그리고 그렇게허고 가만 있자, 가설라므네 양씨까지 이 안으로 들어와보더라고."

"저희 셋은 와요?"

"왜긴 왜여? 하도 바깥에서 창고가 비었느니 어쩌니 하면서 찧고 까불고 담벼락을 흔들어쌓으니 우쩌겠노. 견학을 시켜주어야지 맴들을 놓을 것 아니가."

"견학이오?"

"그려. 창고 안에 밀가루가 그들먹하게 쌓여 있는 모습으로 보고 나와서 말을 해주면 오해가 말끔히 풀릴 것 아닌가베. 와 내 말이 글렀는가베?"

사람들이 고개를 저마다 끄덕이며 장석조씨가 지목한 세 사람의 등짝을 떼밀었다.

"두 눈으로 똑똑히 보고 와서 속 씨언히 말 좀 해도고라마."

"하믄하믄."

세 사람을 끌고 들어온 장씨는 문 틈새로 바깥동정을 한번 살핀 다음 세 사람을 소몰이 하듯 몰아 창고 안으로 끌어들였다.

"앗, 이기 우찌 된 일이고?"

양세종씨가 입을 쩍 벌렸다. 창고 안은 밖에서 듣던 대로 텅텅 비어 있었던 것이다. 해병대 권씨가 내외를 하듯 비껴 서 있는 곽서기에게 달려가 멱살잡이를 했다.

"야, 이 생쥐 같은 놈아, 그 많던 밀가루를 다 우쨌냐? 부침개를 부쳐 먹었냐 아니믄 바람난 년 단속곳 밑에서 치맛바람에 다 날려부렀냐. 입이 셋바닥이 빠졌냐? 왜 말을 못 해!"

"켁켁, 그, 그게 제발 이, 이것 좀 놓고……"

"못 놓겠다 이놈아. 이놈이 이제 이 세상에서 밥숟가락질에 흥미가 없는 모양인가베. 죽으려고 환장을 한 놈이 아니고서야 이런 짓을 우떻게……"

장석조씨가 달려와 권씨를 간신히 뜯어말렸다.

"이러다 진짜 사람 잡겄네 권씨."

"생사람 잡아도 싸지요 뭐."

양씨가 빈정거리며 장석조씨를 쏘아보았다. 니놈도 다 한통속인 줄 다 알고 있다는 표정이었다.

"봐라봐라, 마. 이렇게 우격다짐으로 한다꼬 해서 풀릴 일이 이미 아닌기라. 네가 너거들만 은근살짝 부른 것은 다 그만한 이유가 있어서 그런 것이니 내 말 잘 듣고 반드시 따라줘야지 그러잖으면 큰 사단이 벌어지고 사람 여럿 다치고 상할 것인께 멩심하거래이."

"일이 이렇게 된 마당에 뭘 멩심하고 자시고 헙니꺼? 전 나갈랍니다. 나가서 사람들한테 쭉정이로 변해부린 창고 얘기를 허고 물고를 낼 놈은 물고를 내든지 말든지 가부 간에 결딴을 내버리든지 해야지 뭐 이게 뭡니까?"

고물 장수 고영만씨가 몸을 돌려 나가려는 시늉을 하자 장석조씨가 몸을 날려 가로막았다.

"이 사람아, 기왕 들어올 때는 순순히 들어왔지만 나갈 때는 맘대로 못 허이. 내 말을 끝까지 잘 들으면 누이 좋고 매부 좋은 일이 있을 테니 어서 이리 좀 오게나."

장씨가 누이 좋고 매부 좋은 일이라고 한 것은 그들 세 사람한테는 밀가루를 두 포씩 당장 나눠줄 테니 집으로 구순하게 돌아가달라는 것이었다. 경비 노씨가 그들 앞에 밀가루를 두 포씩 져날라 내려놓았다.

"헹님 말씀은 이해를 허나, 그리는 못 허겠소."

"와?"

"저 밖에서 우리덜얼 눈 빠지게 기다릴 사람들 생각 좀 해야 안 쓰겄소?"

해병대 권씨가 팔짱을 끼며 앵돌아졌다. 그러자 장석조씨가 빙긋이 웃으며 지갑을 꺼내들었다. 그 지갑을 바라보는 양세종씨의 목울대가 출렁거렸다.

"이래도 말이가?"

장씨는 지갑에서 예의 그 빳빳한 종이돈을 집히는 대로 꺼내 세 사람의 발치에 놓인 밀가루 포대 위에 올려놓았다. 세 사람의 눈이 일시에 아래로 깔렸다.

"옛다, 쓰는 김에 기마에다."

장씨는 오백원짜리 한 장씩을 꺼내 그들 눈앞에 바짝 들이밀어 구경을 시키고는 더 얹어놓았다. 세 사람은 꿀 먹은 벙어리처럼 말문이 닫혀버렸다. 그리고는 서로의 얼굴만 멀거니 바라보았다.

"헹님 이러면 안 되는디 말씨……"

권씨의 말꼬리가 흐려지고 있었다. 그리고 얼굴도 장씨에게가 아니고 옆의 양씨와 고씨에게 향해 있었다.

"나도 더이상은 안 되겄네. 모다 셋 실 동안 결정을 안 내리뿌리면 도로 걷어가고 아조 없었던 일로 해버릴 텐께 알아서들 하게나. 이게 다 합치면 앉은 자리에서 칠팔천원은 통째로 삼키는 횡재를 혀는 것인데."

장석조씨가 느긋하게 손을 꼽아가며 세기 시작했다.

"한나아 – 허구요."

"두우울 – 넘어가구."

양세종씨의 눈에는 단풍잎이 진 화투패가 순간 눈앞에서 어른거렸다. 화투패를 못 잡아본 지가 도대체 얼마 만이던가. 마누라가 친정에서 가져온 반지까지 몰래 꼬나박았다가 가정 파탄 일보 직전까지 간 이후로는 운수풀이로도 화투패를 만져보지 못했지 않은가. 마누라한테 동회에서 밀가루 두 포하고도 반이 나온다는 말을 듣고 얼쑤, 그러잖아도 밀가루가 품귀를 빚어 값이 솟는 판에 그거라도 팔면 사오천은 떨어지겠다 싶어서 그걸로 어떻게 새끼 좀 쳐갈까 생각

중이던 차였던 것이다.

"허참, 돌부처들이 되셨나. 두우울에 바아안-"

"반의 반에 바아안-"

세 사람은 복잡한 표정을 씹으며 어쩔 줄 몰라했다.

"이번이 진짜 마지막이여. 나도 헐 만큼은 혔응게. 자아 시에엣-"

그때 양세종씨가 권씨의 허벅지를 슬쩍 꼬집었다. 권씨는 그게 무슨 뜻인지 단박에 알아차렸다.

"어따, 성님 와 그리 인정 사정도 없이 숨 넘어가게 세어부린다요. 우린 그저 성님 말만 믿을 테니 어서 저 뒤쪽의 쪽문이나 따주시구레."

권씨와 양씨가 고꾸라지듯 발치의 밀가루 포대에 머리를 박더니 우선 돈부터 호주머니에 쑤셔넣은 다음 밀가루 포대를 거뜬히 어깨에 걸머졌다. 고영만씨는 엉겁결에 그 둘을 따라했다.

"어이, 노씨 쪽문 따게나. 집에서 발 씻고 쥐죽은듯이 잠이나 자두게나."

장씨가 두 손을 탈탈 턴 다음 어깨가 축 늘어져 있는 곽서기에게 다가가 등짝을 두드려주었다.

"먹은 자가 말이 없어, 으떻소? 이거야말로 만고불변의 참말 아니겄소?"

정문 안으로 들어간 세 사람이 끝내 모습을 드러내지 않자 사람들은 술렁거리기 시작했다.

"밀가루 포대들에 깔려 숨을 거뒀나 왜 이리 깜깜 무소식이랴!"

그러나 큰 소리를 내던 사람들이 자리를 비운 탓인지 선뜻 나서서 분위기를 주도하는 이가 없었다. 상호는 짚이는 바가 있어 슬그머니

자리에서 일어났다. 그리고는 동네를 향해 치달아올랐다.

개놈덜이 샜구나!

상호는 해병대 권씨와 양씨 그리고 고영만씨 집 차례로 뒤져나갔다.

앞의 두 사람은 집으로 돌아온 흔적이 없었다.

상호는 고영만씨 집 부엌문을 여는 순간 바닥에 뒤집어져 있는 큼직한 고무신짝을 보았다.

"형님 계슈?"

문고리를 잡고 흔들었지만 안에서는 기척이 없었다. 상호는 문고리를 버쩍 잡아당겼다. 고씨가 반대편 벽 쪽을 향해 돌아누워 있었다.

항상 가슴이 답답하다며 이마를 질끈 동여매고 자리보전을 하고 있는 고씨 마누라가 기신기신 일어나 옷매무새를 다듬는 시늉을 했다. 상호는 좁다란 마루에 엉덩이를 디밀며 목소리를 낮췄다.

"헹님 어디 편찮으슈? 아, 어디가 편찮으면 편찮아서 먼저 올라간다고 알려나주시고 가실 일이지 지금 바깥에서 사람들이 형님서껀 다들 나와서 우찌 된 일인가 들어보려고 목을 학처럼 늘이고 있는 마당에 이게 웬일이라요. 언능 일어나 좀 보소."

"……"

고씨는 끙 하는 신음 소리만 내고 말았다. 상호는 그가 베개 삼아 베고 있는 물건을 보았다. 한눈에 그것이 곰표 강력분 밀가루임을 알 수 있었다. 눈에서 순간 불똥이 확 튀었지만 지그시 다그쳐 물었다.

"헹님, 지금 베고 주무시는 게 뭣이여? 거 참, 얄망궂네 잉."

"……"

"헹님말고 나머지 두 사람은 우데로 빠졌어요? 속 터져 죽겠수다, 얼른 어찌 된 속인지 시원허게 털어나 보소 지발."

상호는 주먹으로 방고래가 꺼져라 내리쳤다. 그 서슬에 몸을 부스스 일으킨 고씨는 상호를 외면하고는 비스듬히 가부좌를 틀고 앉았다.

"이것이 바로 그 밀가루여. 사람들이 너도나도 애타게 기다리던 그 밀가루지. 내가 창고 안으로 들어가보니 텅텅 비었더라고."

"비었다고!"

"다들 짐작은 혔잖아. 그런데 장석조씨가 한 사람 앞에 밀가루 두 포대허고 종이돈 예닐곱 장씩 얹어주면서 빠져달라고 혀서 그만 고것에 눈이 어두워 내가 덥썩 끌어안고 한달음에 집까지 달려오긴 했네만 아무리 생각혀봐도 너무 동네사람들헌티 죄송하고 볼 낯이 없어서 이렇게 드러누워 있는 것 아닌감."

"아니 그 개아덜놈들이 하는 수작짓에 딴 사람도 아닌 헹님이 놀아나요?"

고씨가 갑자기 고개를 돌려 상호를 돌아다봤다. 그의 눈은 물기 때문에 짓물러 있었다.

"이 사람아, 내가 이 발목 다친 것 때문에 달포째 엿가위질을 놀려보질 못했어. 나는 그렇다치고 자네 보다시피 병자인 마누라가 오늘 아침에도 길노인네 며늘아기한테서 얻어먹은 밀가루 개떡이 창시를 채운 유일한 곡기여. 알아듣겄어? 그런데 거진 만원 돈이 눈앞에서 어른거리는데 내가 무슨 용가리 통뼈인가?"

"상호 아우님, 지발 우리 애아범을 모른 체해주시구려. 이번 한 번만. 그러면 그 은혜가 정말 뼛속에 사무칠 거구먼."

고씨의 마누라가 상호의 팔뚝에 매달려 통사정을 했다. 상호의 눈빛이 순간적으로 흔들렸다.

"헹님, 지금 그 돈하고 고스란히 갖고 계시죠?"

"물론이지."

"헹님, 이것 지가 들고 갈 테니 얼른 아래로 내려가입시더. 그러잖으면 헹님 앞으로 이 동네에서 영 사람질하며 고개 들고 사는 건 다 글러먹습니더. 무슨 말인 줄 알지요. 예? 사람이 무릇 앞을 길게 봐야지 사람구실이라도 허다가 죽는 겁니다. 생각 굳게 묵고 맘 정리되는 대로 요기 교회 마당으로 나오소. 같이 내려갑시다."

고씨가 방고래가 꺼져라 한숨을 쉬며 마누라를 보듬어안았다.

상호가 자리를 박차고 나간 뒤 곧바로 길노인네 며느리인 혜련 엄마가 막 찌어낸 빵을 한 광주리 이고 찾아왔다. 마침 출출하던 참이라 사람들은 광주리 앞으로 우르르 몰려들었다. 광주리를 덮은 천을 걷어내자 막걸리로 발효를 시켰는지 구수한 술내가 확 풍기는 찐빵이 올망졸망 머리들을 내밀었다.

"한 사람 앞에 하나씩은 돌아갈 겁니더, 어버님."

"오냐, 잘 해왔다. 이 더운데 물솥 다루느라고 고생깨나 혔겄다."

"들큰한 게 맛 좋다 야!"

"기왕이면 앙꼬도 좀 넣었으면 좋았을걸."

"말 타면 경마 잡히고 싶다더니 그 심뽀군."

광주리를 비운 혜련 엄마는 광주리를 옆구리에 끼고는 일어섰다.

"며늘애기야, 너도 그늘에 앉아 땀 좀 들이고 가지 그러냐."

"됐습니다. 아버님."

길노인은 돌아서서 가는 혜련 엄마의 뒷모습을 아련히 쳐다보다가 얼른 눈길을 돌려 물코를 탱탱 풀었다. 단명했던 아들이 야속해진 것이다. 이제 걸음마를 타는 혜련이 하나만 보고 살기에는 너무나 앞길이 구만리같이 창창한 며느리였다. 게다가 혼자가 된 며느리가 아직 기력이 쇠하지 않은 시아버지와 같은 지붕 밑에서 사는 게 괜한 쑥덕거림을 불러오는 모양이었다. 길노인은 아침 소피를 보는 소리가 삼이웃에 들릴까봐 민망해 매일 전전긍긍할 따름이었다.

장석조씨가 얼굴이 곱상한 자신의 며느리를 넘본다는 밑도 끝도 없는 소문도 께름칙했다. 호색한으로 이름이 난 장씨가 한번 점찍어서 안 넘어간 여자가 없다는 얘기는 길노인도 줄창 듣고 있었다. 특히 수절과부를 요절내는 데는 보통 수완이 아니라는 말에는 뒷덜미에서 왕소름이 쭉쭉 돋아날 판이었다.

길노인은 며느리한테 입 밖에 내어 말한 적은 없지만 속으로는 은근히 상호를 점찍고 있었다. 얼굴이 좀 그런 게 흠이라면 흠이지만 사람 좋고 껵실껵실한 데다 명색이 총각 아닌감. 혜련 어미는 기왕에 머리를 한번 올리고 애까지 딸린 처지고 보면 상호만 좋다면야.

길노인은 언젠가 은근히 상호에게 뚱겨봤을 때 당황은 했지만 그리 싫어하는 것만은 아닌 감을 받았었다. 그리고 한 동네 사는 사람으로서 두 사람 사이에 눈길이 맞부닥칠 때 무심한 듯하면서도 어떤 예사롭지 않은 자장이 이는 걸 길노인은 나이 든 사람의 직감으로 웬만큼은 감지할 수 있었다.

"거 참, 빵맛 한번 기가 막히다."

"시장하니깐 그렇지."

"그런가."

"배도 고프기도 했지만 아주 잘생긴 빵이었어. 눈물이 나도록 아름다운……"

감자바위 성낙도씨가 먼산바라기를 하며 감정을 잡았다.

"우하하, 먹는 빵 보고 아름답다고 하는 말은 처음 듣네, 헤헤."

"아름다울 수도 있지 뭘 그래?"

성씨가 발끈한다.

"나는 그때 그 빵맛을 잊을 수가 없어……"

"언제……?"

"일병 때…… 탈영했을 때……"

"죽을라고 환장했던 적도 있었더구먼?"

"맞아, 그땐 죽으려고 했는지도 모르지."

성낙도씨는 등을 기댄 담벼락에서 벌떡 윗몸을 일으켜 어린애처럼 손으로 자기 가랑이 사이의 흙을 만지작거렸다.

성일병은 고질병인 천식을 앓던 어머니가 돌아갔다는 사실을 한 달 뒤에야 알았다. 강원도 어느 오지의 공병대대로 배속받아 취사반에서 대사꾸(큰 국자)를 휘젓는 생활을 한 지 일 년이 다 돼가도록 휴가를 받지 못했다. 편지는 딱 한 번 군수계에 달걀 한 줄을 상납하고 대필을 받아 써보낸 적은 있었다. 하긴 휴가를 받는다 해도 집까지 찾아갈 엄두가 나지 않았다. 우선 까막눈이었으니깐. 두 번인가 외박을 나왔을 때는 부대 뒷산에서 부엉이와 대화를 하며 지새다 복귀했다. 그래도 외박을 한 번 더 나갔으면 하는 생각이 들었다.

그날도 그는 양지 바른 곳에 함지통을 갖다놓고 감자를 벗기고 있었다. 부대에서 유일하게 구경할 수 있는 민간인은 일주일에 한 번씩 짬밥을 뜨러 오는 돼지 키우는 건너편 둔덕의 초가집 늙수그레한 농부뿐이었다.

"자네가 성일병인가?"

"그런뎁쇼."

성일병은 말대꾸를 하는 와중에서도 날을 세운 대검으로 감자껍질을 능숙한 솜씨로 얄팍하게 벗겨내고 있었다.

"내가 정신이 없어 벌써 두번째나 늦었네. 배달부가 벌써 지지난주에 쥐어주던 걸 말일세."

"연애편지요?"

옆에 있던 고참이 말참예를 했다. 손이 시린 성일병은 바지춤에 물기를 쓱쓱 문지른 다음 빙긋이 웃으며 편지를 받았다. 그리고는 옆에서 멀뚱히 서 있던 고참에게 넘겼다.

"박상병님께서 한번 뜯어서 읽어주시죠. 제가 물 젖은 손으로 연애편지를 읽을 수도 없구요."

"짜아식 너 그거 정말이야? 너 같은 놈한테 연애편지가 다오다니, 세상에."

"연애편지라면 아마 임자를 잘못 찾아온 거겠죠 뭐. 어떤 놈인지 애공알이가 마르게 편지를 찾겠는데요. 애인이 고무신 거꾸로 신었는가 싶어서 말입니다."

편지봉투를 뜯어 알맹이를 쭉 훑어본 고참은 혀를 끌끌 찼다.

"야, 성일병 니가 직접 읽어야겠다."

"뭔데요?"

"너그 어머님 돌아가셨다는 소식 같은데…… 쩝쩝."

성일병은 양은 함지 속에 대검을 빠뜨렸다. 그러나 곧 평정을 되찾았다.

"박상병님 수고스럽겠지만 그 편지 좀 문서 소각장에 넣어주실래요. 제가 나중에 명태찜 죽여주게 해줄게요."

"그러려므나. 빨리 잊는 게 좋지 뭐. 특별휴가 신청이나 해야 할

걸."

박상병이 막사로 돌아가고 나 뒤 성일병은 그 자리에서 슬그머니 일어나 터덜터덜 위병소를 걸어나왔다.

"야, 짬장 어디가?"

"부식 추진."

"들어올 때 상납 좀 혀라 잉?"

성일병은 가볍게 손을 흔들어주었다. 하염없이 길을 걸었다. 중간에 통신 지원 나가는 쓰리 쿼타를 빌려 타고 삼십 분쯤 졸기도 했다. 그러다가 해질녘에 다다른 곳이 사창리였다. 거기서 작지만 따뜻한 불빛이 새나오는 집 문고리를 잡아당겼다.

"누고, 여, 빡빡 들어와라. 싸게 해줄 팅께."

"……"

"어서 추운데 들어와버려라 잉. 황소바람 들이친다. 거기서 너 동태 되고 말래? 맘씨 좋은 누나가 싸비스 끝내주게 해줄 팅게 망설이지 말고. 기분만 좋으면 모든지 다 공짜다야."

"나 탈영했시유."

"뭐 탈영? 웃기지 마, 임마. 니 얼굴 보니 탈영 잘도 허겄다. 웬만큼 모진 놈이 아니면 그거 아무나 하는 게 아녀. 너 돈이 없어서 그러지. 걱정 마라. 돈 안 받고 하룻밤 재워줄 팅게, 까짓것."

"아줌마……"

"어, 그래…… 아줌마면 어떻고 아가씨면 어떻냐? 술 한잔에 팔리는 몸, 까짓것. 한번 대주랴?"

"어무니가 돌아갔대요. 한 달 전에. 오늘 편지가 왔대요."

"그놈의 편지 빨리도 왔다."

그 늙은 창녀는 성일병의 빡빡 민 머리를 감싸안고 쓰다듬기 시작했다.

"엄니가 보고 싶쟈?"

"야."

성일병은 갑자기 순진한 아기처럼 늙은 창녀를 끌어안고 말았다.

"봐하니 하루 종일 추위에 떨고 했으니 배도 오부지게 고프고?"

"야."

"그럴 줄 알았으면 뭣 좀 냄길걸. 안나, 이거라도 뜯어묵으라. 언 몸은 내가 녹여줄 팅께."

싸구려 분가루가 풀풀 나는 늙은 창녀의 몸에 안겨 있는 성일병의 몸은 서서히 풀리기 시작했다. 그는 졸음이 쏟아지는 와중에서도 손에 쥐어준 딱딱한 빵을 물어뜯었다. 다디단 빵.

얼마나 잠에 곯아떨어졌을까. 성일병은 너무나 눈이 부셔 일어났다. 군홧발이 보였고 위를 쳐다보니 인사계와 취사반 선임하사였다. 자신은 완전히 알몸뚱이였다. 입에서 뭔가 씁쓸한 게 씹혔다. 어제 먹다 만 빵이었다. 인사계의 주먹이 명치께로 날아들었다. 끌어냇!

"끌어내. 저 개새끼들을 다 끌어내란 말이야!"

멍하니 앉아 있던 성씨가 울음을 터뜨리며 벌떡 일어나 주먹으로 담벼락을 치다가 헌 빨래처럼 주저앉자 사람들이 놀라서 그를 쳐다봤다.

"내 빵을 움켜쥐고 놓지 않는 저 개새끼덜을 모두 끌어내서 처단하란 말이야, 엉엉."

"에라이, 아까 공짜술이라고 허겁지겁 털어넣더니만 또 그놈의 주사야!"

"내버려둬. 다들 속터지니깐."

폐병쟁이 진동환 씨가 빵을 아껴가며 뜯어먹다가 또 그 시절 좋던 선산부 적 얘기를 꺼냈다.

"막장에서 빵을 먹어봐야 또 그 참맛을 알지."

"자넨 광부 시절 야그를 빼면 입이 심심해서 으쩔 뻔했남?"

"타박 않고 사람 말 들어주는 것도 큰 부주니깐 지그시 들어주소."

"또 먼 소린데?"

"내가 그러니깐 갱도가 무너져버려서 막장에 갇혀 있을 때 호주머니에 빵이 하나 들어 있더란 말이야. 그땐 막장 천장에서 똑똑 떨어지는 낙숫물이 있어서 물걱정은 없었거들랑. 처음엔 그 암흑 천지에서 내가 다시 살아 나갈 수 있을까 낙심 천만이었는데 호주머니를 뒤져보다가 문득 손아귀에 잡힌 빵을 보니 갑자기 살고 싶다는 아니, 살 수 있다는 생각이 펄펄 들지 뭐겠나. 이 빵만 있으면 살겠다 싶더라구. 와 그래서 거짓말 하나도 안 보태고 하루에 요 엄지손톱만큼씩 뜯어먹으며 연명을 하는데 그 맛이라는 게 정말 기가 막힌 거지 뭐. 아, 안 그렇게들 생각돼?"

"그게 벌써 몇 번째 듣는 얘기여, 차암. 내가 뒷마무리를 아예 해줄까? 아, 그 빵쪼가리를 어찌나 아껴 먹었던지 구출되던 날 보니깐 반도 채 못 먹었다는 거였지. 또 그 빵을 간식으로 싸준 마누라를, 병원 침상에 누워서도 졸라 쪄갖고 오랬더니 영 그 맛이 아니더라 이거 아냐? 젠장. 이젠 돌대가리인 나라도 외라면 외겄다."

머쓱해진 진씨가 뒤통수를 벅벅 긁으며 한숨을 푹 쉬었다.

"찐빵만 보면 그때 생각이 나서……"

"똥구더기에서 먹는 맛도 잊기 힘들지."

다들 흥미진진한 표정으로 딸기코 오병세씨를 쳐다봤다.

"어째서 똥구더기까지?"

"내가 왕년에 밀수에 손댔을 때."

"저번엔 밀수품을 져 날라다주는 심부름을 했다면서?"

"그게 그거지 뭘 꼬치꼬치 따져?"

"알았어. 근데?"

"한번은 자동차 부품인가 뭔가 하는 걸 빼돌려서 요즘 정부미 포대로 반 자루쯤 지고 밤중에 산을 타는데 어떻게 알았던지 뒤를 밟힌 거야. 그래서 죽어라고 둘이서 말이야, 꽁지가 빳빳해지도록 달음질을 놓는데 입에서는 단내가 나고 땀벌창이 되어 죽을 맛이더라고. 그래서 급한 김에 우선 숨도 돌릴 겸 일이 어떻게 돌아가나 싶어서 어느 마을을 지날 때 좀 반반한 집 외양간으로 살곰살곰 기어들어갔지. 그리고는 왕겨 두엄더미 속으로 들입다 파고들었지. 생각보다 뜨듯한 게 아늑하더라고. 단속반들이 데리고 온 똥개들이 짖는 소리가 점점 다가오더니 급기야는 마을 수색을 시작하는데 등골이 오싹해지더구먼. 잡히면 지금도 엄했지만 그때도 얄짤없이 댕경이지 뭐."

"외양간까지 단속반 개가 들이닥쳤나?"

"물론이지 이 사람아."

"그래서?"

"그래서는 뭐가 그래서야. 이제는 꼼짝없이 죽었구나 싶어 자리 털고 일어나려고 했지. 근데 갑자기 얼굴하고 머리께에서 쏴아 하는 소리가 나더니 뜨듯한 물이 한 양동이쯤 쏟아지더라구."

"소들이 오줌을 갈긴 게로군, 낄낄."

"영락없었지. 근데 개들도 소 오줌발에 놀랐는지 금세 어디론가 사라지고 말았더라고. 한바탕 그 푸닥거리를 하고 나니 배가 후출해졌겠지. 그래서 전대에 차고 있던 그 쏘련놈 홀레스키 같은 기다랗고 검은 빵을 꺼내 먹으려 했는데 보니깐 소오줌하고 썩은 두엄이 배어가지고 차마 먹을 수가 없었을 텐데 그땐 너무 허기가 져서 그냥 허겁지겁 입 안으로 둘이서 다투듯이 해가면서 휩쓸어넣었지. 아따 그래도 맛있데."

"건건찝찔한 게 맛이 있었을 게야, 우하하하."

주변에서 귀를 기울이던 사람들이 배를 싸쥐고 웃어제꼈다.

"그 다음부터는 이상하게 빵을 입에 대지 않았는데 오늘 빵은 맛이 좋아 그런가 어쩐가 안에서 당기네 응."

"빵에 대한 야그가 계집 따먹은 야그만큼이나 풍성하구먼."

"계집하고 빵하고도 관계가 아조 없지는 않지."

"그려?"

"나 같으면 계집의 농익은 엉덩이를 보면 꼭 잘 구워낸 빵 생각이 나거든. 그래서 한입 덥석 베물고 싶어 거시기가 치솟는단 말여."

누군가가 목소리를 죽여 말했다.

"왜 큰 소리로 해불지?"

"어디까지나 음담인 게로 낄낄."

상이군인 연씨는 빵을 훔쳤다가 제과점 주인에게 들켜 귓불을 잡힌 채 끌려온 아들에게 목발을 휘둘렀던 일이 떠올랐다. 그 목발에 맞아 아들녀석은 코뼈가 주저앉아 빈대코가 됐다.

밥을 먹고 나갔으면서 왜 빵을 훔쳤니?

……

아들은 손톱 여물만 잘근잘근 씹고 있었다.

난 빵 안 훔쳤어.

거짓말하면 아부지한테 더 혼난다!

진짜야. 난 안 훔쳤어!

이놈의 자석이, 아부지를 속이려고 해! 이게 니가 훔친 빵이 아니고 뭐야!

연씨는 눈을 부릅뜨며 목발을 정신없이 휘둘렀다. 아들은 코피를 쏟으며 고꾸라졌다.

댁네 사정을 보아하니 변상해달라고 할 처지도 못 되는 것 같아 돌아가우만 애덜 교육 좀 잘 시키쇼.

신풍의원에 데리고 가 치료를 한 다음 제 어미 등짝에 고개를 파묻고 오는 아이의 등을 토닥거리던 연씨가 물어보았다.

진아, 아부지 밉지?

……

훔친 건 정직하게 훔쳤다고 하는 게 사내다운 거야. 아부지는 진이가 그러지 못해서 화가 단단히 났던 거거든.

치잇, 아부진 독일빵이 뭔지도 모르면서……

독일빵?

치잇, 그래. 그거 먹어본 애가 우리 반에서 딱 둘이야. 근데 이젠 나까지 셋이거들랑. 이젠 학교에 가면 독일빵 맛이 어떤지 좍 말해줄 거야.

그래 맛이 어떻든?

잘…… 몰러…… 하지만 애들한테 해줄 말은 이미 다 준비해놨어.

아부지가 사줄까……?

싫어. 독일빵은 이런 식으로 맛만 보는 거야.

그래 다 내가 죽일 놈이여. 아무나 돌멩이 같은 걸로 내 마빡을 짓쪼라구. 얼릉 뒈져버리게.

고영만씨가 자신이 매수당한 밀가루 포대와 종이돈 옆에서 고개를 푹 수그린 채 창고 안에서 매수를 당한 내막을 털어놓고 있었다. 사람들 사이에서는 무서운 침묵이 흐르고 있었다. 모두들 석고상처럼 굳어져 움직일 생각들을 못 하고 있었다.

성낙도씨가 삽자루를 들고 앞으로 썩 나섰다. 순간 긴장은 최고조로 치달았다.

"영만이 니는 그렇다믄 증말 사람새끼도 아니여. 다들 목구멍에 풀칠들 허겠다고 이렇게들 나와서 생고생들을 허고 있는데 니만 그 창고 안으로 쏙 들어가서는 그 사람 같지도 않은 놈들이 사탕발림을 허는 걸 듣고는 널름 받아 혼자 챙기고 꽁무니를 빼버리냐? 고영만이가 기껏 그런 놈밖에 안 된다 말이여! 어흐흐흥."

성씨가 삽날을 어깨 위로 번쩍 쳐들었다.

"어쿠쿠, 이를 어째!"

여자들이 비명 소리를 내었다.

"그래 낙도! 그 삽날로 이 골통을 팍 쪼개줘라. 나도 내 자신이 밉다 야."

"영만이!"

성씨는 어깨 위로 쳐들었던 삽날을 아래로 비껴 내렸다.

"아악!"

"음머야!"

여기저기서 비명이 터져나왔다. 그러나 삽날은 고씨에게 향한 게 아니라 그 옆의 화단에 가 꽂혔다.

"그래도 니가 끝끝내 깨끗헌 양심이 살아서 우리들 앞에 섰으니 인두겁 쓴 보람은 있다 잉. 씨팔, 나래도 눈앞에서 빳빳한 오백원짜리 돈이 펄럭이는데 회가 안 동했겠냐?"

"아녀, 나란 놈이 흑심을 품었으니깐 꼬여든 거지 뭐."

"근디 우리가 이젠 다 알아부렀는데 말여. 저 창고가 텅텅 빈 쭉정이라는 걸 말여. 어떡해서든 저 안에서 우리를 하루종일 우롱한 쥐새끼덜을 잡아서 어찌 된 연유인지나 알아봐야 허지 않겄남?"

"일단 한번 밀고 들어가자구."

"야! 몇은 뒤로 돌아서 쪽문을 막으라구!"

대문은 생각보다 쉽게 떨어져나갔다. 옆으로 기울어진 대문을 우르르 밟고 사람들이 들어갔다.

"쎄빠또부터 작살내야 돼."

"하믄, 거기 삽날하고 곡괭이 자루 이리 내."

"으이그 먹음직스러운 놈. 이번 초복과 중복을 그냥 넘어가는가 했더니 이런 고깃덩이가 걸리려고 그랬던 모양이었는가베."

단 두 차례 가격으로 위세당당하던 셰퍼드를 요절낸 사내들은 밀가루 포대 배급 따위에는 관심이 없다는 듯 마당 구석에 널려 있던 마대 포대에 낑낑거리며 개를 집어넣은 다음 질질 끌며 쪽문 밖으로 바람처럼 사라졌다.

창고 문마저 곡괭이로 거덜낸 다음 들어가보니 곽서기와 장석조씨는 벌써 어디론가 내빼버렸고 방범 최만술씨와 경비 노태식씨만 우두망찰 서 있었다

흥분한 사내들에게 멱살을 잡혀 마당으로 끌려나온 두 사람의 얼

굴은 백짓장처럼 굳어 있었다. 방범 최만술씨는 벌써 누군가의 주먹에 걸려 눈두덩이 퍼렇게 변색돼 있었다.

"저 새끼는 통행금지 사이렌이 불자마자 걸려도 봐주는 법이 한번도 없었다니깐!"

"패 죽여!"

길노인이 상호를 찾았다.

"이보게, 저 사람들이 상했다가는 일이 크게 벌어질 참이니 자네가 손을 좀 써보게나."

경비는 곽서기와 장석조씨에게 책임을 떠넘겼다.

"곽서기하고 장석조씨가 다 빼돌린 것이여…… 난 시키는 대로 했을 뿐인게……"

"저런 똥물에 튀겨죽일 놈 같으니라구. 이봐 어서 거기 똥두간에서 똥이나 한 바가지 걸쭉하게 퍼오라구. 이런 놈들 아가리에는 똥이 들어가는 것도 아깝다구."

한 아낙이 뒤에서 달려들어 목덜미를 잡아뜯는 바람에 경비의 어깨 위에 걸린 호루라기가 땅바닥에 떨어졌다.

"경찰에 넘기자구!"

"여기 최가가 있잖아. 다들 한통속으로 붙어먹는데 뭔 소리여!"

"여러분, 이 사람들은 우리한테 돌아와야 할 밀가루를 중간에서 가로채 먹고 우리에게 썩은 밀가루를 내준 사람들의 심부름꾼일 뿐입니다. 어떻게 할까요?"

상호가 사람들 앞을 가로막고 나서서 손나발을 대고 물었다.

"뭘 어떻게 하고 자시고 물어볼 게 어딨어? 밟아 죽여도 속이 풀리까말까 한데."

"아이고, 그럼 우리 밀가루는 어디서 받나 응?"

"받긴 어디서 받아! 창고가 텅텅 비어버렸는데."

"이 사람들도 도둑질에 참여한 게 사실이니 고발을 해서 다 고스란히 물어내게 합시다."

"물어낼 때 물어내더라도 우선 줘패야 직성이 풀릴 것 같아서 말이야!"

그때 파출소에서 경찰 두 명과 방범 세 명이 달려왔다. 경찰들은 권총 허리띠를 차고 있었고 방범들은 방망이를 빼어 꼬나든 상태였다.

삑, 삐익 삑삑.

호루라기 소리에 사람들이 움찔해서 한 발짝씩 물러났다.

"주동자부텀 잡앗!"

"저놈이야."

곽서기가 손가락으로 가리킨 사람은 상호였다. 상호 근처에 있던 사람들이 재빨리 멀찌감치 몸을 비켜 섰다. 그때 창고 지붕에서 빈 막걸리통이 날아들었다. 고영만씨가 지붕 위에 올라간 것이다.

"야, 이 개새끼덜아. 우리가 무슨 죄가 있다고 잡으러 몰려오냐? 저 사람의 탈을 쓴 쥐새끼들부텀 끌어가지 않고!"

"주동자 몇 명만 잡고 나머지 사람들은 다 해산시켜!"

상호는 그 혼돈의 와중에서 재빨리 무릎을 구부린 다음 몸을 낮춰 아무 골목으로나 뛰어들었다.

지프로 증원된 경찰들이 창고를 에워쌌다. 지붕 위로 올라간 고영만씨는 소리를 고래고래 지르며 구청장을 데려오라고 요구했다.

"빨리, 빨리 사다리 올려!"

콜타르를 입힌 양철 지붕은 한낮의 땡볕에 녹아 질척질척해 몹시 미끄러웠다. 흥분한 고영만씨는 소리를 고래고래 지르다 말고 양철 조각을 뜯어 던지며 완강히 저항했다.

"아아, 고영만씨 내 말 들립니까?"

파출소장이 핸드 마이크를 잡고 직접 나섰다.

"다 필요 없다. 이 새끼들아 빨리 서울시장을 데리고 와."

창고 지붕의 용마루를 걸터듬어 앉은 고씨는 이젠 구청장이 아니라 서울시장을 데려오라고 요구했다.

"저 개새끼, 내려오기만 해봐라."

경찰 병력을 지휘하던 오경장은 이를 득득 갈았다.

"아아, 고영만씨, 내가 모든 요구사항을 다 들어주고 사후 처리도 관대히 해줄 것을 보장하는 바이니 그만 지붕에서 내려오세요."

"헤잉, 사람 좀 작작 웃겨라 이 자식아! 겨우 잎사귀 세 개짜리가 뭘 보장을 해준다는 거야? 사람을 우습게 보고 개수작질할 생각은 꿈에도 생각지 말라구. 난 서울 시장을 내 앞에 데리고 올 때까지 여기서 한 발짝도 내려서지 않을 테니 그리 알아라 이놈들아! 이 썩어빠진 놈들아! 영세민의 피땀만 쪽쪽 빨아먹는 거머리 같은 놈들아!"

고영만씨는 하도 소리를 질러 목청에서 꺽꺽 쉰 소리가 나왔다.

어제으 용사덜이 다시 뭉쳤다
직장마다 피가 끓어 군으 군 사기
총을 미고 건설하는 보람에 산다
우리는 대한으 향토 야비군……

허공에다 빈 주먹을 휘둘러대며 예비군가를 부르는 고영만씨 등

뒤로 고즈넉한 땅거미가 내리고 있었다. 어디서 나타났는지 헤드 라이트가 눈에 불을 번쩍 켰다.

"차렷! 경롓!"

"충성! 시장님께 보고드립니다."

"쉬엇!"

경찰들과 동원된 공무원들이 어쩔 줄 몰라하며 한 군데로 우죽우죽 모여 섰다. 그 사람들을 뚫고 깨끗한 양복 차림의 일행 서넛이 모습을 드러냈다. 한가운데서 뒷짐을 진 채 근엄한 표정을 짓고 있던 풍채 좋은 사람이 손으로 이곳저곳을 가리키며 무슨 지시를 내리고 있었고 파출소장은 수첩을 꺼내 지시사항을 기록하면서 그저 머리를 병든 닭처럼 조아렸다.

"무슨 일을 이 따위로 하는 거야 응! 다들 옷 벗을 각오들 허라구."

고영만씨는 눈을 비비며 아래를 내려다보았다. 후덕한 인상의 초로의 신사가 자신을 향해 미소를 지어 보였다.

"고영만씨, 제가 긴급 보고를 통해 자초지종을 다 들었어요. 이 동네 사람들이 관의 잘못된 관행과 횡포로 얼마나 큰 고통을 당하고 있는지 분명히 알았습니다. 에또, 본인은 이번 사태의 원인을 엄중 규명하고 책임자를 확실히 가려서 지위 고하를 막론하고 무겁게 처벌하겠다는 방침을 세웠어요. 그러니 고영만씨도 이제 그만 농성을 풀고 안전한 땅 위로 내려오시지요."

"증말이당가? 증말로 시장이 내 앞에서 와서 이러코롬 사과를 허는 게 증말이란가?"

"아무렴요. 제가 여러분의 공복인 시장입니다. 이봐 오경장 뭣하고 있나? 어서 고영만씨가 지붕에서 내려오면 병원으로 후송해드릴 채비를 차리지 않고? 지프를 이리 대게."

"예, 예."

"시장님, 증말로 시장님이 내 앞에 와 기신 겁니까요?"

"하하하, 이렇게 직접 보고 계시지 않습니까?"

"그럼 우선 지 말씀부텀 들어주시지요."

"예, 모든 요구사항을 다 들어드릴 테니 차제에 거리낌없이 털어놓으세요. 김비서 적게나, 무엇입니까?"

"정말 눈물겹도록 고맙고도 감사합니다. 시장님, 이 흔한 것한테 일부러 이렇게 발걸음을 허셔서 애로사항을 들어주시다니 정말로 명관이십니다."

"허허, 공치사를 들으려니 귀가 가렵습니다 그려. 어서 요구사항을 말씀하시고 거기 위험한 데서 내려오셔서 시원한 맥주라도 한잔 나누면서 얘기를 허시죠."

"아녀라우. 괜찮구먼요. 지 요구사항이라는 게 따지고 보면 별것 아닙니다. 우선 취로사업 나온 영세민들에게 전표대로 밀가루 두 포 반씩을 내주고, 어제 썩은 밀가루 받은 사람은 그것도 보상해주겄죠?"

"여부가 있겠습니까?"

"그리고 또 있습니다. 곽서기를 비롯해서 창고를 풀방구리 드나들 듯하며 거덜을 내버린 책임자를 엄중 문책하시고 다시는 이런 일이 생기지 않도록 허시겠다고 약조를 단단히 허시구요."

"예, 또요?"

"오늘 우연찮게 큰 소란이 벌어졌는데 나중에 잽혀가는 사람이 없으면 좋겠어라."

"예, 잘 들었습니다. 자, 다 들어줄 테니 이제 그만 내려오세요."

"예, 이 높은 데서 시장님을 내려다보믄서 말씀드리는 것도 예의가 아닌 것 같으니……"

밑에서 대준 사다리를 타고 땅에 내려선 고영만씨는 주위를 둘러보며 득의만만한 미소를 지으려 했다. 그러나 그 순간 달려든 경찰들이 그를 넘어뜨리고는 군홧발과 곤봉으로 간단히 곤죽을 만들었다.

"어이, 백씨 빨리 그 양복 벗어버리고 당신이 끄는 쓰레기수레 밀고 와서 이곳을 대충 정리 좀 하라고."

"예, 예."

방금까지 시장 노릇을 하던 사내는 오경장의 지시에 얼른 양복을 벗어 넘긴 다음 자신의 청소복을 걸치기 시작했다. 의식이 가물가물해지는 가운데서도 고영만씨는 그 모습을 붙잡아두려고 두 눈을 부릅떴으나 허사였다.

통행금지 시간이 훨씬 넘은 이슥한 밤 몸을 피했던 상호는 길노인 방에서 그와 마주 앉았다.

"이 동네를 이 길로 뜨겄단 말인가?"

"예, 어르신. 좀 잠잠해지면 다시 뵙지요."

"흐흥, 하필 그 곽서기란 놈이 자네를 주동자로 엮을 게 뭐람."

"……"

"어디로 갈 요량인가?"

"일단 공사판 일하러 다니면서 알아둔 사람들한테 가서 신세좀 져야 할 겝니다."

"그렇지, 그게 좋을 게야."

길노인은 방 한구석 궤짝 위에 놓인 이부자리에 손을 깊숙이 넣더니 지폐를 몇 장 꺼내들었다.

"급한 김에 노자 허게."

"어르신 왜 이러십니까?"

"다음에 올 때 갑절로 갚으면 되지 않남?"

"다음에요?"

상호가 눈을 휘둥그레 떴다.

"그럼 이대로 아주 떠나고 말 사람이던가? 자네가?"

"분명히 다시 찾아뵙겠습니다."

"혜란 에미가 싸놓은 빵 봉다리도 챙기고."

"……"

"이 늙은이가 주책인가? 자네 절 한번 받고 싶네, 어쩐지."

덩치 큰 사내가 일어서서 천장 낮은 데 매달린 전등을 가리며 앉자 온 방안에 순간적으로 어둠이 내렸다가 밝아졌다.

한마당 그들먹한 호박잎 틈새로 샛노랗게 핀 호박꽃 봉오리가 달빛에 흐드러지게 핀 뒤란의 쪽문으로 커다란 그림자가 빠져 나왔다. 그리고 한참 뒤에 잔기침 소리가 그친 노인의 방과 며느리의 방에서 거의 동시에 소등이 됐다.

■ 해설

지속되는 삶, 끝나지 않은 이야기

진정석(문학평론가)

1. '미아리' 사람들

『장석조네 사람들』은 1970년대 미아리 산동네를 배경으로 한 연작 소설이다. 잘 알려져 있듯이 '미아리'는 김소진 소설의 원형이자 창작의 모태라고 할 수 있다. 그의 성장기의 원체험과 가족사의 기억이 깃들인 장소가 바로 이곳이다. 첫 소설 「쥐잡기」에서 마지막 소설 「눈사람 속의 검은 항아리」에 이르기까지 그의 많은 작품이 이곳을 공간적, 심리적 근거로 삼고 있음이 우연이 아니다. 미아리고개 너머 미도극장을 끼고 뱀처럼 구불구불 길게 이어진 길음시장을 따라 올라가다보면, 눈앞에는 어느새 성냥갑처럼 다닥다닥 붙은 판잣집들의 거대한 군락(群落)이 펼쳐진다. 과거 강북에서 첫손꼽히는 대규모 판자촌이었지만, 지금은 도시 재개발로 말끔한 아파트들이 들어서면서 흔적도 없이 사라져버린 그곳. 행정구역 변경으로 정식 명칭이 '서울

특별시 성북구 길음동'으로 바뀐 지 오래지만, 예나 지금이나 여전히 그냥 '미아리'로 통하는 그곳. 1960~1970년대에 서울 변두리에서 유년기를 보낸 독자라면 책의 어느 대목을 펼쳐보아도 '그때 그 시절'을 상기시키는 친숙한 풍경들을 만나게 될 것이다. 루핑, 돌산 채석장, 도전(盜電), 프로 레슬링, 백색전화와 청색전화, 맥소롱, 박탄디, 조산원, 개장국, 새마을 담배, '안주일체'를 써붙인 대폿집, 간조봉투, 연탄 가게, 중동 현장, 가족계획, 고물상, 아폴로극장, 상이군인, 양아치…… 옛 추억을 희미하게 환기하는 애잔한 소품들의 행렬은 끝없이 이어진다.

그러나 이 책을 끝까지 읽고 난 뒤 남는 인상은 단순히 이런 디테일의 모음에 그치지 않는다. 1970년대의 변두리 세태 풍경을 재현하는 작가의 손끝에는 깊은 애정이 담겨 있고, 그만큼 핍진한 묘사력을 보여주지만, 이 소설의 순정한 핵심은 그것을 포함하되 또한 넘어서는 어딘가에 있다. 짐작컨대 이 책을 통독한 대다수 독자들에게는 아마도 추억의 풍경들 사이를 분주하게 오가며 때론 우스꽝스럽고 또 때론 눈물겹게 자신만의 삶을 살아낸 몇몇의 '사람들'이 더욱 선명하고 생생하게 살아오지 않을까. 그리고는 책을 덮으며 제목을 다시 한번 눈여겨보게 될지도 모른다. 과연, 너무 평범해서 그냥 지나쳐버리기 쉬운 이 소설의 제목은 '장석조네 사람들'이다.

산업화, 도시화의 바람이 드세던 시절, 삶의 근거를 잃고 어느 틈엔가 산동네 꼭대기까지 밀려나 "한 지붕 아래 아홉 개의 방이 한 일(一)자로 늘어서" 있어 일명 '기찻집'으로 불리던 '장석조네'에 깃들인 아홉 가구 세입자들. 그들은 누구이고 무엇을 하면서 어떻게 먹고 살았을까. 소설이 진행되면서 조금씩 밝혀지는 그들의 신분과 내력은 약속이나 한 듯 하나같이 뻔하고 보잘것없다. 촌의 상머슴 출신인 날품팔이 돌남 아범, 아줌마들에게 인기 높은 양은 장수 최씨, 6·25 전쟁통에 이북의 부인과 생이별하고 늦은 살림을 차린 전직 공사판 십장 오영감, 고아 출신 면도사로 외롭게 지내다 오영감과 살림을 차린 성금 어매, 전공(電工) 겐짱 박씨 형제와 흑산도 논다니 출신의 새댁, 놀라운 괴력과 모자란 지능을 겸비한 육손이 형 강광수, 똥지게꾼 광수 애비, 월남전에서 현지 제대한 얼금뱅이 상호, 왕십리 성냥공장에 다니는 딸과 그 딸에게 얹혀사는 폐병쟁이 진씨, 쌍과부집 주모 택이 엄마와 공사판에서 허리를 다친 의처증 남편, "허리께에 모서리가 닳아 허연 올이 내비치는 직사각형의 카키색 전대를 질끈 동여맨" 채소장수 뚱뗴이 홍남댁, 그녀의 딸인 동두천 양공주 옥자, 직업도 없이 빈둥대는 옥자 오빠 성호, 실성한 여자 콩점이를 임신시킨 홀아비 쌍용 아범 등이 바로 그들이다.

불안정한 직업과 부정기적 노동으로 겨우 유지되는 그들의 생활은 '가난은 일용할 양식' 이란 말이 딱 들어맞을 정도로 지독한 궁핍 상태를 벗어나지 못한다. 그들은 또한 가난만큼이나 남루한 저마다의 사연을 품고 있으며, 그 속에서도 정상적이고 평균적인 삶에 대한 희미한 소망을 여전히 간직하고 있다. 그 소망의 내용은 '괴기' 나 '빵'에 대한 원초적인 식욕, 이성에 대한 본능적인 성욕, 정상적인 가정을 꾸리고픈 바람, '실팍한 애기' 나 밀가루 몇 푸대처럼 아주 사소하고 기본적인 것들이다. 그러나 '남보다 나은' 도 아닌, 그저 '남만큼만' 살기를 바라는 그들의 갈급한 욕구는 항상 미진한 정도로만 충족될 뿐이다. 그들은 늘 허기와 소증(素症)에 시달린다.

결핍과 충족의 회로가 원활히 순환되지 않는 그들의 생활은 하루 하루 다툼과 시비의 연속이다. 목전의 사소한 이득을 둘러싼 그들의 불화와 갈등은 외부 세력을 향하기보다 주로 그들 안에서, 그들 사이에서 발생한다. 벌이가 신통치 않은 가장은 공연히 아내에게 주먹을 휘두르고, 공치는 날 벌인 노름판에서는 사소한 금액 때문에 서로 언성을 높이며, 밀가루 몇 포대에 한 동네 주민을 배신하기도 한다. 자질구레한 다툼과 시비는 그들에게 이미 돌발적인 사건이 아니라 익숙한 일상이다. 연작의 첫번째 이야기 「양은 장수 끝방 최씨」부터가 식전 아침에 몇 알의 피마자씨를 둘러싸고 벌어진 나주댁과 혜정이 엄마의 언쟁으로 시작된다.

"아따, 눈까풀 덮으면 앉은자리서 널름 코 베갈 놈의 동넬세그랴!"

"그런 씨알머리도 안 먹힐 소릴랑 누구 앞에서 하는 거욧! 하물며 나주댁 땅에서 자란 것도 아니면서 그깟 쐐기알 같은 피마자씨 좀 몇 알 털어왔다고 동네방네 그런 돼먹잖은 유세가 어딨단 말이오, 세상에!"

"아짐씨가 고로코롬 해쌓은께로 가슴이 다 벌렁벌렁 겁나게 섭해부리네 우린. 내 땅이고 뉘 땅이고 간에 뭐가 그리 대수고 큰일이어라? 애시당초 똥두간 자락에 파묻힌 탓으로 사람 손이 가 닿지 않아도 저절로 기름진 땅 기운을 빨아묵고 저만큼이나 키를 잡아늘린 것이제 언 놈의 땅이고 뭐고가 뭔 소용이당가?" (7~8쪽)

그러나 "말이 부르터 난 김에 한마디 더 보태자면" 하는 식으로 여유 있게 이어지는 그들의 다툼은 적대와 반목이라기보다, 삶에 활기를 불어넣는 활력소와도 같다. 그들은 쉽게 흥분하고 쉽게 싸움을 벌이지만, 이런 싸움이 극한적인 대립으로 치닫는 경우는 거의 없으며, 대개는 조그만 화해의 포즈에도 금방 "봄 눈 녹듯" 사라져버린다. 그들의 싸움은 어찌 보면 마치 승자도 패자도 없이 서로가 적당한 선에서 만족하고 물러서는 한바탕 흥정과도 같다.(이 소설에는 흥정하는 장면이 유난히 많다. 흥정의 양상은 몸보신용으로 팔려는 집오리의 근수가 '두 근 반' 이냐 '근 반' 이냐를 따지는 해학적인 협상부터(「양은 장수 끝방 최씨」) 자투리밭에서 키워낸 총각무 김치단의 적정가가 백환이냐 팔십환이냐를 논하는 본격적인 거래(「욕쟁이 함경도 아즈망」), 그리고 밀가루 두 포대와 몇천 원 돈에 동서기의 부정을 눈감아주는 굴욕적인 타협(「빵」)에 이르기까지 다양하게 나타난다.)

다툼의 형식이든 흥정의 형식이든, 서로 깊숙이 섞이고 관여된 그들의 삶에는 자기만의 비밀이 거의 없다. 아무리 은밀히 행한 일도 곧 누군가에게 들켜버리고 입에서 입으로 건너가다보면 결국은 모두가 아는 일이 돼버리기 일쑤다. 성금 어매가 늙은 오영감을 버리고 딴 살림을 차린 곳이 어디인지, 동생과 부인 사이를 오해한 비극적 주인공 겐짱 박씨는 어디서 어떻게 죽었는지, 정릉 들병이가 영험한 무당으로 둔갑한 것은 무슨 곡절인지, 실성한 콩점이를 임신시킨 사람은 누구인지, 그들은 가장 깊숙한 곳에 감춰두어야 할 은밀한 사생활조차 서로 엿보고, 우연히 목격하거나 미루어 짐작한다. 비밀이 없는 사람은 가난하다지만, 그들은 그 말조차 사치스러운 적나(赤裸)의 삶을 살아가고 있는 것이다.

이런 삶에 어떤 극적인 변화나 개선의 가능성을 기대하기는 어려울 것이다. 드물게 시도되는 탈출의 꿈은 말 그대로 이룰 수 없는 꿈에 불과하거나(양공주 딸이 낳은 혼혈아 손주가 '애비' 따라 미국에 가기를 바라는 홍남댁의 소원) 결국 처음의 자리로 되돌아오는 헛수고(주인집 장석조와 딴살림을 차렸던 성금 어매의 귀가), 혹은 한바탕 술자리나 노름판처럼 잠정적인 일탈에 그친다. 그들은 신산한 삶을 뒤바꿀 어떤 새로운 운명을 기대하기보다는 대개 현재에 자족하면서 소극적으로 감내하는 편이다. 사실 그들의 마음속 깊은 곳에는 이나마의 일상이 언제 어떻게 깨질지도 모른다는 두려움, 부디 내일도 오늘만 같기를 희구하는 소박한 바람이 자리잡고 있다.

이런 분위기는 작품 전편에 일관된 것이지만, 「양은 장수 끝방 최씨」에서 특히 두드러진다. 사건의 전말은 비교적 간단하다. 늙은 남편에 싫증난 성금 어매가 호색한 장석조의 유혹에 넘어가 부녀를 버리고 달아나 새살림을 차린다. 양은 장수 최씨를 통해 그녀의 거처를 알게 된 오영감은 그에게 몰래 보쌈을 부탁하고, 최씨는 몇 가지 우여곡절 끝에 결국 한밤중에 성금 어매를 보쌈해오는 데 성공한다. 흥미로운 것은 다음날 아침 풍경이다. 한바탕 소동이 벌어지리라는 모두의 짐작과 달리 오영감 내외는 아무 일도 없었다는 듯 태연히 하루를 시작한다. 사실 불의의 사고로 배코머리가 되어 장석조와 멀어진 성금네는 제발로라도 집에 다시 들어올 밖에 다른 수가 없는 처지였고, 오영감으로서도 "바가지가 샌 계집"이긴 하지만 어린 딸을 생각해서라도 한동안 데리고 사는 것 외에 딴 도리가 없기 때문이다. 어디 오영감 내외뿐일까. 그들 모두에게는 '다른 수'도 없고, '딴 도리'도 없다. 결말부에서 "아무 탈이 없이 지나가준 어젯밤이 그렇게 고마울 수가 없었다"는 목격자 박씨의 심사는, 장석조네 이웃들의 신산한 삶에 대한 평균적인 반응이기도 하다.

2. '미아리'의 기억

『장석조네 사람들』은 연작 형식의 장편소설이다. 각각 다른 제목과 이야기 구조를 가진 총 열 편의 독립된 작품들이 연쇄적으로 이어져 있으니, 엄밀히 말해 장편보다는 연작 소설에 가까울 것이다. 그런데 이 작품은 연작으로서의 서사적 통일성에 약간의 균열을 내포하고 있다. 여덟 편의 연작이 전지적 화자에 의한 관찰과 묘사를 위주로 씌어진 반면, 「비운의 육손이 형」과 「두 장의 사진으로 남은 아버지」 두 편만은 특이하게도 1인칭 화자의 회상 형식을 취하고 있는 것이다. 전지적 화자가 숙련된 솜씨로 들려주는 이야기에 한참 몰입해 있던 독자들에게 1인칭 화자의 돌연한 틈입은 확실히 뭔가 불편한 느낌을 준다. 그러나 이 돌연한 전환은 어떤 심미적 효과를 고려한 의도적 선택이 아니라 달리 어쩔 수 없는 필연과도 같은 것이라는 데 김소진 문학의 문제성이 들어 있다.

1인칭 화자가 이끌어가는 두 편의 연작은 모두 아버지 이야기와 관계가 깊다. 아버지에 대한 기억을 떠올린 「두 장의 사진으로 남은 아버지」는 물론, 「수습 일기」 「그리운 동방」 등 여러 단편에 등장할 정도로 작가가 깊은 애착을 보인 「비운의 육손이 형」의 광수형 또한 화자에게는 아버지에 준하는 인물이다. 김소진은 '작가의 말'을 통해 열 개의 이야기 속에 아버지 이야기 한 편을 "내숭처럼" 끼워넣었다고 말한다 하지만 이 소설에서 아버지에 대한 1인칭의 회상은 단지 여러 이야기 중 하나에 그치지 않는다. 그것은 나머지 이야기들을 만

들어낸 유일한 하나이며, 작품 전체의 서사적 기원과도 같다.

김소진 소설의 아버지는 늘 세상살이에 지치고 짓눌린 표정을 짓고 있다. 그는 무능한 가장이고 역사의 소용돌이에 치여 주변부로 밀려난 낙오자이다. 그러나 「두 장의 사진으로 남은 아버지」는 드물게도 아버지의 긍정적인 형상을 보여준다. 대통령 선거인단에 대역으로 입후보한 아버지는 주위의 비웃음과 사퇴 종용에도 불구하고 뜻밖에도 끝까지 물러서지 않는다. 변변한 선거운동원 하나 없이 혼자서 유인물을 돌리고 다니는 아버지는 '나' 에게 거의 "구도의 길을 걷는 사람"처럼 보인다. 도무지 이해하기 어렵다는 '나' 를 "오련한 눈빛"으로 말없이 바라보던 아버지는 "내는 한 번두 이 세상과 정직하게 맞서본 적이 없드랬다. 거제도 포로수용소에서 이북에 두 양주와 처자를 모두 두고 왔으면서도 끝내 이곳에 남겠다고 한 사람이 바로 이 비겁한 애비다. 몸뚱이가 산산히 부서지는 한이 있더래도 한 번쯤 피하지 않고 운명이라는 것하고 말이지, 부닥쳐보는 게 필요했을지도 모르는 데 말이다"라는 뜻밖의 고백을 한다. 그것은 "예외적으로 스치고 지나간 한순간의 기억일 뿐"이고, 그 일로 해서 변한 것은 전혀 없지만, 화자는 자꾸만 그때의 아버지를 기억의 중심에 가져다놓으려 애쓴다. 이제 아버지는 나의 다른 모습이고 "싫지만 들여다보아야 할 나의 거울"이기 때문이다.

아버지의 신산한 생애에 대한 공감과 연민은 그와 함께했던 이웃들의 고단한 삶에 대한 관심과 이해로 이어진다. 그러니까 『장석조네 사람들』의 소설적 육체는 '개흘레꾼' 아버지와 '쑥부쟁이' 어머니의 삶에 대한 원초적 기억이, 그것을 둘러싼 더 큰 단위의 삶들에 대한 관심으로 확대됨으로써 얻어진 것이다. 그러나 사적인 기억과 회상이 불러낸 집단적 존재는 김소진 특유의 구어체 토착어에 의탁하지 않는 한 아직 익명의 상태에 머물러 있다. 작가가 재생해낸 민중언어가 익명의 그들로 하여금 스스로 말하게 함으로써 살아 있는 고유명사가 되게 한다. 그런 의미에서 『장석조네 사람들』은 작가의 육체에 아로새겨진 다채롭고 풍요로운 민중언어의 향연장이다. "시에미 죽은 지 삼 년 만에 와보는 안방 같은 서먹서먹한 기분"이라든지 "간조날이면 함바집 개도 돈을 물고 다닌다고 할 정도로 경기 좋은 시절"처럼 소설 속 인물들은 제가끔 자신들의 다양한 출신, 이력, 생활을 반영하는 적실한 어휘와 비유를 구사한다. 인물들의 사고와 행위가 생생한 실감과 구체성을 띠게 되는 것은 바로 그 때문이다.

그러나 이들을 곧바로 계급적인 범주에서 민중이라고 칭할 수는 없다. 가난만이 유일한 공유재산인 그들의 경제적 조건은 분명 도시빈민이나 룸펜 프롤레타리아의 그것에 준하는 것이다. 사회학적 독법에 익숙한 독자들은 그들의 형상에서 대뜸 민중 개념을 떠올릴 수도 있겠다. 하지만 『장석조네 사람들』은 비참한 민중생활을 고발하거나 '생동하는 민중 형상'을 창조하기 위해 씌어진 것이 아니다. 이 소설의 주요 관심은 과거의 객관적 기록이 아니라 사적인 기억의 재생이다. '장석조네 사람들'은 현실 속의 민중이 아니라 '기억 속의 그들'에 가깝다. 그들의 형상은 뿌리뽑히고 추방당한 자들에 대한 도덕적 연대감의 표현이기 이전에, 그들과 삶을 함께한 아버지에 대한 이해의 부산물이며, 그 속에서 성장기를 보낸 작가 자신의 정체성에 대한 문학적 탐문이라고 할 수 있다.

물론 이 소설에도 빈부의 대립을 드러내는 대목이 없지는 않다. 가령 「폐병쟁이 진씨」에서 청기와집에 대한 태도를 그 한 사례로 들 수 있을 것이다. 그러나 산동네 주민들이 청기와집 주인을 경원시하는 이유는 계급적 적대감 때문이라기보다 그의 인격적 하자 때문이다. 인천 어딘가의 세관에 다닌다는 그는 밀수품으로 짐작되는 보석 반지를 찾기 위해 별 근거도 없이 진씨를 경찰에 신고하는데, 나중에 "한 동네 사람 같지도 않은 것"이라는 최악의 비난을 받는다. 취로 사업비 명목의 밀가루 배급을 둘러싼 관리들의 횡포와 주민들의 집단적 항의를 그린 「빵」에서도 문제는 구조적 빈곤이나 계급적 대립이 아니다. 이 작품에서 백미는 집단적 요구를 조직적으로 표출하는 농성사건이 아니라, 마을잔치처럼 흥성한 분위기 속에서 각자 빵과 관련된 개인적인 추억을 떠올리는 장면이다. 밀가루 배급을 기다리다 더위에 지치고 허기에 주린 사람들에게 길노인네 며느리 혜련 엄마가 막 지어낸 빵을 한 광주리 이고 찾아온다. 출출하던 사람들은 광주리 앞으로 우르르 몰려들고, 구수한 술내가 풍기는 빵 한 조각에 마음이 푸근해진 사람들은 저마다의 기억에 젖어든다. 감자바위 성낙도씨는 탈영병 시절 늙은 창녀가 준 딱딱한 빵을, 폐병쟁이 진동환씨는 선산부 시절 무너진 막장에 갇혀 조금씩 뜯어먹으며 연명하던 빵을, 딸기코 오병세씨는 밀수꾼으로 도망치던 창황중에 숨어든 어느 외양간에서 먹던 두엄더미 섞인 빵을, 상이군인 연성만씨는 '독일빵'을 훔치다가 제과점 주인에게 잡혀온 아들에게 목발을 휘둘렀던 기억을 떠올린다. 사연은 각기 다르지만 그 모든 빵은 지금 혜정 엄마가 가져온 빵처럼 '잘생기고' '눈물나게 아름다운' 빵이었다.

욕구와 충족의 순환이 원활치 않은 그들의 관심은 이처럼 주로 생식과 배설이라는 생리적 차원에 집중되는 경향이 있다. 그러나 먹고 사는 문제에 대한 집착과 몰두는 때로 세상의 깊은 이치와 도리에 대한 예지로 비약되기도 한다. 「별을 세는 사람들」의 경우가 바로 그렇다. 돌산 채석장 한구석에 모여 술잔을 돌리던 세 명의 중늙은이가 취한 채 밤하늘을 쳐다보며 별바라기를 한다. 양은 장수 최씨가 맑은 별들이 "공장에서 새로 막 빼내온 황금빛 내 쟁개비" 같다는 소회를 털어놓자, 시골 머슴 출신의 둘남 아범 박씨는 "옛날엔 밤하늘만 떡 쳐다봐도 서로 말을 나누는 것 같았"고 "별만 보믄 방향 잡는 거야 누워서 떡 묵기"였다며 그리 좋지도 않았던 지난 시절을 그리워한다. 압권인 것은 마지막으로 나선 똥지게꾼 광수 아비의 "별은 똥이다"라는 자못 철학적인 논변이다.

"내는 항상 똥만 쳐다보고 사니껜, 그게 내 일이니깐, 그걸 퍼주는 대가로 돈을 받아 쌀도 팔아묵고 술도 사묵지. 그리고 남들처럼 똥을 눠버려. 맞다, 기럼 그리고 그 똥을 퍼다 둘남 아배 같은 자드락밭에 뿌리기도 하믄, 기러믄 거기서 느그 말대로 처녀아이 종아리처럼 희디흰 무도 나오고 배추도 나오고 상추도 솎아내고 말이다. 사람들은 그걸 먹고 또 똥을 싸고 난 그걸 푸고 사니, 어떤고? 이 모든 걸 내 머리 위의 별이 다 하염없이 내려다보고 거름꾼 노릇 잘허게 한단 말시, 그럼 내가 그 별을 올려다볼 때, 틀림없이 이 술로 찌들고 푸르딩딩한 내 눈에도 별빛이 고봉으로 하나 가득 담길 것 아닌가 말여. 별은 밤에 이슬을 내리고 바람을 일으키고 배춧잎들이 살랑거리며 말하는 대화를 듣고 살이 찌는 소리에도, 또 물이 오르는 소리에도 귀를 기울일 것이야. 틀림없지. 그 별의 선물을 먹고 우린 똥을 눈다는 걸 모르면 말이 안 되지 암. 그러니깐 별은 똥이다! 내 말이 틀렸남?" (118쪽)

먹고사는 문제에 골몰하는 추레한 중년의 삶 속에 사물과 교감하는 시인, 순환하는 세상의 질서를 훤히 꿰뚫는 철학자가 들어 있다. 이런 교감과 통찰에 힘입어 미아리 산동네는 어쩔 수 없이 떠밀려왔다 잠시 머물고 가는 가변적 · 유동적인 공간, 혹은 생존 본능만이 꿈틀대는 살벌한 각축장에 그치지 않는다. 그곳은 "명줄 달린 물건일랑 소홀히 다루는 법이 아니"라는 소박한 인간적 기율이 여전히 지배하는 공간이자, "다들 불쌍한 처지"들끼리 서로 보듬고 살아가려는 공존의 윤리 감각을 체득하고 있는 삶의 원형적 공간이다.

『장석조네 사람들』은 세태풍속의 꼼꼼한 관찰도 인간생태의 냉정한 해부도 아니며, 잘못된 분배구조에 대한 계몽적 비판은 더욱 아니다. 이 소설은 단지 사적인 기억과 회상을 통해 과거의 한 시절을 극히 소박하게 재현하고 있을 뿐이다. 그러나 우리는 『장석조네 사람들』을 통해 하찮은 사람들의 사소한 삶에 내포된 고유한 가치를 알아볼 수 있게 되었다. 김소진은 그의 마지막 소설 「눈사람 속의 검은 항아리」에서 미아리 산동네는 "여태껏 나를 지탱해왔던 기억, 그 기억을 지탱해 온 육체"라고 고백한다. 그러니까 『장석조네 사람들』은 김소진만이 쓸 수 있고, 또 쓸 수밖에 없었던 소설인 것이다. 어떻게 보면 김소진이 미아리를 쓴 것이 아니라, 미아리가 그의 손을 빌려 그 스스로를 썼다고 말할 수 있을지도 모른다.

■ 작가 연보

1963년 12월 3일(음), 강원도 철원군 김화읍 학사리 미상번지에서 아버지 김응수(金應壽), 어머니 김영혜(金英惠)의 이남이녀 중 막내로 태어남. 함경남도 성진이 고향인 아버지는 6·25 당시 원산의 한 병원에서 서무원으로 일하다가 국군이 올라오자 우익(右翼)치안대에 가입. 순전히 원활한 배급을 위해서였는데 이 때문에 원산 대철수 때 예고 없이 원산 앞바다의 군함으로 전격 소개(疏開)되는 바람에 처자식(아버지는 북쪽에서 결혼을 한 상태였음)을 고스란히 포화(砲火) 속에 남기고 옴.

1967년 군부대에서 흘러나오는 군수품 장사가 어려워지자 서울로 이사 와 미아리 산동네에 자리잡음. 서울에 첫발을 내딛던 때 김치동이를 머리에 인 어머니의 손에 이끌려 시외버스 차부에서 미아리 산동네까지 오면서 길음시장의 간판숲에 넋이 빠져 기웃거리느라 어머니를 생고생시키기도 했던 기억이 있음.

1968년 아버지가 중풍으로 쓰러졌으나 거동은 비교적 원활함. 어머니가 삯

바느질 등으로 생계를 떠맡음.

1970~75년 미아국민학교를 다님. 5학년 한때 아버지가 어머니말고 북쪽에서 결혼한 사람이 있다는 얘기를 듣고는 동네 양아치 형들 방에서 성인 만화 탐독.

1976년 추첨번호 14로 보성중학교에 입학. 중학교 2학년 겨울방학 때 파출부로 다니던 어머니의 장기(長期)하혈이 시작됨. 요강에는 항상 불그죽죽한 개짐이 빠져 있었음. 아버지는 한 평짜리 구멍가게를 열어 매우 열성적으로 꾸려갔는데 이 구멍가게는 훗날 데뷔작 「쥐잡기」의 배경이 됐음.

1979년 서라벌고등학교 입학. 숨막히는 입시기를 보냄.

1982년 서울대학교 인문대 입학. 『해방전후사의 인식』과 백산서당의 『경제사입문』 등을 읽고 충격을 받음. 이승만·박정희 등 그동안 존경해왔던 인물들이 모두 반역사적이라고 기술돼 있었음. 영문과로 진입한 2학년 4·19 때 첫 데모를 해봄. 그뒤 졸업 때까지 웬만한 집회와 시위에는 거의 참여함. 하지만 갈수록 가투(街鬪)가 자신이 없어지면서 차선책으로 글쓰기를 염두에 둠. 주로 황석영·이문구·박완서의 작품들을 습작 테스트로 삼음.

1983년 이산가족 찾기 열풍이 몰아닥침. 아버지도 텔레비전 앞에서 며칠씩 밤을 새우며 눈물을 흘림. 그 광경을 지켜보면서 그동안 아버지를 경제적 무능력자로 경원시했으나 마음을 돌려 화해하기로 작정함.

1984년 영문과 학회지 『생성』에 단편소설 「아버지의 슈퍼마켓」 「소외」와 시 「조명」 발표.

1985년 아버지 돌아가심. 휴학함.

1986~87년 일 년 반 동안 방위생활을 함. 신기철 · 신용철 공저 『새우리말큰사전』을 독파하며 우리말 어휘 · 어구 · 속담 등을 대학 노트에 기록 · 정리함. 이때 습득한 어휘와 자라면서 어머니 곁에서 들어야 했던 입심이 합쳐져 소설 문체의 중요한 밑거름이 되어줌.

1990년 직장을 두 번 옮기고 한겨레신문 교열부에 자리잡음.

1991년 신춘문예에 연거푸 두 번 떨어지고 난 다음, 대학 복학생 때 대학신문 현상문예에 응모했던 「쥐잡기」를 개작해 경향신문 신춘문예에 투고한 것이 당선됨. 그해 등단하여 첫 작품 「키 작은 쑥부쟁이」를 『문학사상』 5월호에 발표했는데 서점에서 갓 나온 잡지에 실린 얼굴 사진을 보고 눈물이 글썽했음. 민족문학작가회의 소설분과에 가입. 단편소설 「수습일기」(『현대문학』 8월호), 「열린 사회와 그 적들」(『문예중앙』 가을호) 발표.

1992년 단편소설 「적리赤痢」(『문학사상』 5월호), 「춘하 돌아오다」(『민중문예』 여름호), 「그리운 동방」(『현대소설』 여름호), 「사랑니 앓기」(『문예중앙』 가을호), 「용두각을 찾아서」(『문학과사회』 겨울호) 발표.

1993년 단편소설 「처용단장」(『문예중앙』 봄호), 그리고 미발표작 「임존성 가는 길」 등 열한 편의 작품을 묶어 첫 소설집 『열린 사회와 그 적들』을 솔출판사에서 펴냄(3월). 이후 단편소설 「가을 옷을 위한 랩소디」(『민족문학』 4 · 5 · 6월호), 「고아떤 뺑덕어멈」(『샘이깊은물』 6월호), 「지하생활자들」(『지평의문학』 창간호), 「혁명기념일」(『실천문학』 가을호), 「파애」(『세계의문학』 가을호) 발표. 『소설과사상』 겨울호에 연작 장편 『장석조네 사람들』의 연재를 시작. 6월 6일 김윤식 선생의 주례로 소설가 함정임과 결혼. 강남구 세곡동에서 신혼살림.

1994년 단편소설 「개흘레꾼」(『한국문학』 3·4월호), 「쌍가매」(『문학정신』 6월호), 「세월의 무늬」(『동서문학』 가을호), 「늪이 있는 마을」(『문예중앙』 가을호), 「첫눈」(『작가세계』 겨울호), 「아버지의 자리」(『리뷰』 겨울호) 발표. 교열부에서 문화부로 자리를 옮겨 국악, 클래식, 무용 등의 공연 취재를 담당. 3월 20일 아들 태형(泰亨) 태어남. 7월 일산 신도시로 이사. 한 분뿐인 형 세상을 뜸.

1995년 「파애」부터 「늪이 있는 마을」까지 아홉 편의 작품을 묶어 두번째 소설집 『고아떤 뺑덕어멈』을 솔출판사에서 펴냄(1월). 『소설과사상』에 4회 연재했던 연작 장편 『장석조네 사람들』을 고려원에서 펴냄(4월). 단편소설 「달개비꽃」(『현대문학』 4월호), 「문산행 기차」(『문학사상』 6월호), 「자전거 도둑」(『문예중앙』 여름호), 「원색생물학습도감」(『문학동네』 가을호) 발표. 6월, 한겨레신문사를 그만둠. 선배와 친구들이 일하는 서교동의 강출판사 한켠에 자리를 얻어 소설 노동자생활로 본격 진입.

1996년 중편소설 「경복여관에서 꿈꾸기」(『오늘의 문예비평』 봄호), 단편소설 「마라토너」(『창작과비평』 봄호), 「길」(『문학사상』 3월호) 발표. 「첫눈」부터 「길」까지 아홉 편을 묶어 세번째 소설집 『자전거 도둑』을 강출판사에서 펴냄(3월). 『작가세계』 봄호에 전재했던 장편소설 『양파』를 세계사에서 펴냄(7월). 아들 태형이가 커서 읽어주기를 바라면서 짬짬이 써왔던 장편 창작동화 『열한 살의 푸른바다』를 국민서관에서 펴냄(9월). 그간 매달 두세 편씩 사보의 청탁에 응해 썼던 콩트를 간추려 『바람 부는 쪽으로 가라』를 하늘연못에서 펴냄(9월). 중편소설 「목마른 뿌리」를 『자유공론』에 3회 분재(2·4·5월호). 단편소설 「갈매나무를 찾아서」(『월간 에세이』 6월호) 발표. 이 작품을 개작하여 테마소설집 『서른 살의 강』(문학동네)에 수록(7월). 단편소설 「쐬주」(『소설과사상』 여름호), 「건널목에서」(『금호문화』 9월호), 「벌레는 단 과육 속에 깃들인다」(『현대문학』 9월호), 「지붕 위의 남자」(『기업과문학』 9·10월호), 「부엌」(『시와사람』 가을호), 「울프강의 세월」(『작가』 11 · 12월호), 중편소설 「신풍근배커리 略史」(『문학과사회』 겨울호) 발표. 『실천문학』 겨울호에 장편소설 『동물원』의 연재를 시작. 6월, 한겨레신문사의 최인호 · 현이섭 선배와 함께 중국 여행길에 올라 장강을 구경. 10월, 문화의 날에 문체부가 수여하는 제4회 '오늘의젊은예술가상'을 수상. 서경석, 김만수, 진정석과 계간 『한국문학』 편집위원으로 참여. 가을학기부터 대전에 있는 중경공업전문대 문창과에 출강.

1997년 『실천문학』 봄호에 『동물원』 2회분 연재. 단편소설 「눈사람 속의 검은 항아리」(『21세기문학』 봄호) 발표. 3월 초 서교동의 한 내과의원에서 내시경으로 위염 검사를 받음. 3월 9일 고양시 화정동에 있는 서영병원에 입원. 11일 신촌 세브란스병원으로 옮김. 암종증 진단을 받음. 4월 8일 연희동 동서한방병원으로 옮김. 4월 22일(음력 3월 16일) 새벽 3시 43분 같은 병원에서 눈을 감음. 4월 24일 용인 공원묘원에 묻힘.

미망인 함정임의 뜻에 따라 6월 9일(음력 5월 5일) 신촌의 봉원사에서 영가(靈駕)의 명복을 비는 천도의식(薦度儀式)인 사십구재(四十九齋)를 지냄. 이 자리에는 김성동, 김원우, 김사인, 임우기 등의 문단 선배들과 정홍수, 안찬수, 진정석, 정홍섭, 하영춘 등 오랜 지우, 그리고 가족과 친지를 비롯 평소 그의 글을 따르던 독자들이 지상에서 하늘로 길을 떠나는 그의 마지막을 지킴. 김성동 선생이 직접 붓으로 초(草)한 비문을 새긴 비석이 섬.

김소진 전집 1
장석조네 사람들

1판 1쇄 | 2002년 7월 23일
1판 11쇄 | 2023년 4월 20일

지은이 김소진
책임편집 김현정 조연주 장한맘 손미선
저작권 박지영 형소진 오서영
마케팅 정민호 김도윤 한민아 이민경 안남영 김수현 왕지경 황승현 김혜원
브랜딩 함유지 함근아 박민재 김희숙 고보미 정승민
제작 강신은 김동욱 임현식 | 제작처 (주)상지사P&B

펴낸곳 (주)문학동네 | 펴낸이 김소영
출판등록 1993년 10월 22일 제2003-000045호
주소 10881 경기도 파주시 회동길 210
전자우편 editor@munhak.com | 대표전화 031)955-8888 | 팩스 031)955-8855
문의전화 031) 955-2696(마케팅) 031) 955-2675(편집)
문학동네카페 http://cafe.naver.com/mhdn
인스타그램 @munhakdongne | 트위터 @munhakdongne
북클럽문학동네 http://bookclubmunhak.com

ISBN 89-8281-547-3 04810
89-8281-546-5(세트)

www.munhak.com